높은 곳에 오르다

登高

바람 세고 하늘 높은데 원숭이 울음소리 애절하고

강가 물 맑고 모래 흰데 새 맴돌며 난다

끝없이 나무들에선 낙엽이 우수수 떨어지고

그치지 않는 강물은 출렁출렁 밀려온다

風急天高猿嘯哀　渚淸沙白鳥飛廻

無邊落木蕭蕭下　不盡長江滾滾來

Fantastic Oriental Heroes

고영
장담 신무협 판타지 소설

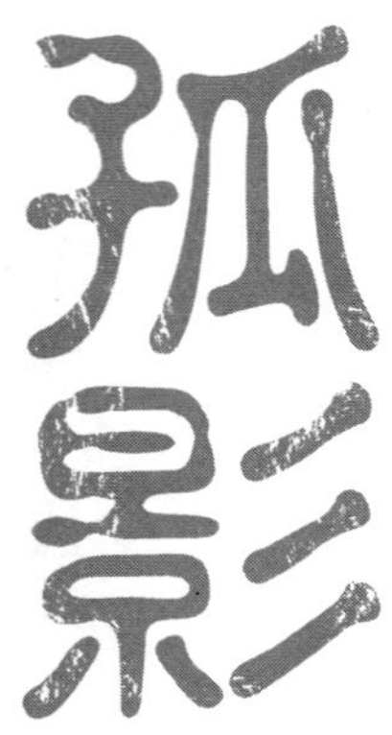

장담 新무협 판타지 소설

초판 1쇄 찍은 날 § 2005년 6월 15일
초판 1쇄 펴낸 날 § 2005년 6월 25일

지은이 § 장담
펴낸이 § 서경석

편집장 § 문혜영
편집책임 § 서지현
편집 § 장상수 · 최하나

펴낸곳 § 도서출판 청어람
등록번호 § 제1081-1-89호
등록일자 § 1999. 5. 31
어람번호 § 제2-0624호

주소 § 경기도 부천시 원미구 심곡1동 350-1 남성B/D 3F (우) 420-011
전화 § 032-656-4452 팩스 § 032-656-4453
E-mail § eoram99@chollian.net

ⓒ 장담, 2005

ISBN 89-5831-589-X 04810
ISBN 89-5831-514-8 (세트)

고영

장담 신무협 판타지 소설

4

■ 유정만리(有情萬里) 편

목차

"고영이! 자네가 나를 친구로 생각한다면
미안하다는 말 따윈 아예 꺼내지도 말란 말이야! 알겠나?!"
진고영은 더 이상 말을 꺼낼 수가 없었다.
말을 하면 목소리가 떨릴 것 같았다.
가슴이 미어져 심장이 튀어나올 것 같았다.
'친구야! 미안하구나!'
입을 벌려 말은 못해도
진고영의 가슴은 운오를 향해 소리치고 있었다.

—본문 중에서.

孤影　第一章

1

유옥하는 두근거리는 마음으로 후원에 들어서다 회랑 건너편 방문이 열리자 자신도 모르게 발걸음을 멈춰 섰다. 그리고 자신의 얼굴이 발갛게 달아오르는 것을 느낄 수 있었다. 하지만 돌아설 수가 없었다. 아니, 돌아서고 싶지가 않았다.

'입으셨어. 아! 정말 입으셨어……'

달아오른 얼굴에 몽롱한 눈빛으로 자신도 모르게 한 발 한 발 내딛던 그녀는 그만 앞에 계단이 있다는 것을 깜박했다.

"어맛!"

방문을 나서던 진고영은 느닷없는 비명에 고개를 돌렸다.

누가 있다는 것은 느꼈지만 맑아진 마음에 기분이 좋아 그저 시비일 거라 생각하고 돌아보지 않았다. 한데 비명 소리에 고개를 돌리니 유옥하가 계단에서 떨어지고 있는 것이 아닌가.

흐릿한 잔상이 어른거린다 싶은 순간, 진고영의 신형이 어느새 유옥하의 전면에 나타났다. 손이 허리를 더듬지만, 아차! 곤이 없다.

잠깐 망설이는 사이, 그녀의 몸은 땅과 두 자만을 남겨놓고 있다. 어쩔 수 없었다. 정말이다…….

"괜… 찮… 소?"

진고영의 더듬거리는 목소리에 유옥하의 얼굴은 능금이 부끄러워 도망갈 정도로 붉어져 버렸다.

진고영의 두 손이 자신의 허리를 붙잡고, 얼굴이 바로 앞에 있다. 이 사람의 숨소리가 이렇게 크다는 것을 처음 알았다.

무슨 말을 해야 하지? 어떻게 하지? 서문 언니 같으면 어떻게 했을까? 하지만 입에서 나온 소리는 그녀의 의지와는 전혀 상관이 없는 말이었다.

"손……."

"예? 아! 예."

후다닥 손을 놓으려 하자 그녀의 기어들어 가는 말이 이어졌다.

"놓지… 마세요……."

"……."

풋! 웃음이 나온다. 강호의 남자들은 다 호탕하다고 하던데, 얼굴이 붉어진 진고영이라니.

"손 놓으면… 떨어지잖아요……."

진고영은 아무 소리도 못하고 멍하니 그 자세 그대로 꼼짝을 하지 못했다. 환장할 일이다. 천하고수들과 싸울 때보다 더 긴장이 몰려오고, 진땀이 등줄기를 타고 내린다.

'으으음! 어떻게 해야 하나?'

그래도 기분은 나쁘지 않다.

손을 타고 흐르는 기분, 부드러운, 어릴 적 어머니의 젖무덤 같은…… 헉!

얼굴에 열기가 느껴지자 진고영은 더 이상 이렇게 있을 수 없다 생각하고 그녀의 몸을 일으켜 세우려 힘을 주었다.

뭉클! 흡! 진땀이 이제는 이마에도 솟는 것 같다.

그때 유옥하의 입에서 신음이 새어 나왔다.

“아! 발이…….”

“예?”

“발이 삐끗했나 봐요.”

들릴 듯 말 듯할 정도로 작은 소리였지만 진고영의 귀에는 천둥소리보다 더 크게 들렸다.

“그럼…….”

“저… 조심해서…….”

어렵게… 그 어느 때보다 어렵게 진고영이 유옥하의 몸을 일으켜 세우자, 또다시 그녀의 목소리가 귀를 간지럽힌다.

“저… 손…….”

“예! 안 놓았습니다.”

“좀…… 놓아… 주세요.”

“예? 예.”

능금보다 더 붉어진 두 사람이 서로를 쳐다보더니 눈이 마주치자 후다닥 고개를 돌렸다. 그때였다.

고개를 돌린 진고영의 눈에 누군가의 돌아선 모습이 보였다.

맙소사! 유지화다! 이런! 아무리 긴장했기로서니…….

"험! 험! 날씨가 어째, 맑은 건지… 흐린 건지…… 눈이 침침해져서 이상한 게 보이는 것도 같고……."

"아, 아버지…… 그게……."

"응? 네가 어쩐 일이냐?"

유지화의 능청에 유옥하는 귓불까지 빨개져 버렸다. 그러자 진고영이 급히 나선다.

"저…… 유 대협, 그것이 어찌 된 일이냐 하면……."

"아! 진 공자, 잠시 진 공자와 상의할 게 있어서 오던 길이었소. 들어가서 이야기합시다. 그리고… 옥하야, 너는 가서 차 좀 내오너라."

"예? 예, 그러시지요."

"예… 아버지……."

어쩔 줄 모르는 두 사람을 바라보던 유지화의 두 눈에 기광이 번뜩였다.

'우흐흐흐……. 진 공자, 이제 빠져나갈 수 없소.'

사마정과 함께 첩검단에서 올라온 정보를 검토하다 진고영에게 한 가지 상의할 것이 있어 오던 중이었다. 한데 회랑의 난간에 두 사람이 보이는 것이 아닌가. 딸이라는 것을 안 순간, 유지화는 상대가 진고영이라는 것을 감지했다. 그리고 그때부터 유지화의 머리는 맹렬히 돌아갔다. 그 어느 때보다도 빠르게.

절호의 기회를 놓칠 유지화가 아니었다.

탁자를 사이에 두고 마주 앉은 두 사람의 표정이 사뭇 색다르다. 평상시 고요히 가라앉은 무저의 심해 같던 진고영의 두 눈이 잘못을 저지르고 어쩔 줄 몰라 하는 소년의 눈 같기만 하다.

“험. 뭐, 좀 전의 일은 나중에 상의하기로 하고⋯⋯.”

“무슨⋯ 말씀이신지.”

“허허허. 그야 옥하의 이야기지요.”

“그, 그게⋯⋯.”

진고영의 약간은 억울함이 담긴 호소는 유지화의 다음말로 묵살돼 버렸다. 물론 의도한 바였지만.

“좀 전에 첩검단의 정보를 검토하다 한 가지 이상한 것이 있어 진 공자께 물어보러 오던 길이었소.”

“아, 말씀하시지요.”

“진 공자께서 산서 태원부 부근에 사셨다는 말씀을 한 걸로 기억하고 있소만⋯⋯.”

“예, 맞습니다.”

“혹, 그곳이 화진촌이라는 곳이 아닌지⋯⋯.”

유지화의 낯빛이 점점 어두워지자 고개를 끄덕이던 진고영은 알 수 없는 전율이 온몸에 흐르는 것을 느꼈다. 일전에 유지화와 수많은 이야기를 나누던 중 철방에 대한 이야기도 했었다.

유옥하가 찻잔을 들고 들어왔다가 분위기가 심상치 않자 조용히 찻잔을 내려놓고 밖으로 나갔다. 그러자 유지화의 질문이 계속됐다.

“그럼, 그곳에 혈육이 살고 있소?”

“그건 아닙니다만⋯⋯.”

“후우! 다행이오.”

“무슨 일이라도⋯⋯?”

“첩검단에서 이상한 정보가 들어왔소. 일전에 천은산장의 정보 총괄 기관이라 할 수 있는 영무각에서 수십의 영무들을 풀어 산서 일대를

이 잡듯이 뒤지고 있다는 정보가 입수되었다 했소. 하지만 그들의 목적이 불분명하여 특별히 관심 두지는 않고 그저 지켜보기만 했다 하오. 그런데 열흘 전 보내온 소식이 오늘 아침에 당도했소."

한 모금 찻물을 들이킨 유지화가 진고영을 바라보았다. 얼굴이 굳어 있기는 하지만 그다지 이상할 것도 없는 표정이다.

안도의 한숨을 속으로 내쉰 유지화가 다시 입을 열었다.

"화진촌 일대에서 살겁이 일어났다는 연락이었소. 십여 채에 살던 사람들이 모두 죽었는데, 아무래도 영무들의 짓 같다고 하오. 뭔가를 알려 했는지 고문의 흔적까지 있었다 하니……."

말 한마디 한마디 새겨듣던 진고영의 눈빛에서 한겨울 서북풍보다 더 싸늘한 빛이 흘러나왔다.

"무엇 때문에……."

"그것이… 진 공자에 대해 조사를 하는 게 아닌가 하는 생각이 드는데…… 다행히 진 공자의 혈육이 없다 하니 그들은 헛물만 들이킨 것이 되었소."

유지화의 안도한 듯한 말을 듣던 진고영의 차가운 눈빛이 무엇 때문인지 격하게 흔들렸다.

'설마?'

"꼭 그렇지만은 않습니다. 비록 혈육은 아니지만……."

바람이 불면 항상 가지에 붙은 낙엽이 먼저 떨어져 나간다. 그 다음에 가지가 부러져 나가고, 더 세지면 결국 뿌리째 흔들린 나무는 쓰러져 버리고 마는 것이다. 거목을 쓰러뜨리기 위해선 가지부터 잘라내는 것이 일반적으로 머리를 쓰는 자들의 공통된 점이다.

물론 나무를 단숨에 쓰러뜨릴 수 있는, 잘 손질된 도끼가 있다면 굳

이 가지부터 칠 필요는 없을 테지만, 그래도 가지를 쳐놔야 주위에 영
향도 덜 미치고 쓰러뜨리기가 좋은 것이다.

천은산장의 사마중안도 그리 생각했을 것이다. 그것은 이미 진고영
일행을 거목으로 인정했다는 말과도 같다. 그렇다면 더욱더 조심을 해
야만 한다.

그것이 유지화가 내린 결론이었고, 진고영을 찾아 혹시나 가지가 있
나 확인을 하려 한 이유였다. 그런데 진고영의 말끝이 이상하다. 분명
일가 피붙이도 없는 걸로 알고 있었는데, 아니란 말인가?

진고영이 굳은 얼굴로 물어온다.

"그 전서에 대한 것을 직접 확인할 수 있겠습니까?"

"물론이오. 한데 누구 마음에 걸리는 사람이라도 있소?"

"예."

대답이 무겁다. 아무래도 불안한 마음이 드는 유지화였다. 첩검전으
로 돌아가는 중에도 불안한 마음은 가시지를 않았다.

첩검전의 내실.

전서를 바라보는 진고영의 등이 사마정과 유지화에게 어떠한 벽을
느끼게 했다. 들어갈 수 없는 마음의 벽, 결코 관여해서는 안 된다는
무언의 벽이었다. 그 벽은 너무도 멀리, 너무도 강하게 느껴졌다.

석 장의 긴 전서를 다 읽고 고개를 드는 진고영의 두 눈은 이미 누구
도 들어갈 엄두도 낼 수 없게 깊어져 있었다.

"태원부에 다녀와야겠습니다."

"진 공자."

유지화의 가라앉은 부름에 진고영의 고개가 천근만근 무겁게 끄덕

여진다.

"저도 알고 있습니다, 자칫하면 지금 저의 행동으로 많은 차질이 생길지도 모른다는 것을. 하지만 가지 않을 수 없습니다. 아직 천은산장과의 싸움은 시간이 있습니다. 하나 제 형제와 같은 친구에게는 시간이 별로 없을 것 같습니다. 어쩌면 이미 늦었을지도……."

일어서는 진고영의 눈에서 첩검전을 얼려 버릴 듯한 안광이 회오리치자, 지금껏 한 번도 볼 수 없었던 모습에 사마정과 유지화는 온몸이 오그라드는 듯한 충격을 받았다.

'맙소사! 진 대형의 저런 모습이라니……. 대체 친우가 누구기에…….'

사마정이 어찌 알 건가.

어릴 적 오직 하나 있던 친구. 혈육도, 아무도 없는 세상에서 단 하나 마음속에 넣어두었던 운오에 대해 진고영이 갖고 있는 정의 무게를.

첩검전을 나서는 진고영을 바라보던 유지화가 다급히 사마정에게 지시했다.

"사마 공자는 빨리 위 선배에게 알리고, 모두를 불러 모으게, 어서!"

"예."

부리나케 나가는 사마정의 등을 바라보는 유지화의 눈이 묘하게 반짝였다.

'하! 정이 그다지 없는 줄로 알았거늘, 오히려 너무 깊어서 알아보기를 못했었구나. 옥하를 위해선 다행이라 해야 하나? 그거참. 후우, 어쨌든 계획을 일부 수정해야겠구나.'

방으로 돌아온 진고영이 봇짐을 들었다. 그리고 관천곤을 허리에 꽂고 나가려다 멈칫, 봇짐을 내려놨다.

그러더니 봇짐 속의 무명도를 꺼내 옷 보자기를 묶었던 끈이 보이자 도를 묶어 등에 메었다.

'누구든, 그게 누가 되었든 나의 형제를 건드린 자는 후회하게 만들 것이다! 나는 더 이상 사랑하는 사람들을 잃고 싶지가 않다.'

방문을 나서려 돌아설 때였다. 방문이 열리더니 유옥하가 들어온다. 그녀의 손에 들린 것은 유지로 싼 무엇. 냄새로 보아 음식 같아 보인다. 어떻게 알았을까.

유옥하는 유지화와 이야기를 나누던 진고영이 첩검전으로 급히 가는 모습을 보고 그가 떠날지 모른다는 생각을 했다. 분명 태원부라는 이야기를 들었다. 그렇다면 가는 데만도 십수 일, 경공으로 간다 해도 적지 않은 날이 걸릴 먼 곳이다. 급히 주방으로 가 음식을 찾았다. 혹시 몰라 유지로 싸두고 진고영의 행동에 촉각을 곤두세우고 있을 때, 그가 떠난다는 소식을 들은 것이다.

"아무래도 급히 가다 보면……. 이거라도 가져가세요."

"고맙습니다."

"저는 진 공자의 마음을 이해해요. 형제가 어려움에 처했다면 저라도 그럴 거예요. 부디 잘되기만을 바라겠어요."

고운 여인이다. 강해 보이지는 않지만 남을 이해할 줄 아는 여인이다.

"다녀와 뵙겠습니다."

방문을 나서자 우르르 몰려와 있는 사람들이 보였다. 위경리를 비롯해서 모조리 모인 것이다.

"진 아우, 우형을 떼놓고 갈 생각은 아니겠지?"

“그럼! 떼놓고 가면 안 되지! 그럼 섭섭하지!”

육정기까지 나선다.

“진 대형 가는 길에 제가 빠지면 무슨 재미가 있겠습니까? 게다가 저도 이 기회에 오랜만에 사부님도 좀 만나뵈어야겠고, 결국 같이 가는 수밖에. 하하하!”

우형욱이 잘됐다는 듯 웃음을 터뜨리자 사람들이 부러운 눈으로 쳐다본다. 확실한 목적이 있으니 말하기도 좋지 않은가.

그러자 염이상이 행여나 자신을 떼어놓고 갈까 봐 재빨리 입을 열었다.

“저는 저번 작전에 못 갔으니 이번엔 꼭 가야 합니다.”

“저는 아무래도 못 따라갈 것 같습니다. 천은산장을 견제하기 위해서라도 백운보를 치는 데 한팔 거들어야 할 듯싶습니다.”

백리웅천은 같이 못 가는 것이 섭섭하지만 어쩔 수 없다는 눈빛이다.

아마도 유지화가 모두를 움직였을 것이다. 어차피 진고영을 축으로 움직이던 차에 진고영이 없으면 중요한 작전은 아무것도 계획할 수가 없는 상황이다. 또한 천은산장은 대풍운보가 몸을 일으키면 쉽게 움직이지도 못할 것이고, 그렇다고 철한장을 어찌하지도 못할 것이다. 몇을 죽이겠다고 철검산장에 명분을 줄 수는 없을 테니. 비록 사마정이 움직이고 있지만 그 정도로는 철검산장을 칠 명분이 되지도 않는다.

하지만 그것은 그들만의 생각이라는 듯 진고영은 고개를 저었다.

“죄송합니다만 저 혼자 갔으면 합니다. 이건 제 개인적인 문제이기도 하고, 여러분들은 여기서 해야 할 일도 적지 않은 상황입니다.”

“무슨 말인가? 아우가 없으면 우리가 뭔 일을 할 수가 있겠나?”

“그럼!”

위경리의 말에 역시나 육정기가 후렴을 붙인다.

그러자 유지화가 나섰다.

“진 공자, 지금 폭풍의 핵은 천은산장도, 혈왕궁도 아닌 진 공자를 중심으로 움직이는 우리들이라 할 수 있소. 다만 사람들이 아직 느끼지 못할 뿐이지만 말이오. 그런 마당에 진 공자 혼자 움직이게 놔둘 수는 없소. 다만 같이 움직이는 게 번거롭다면 간격을 두고 따로 움직이도록 하면 될 것이오. 그리고 그 외에도 한 가지 목적이 있소. 지금 천은산장의 영무들의 반수 정도 되는 인원이 이 일에 투입된 것으로 보이오. 해서 이번 기회에 천은산장의 귀 한쪽 정도는 잘라내 버릴까 하오.”

그것이 유지화가 생각한 지금 시기에 가장 적절한 방법이었다.

─적들이 우리의 가지를 흔들려 한다면 우리는 적의 귀를 잘라 버린다.

거기에는 진고영으로서도 마땅한 반대 의견을 말할 수 없었다.

“그렇군. 그럼 나는 진 아우와 같이 가겠네. 육가야, 너는 따로 와라!”

“흥! 왜 위 형님만 진 아우와 같이 간단 말이오? 소문도 못 들어봤소? 위경리와 신협에 대한 소문을? 오히려 위 형님은 절대! 같이 다녀선 안 되오.”

돌아보니 모두가 옳다는 듯 고개를 끄덕인다.

‘저런! 웬수 같은 놈!’

하지만 진고영이 침울한 마당에 더 이상 말싸움을 할 수는 없다. 그래도…….

“그래도 누가 같이 가줘야 연락이 쉬울 텐데……. 나나 육가는 안

되고······.”

끝까지 육정기를 물고 늘어지는 위경리였다.

어쩔 수 없음을 느꼈는지 진고영이 한발 물러섰다.

“후우. 그럼 임 형과 우 형이 저와 함께 가시죠.”

임수행은 본래 밀영각의 조장이었던 만큼 천하를 많이 돌아다녔다. 그러니 적지 않은 도움이 될 것이다. 게다가 따로 할 말도 있고.

우형욱은 산서에 대해선 누구보다 많이 알고 있다. 해서 선택이 됐다.

거기다 연부경과 악대헌까지 같이 가겠다고 하니 삼사 명씩 조를 이뤄 뒤를 따르기로 하고, 연락은 첩검단의 인원 중 몇 명을 따로 이 일에만 투입하기로 했다. 천은산장의 귀를 자르는 일에.

2

한겨울임에도 안개가 자욱하게 깔려 희미하게만 보이는 영무각 이층에서 흥분을 억누르는 소리가 터져 나왔다.

“찾았다?”

“예, 각주! 혈육은 없으나 혈육과 다름없는 친구라 합니다. 현재로선 그자가 진고영과 가장 가까운 사이로 보입니다.”

“흠, 혈육과 같은 친구라··· 그래, 충분히 가능한 일이야. 능히 해볼 만한 가치가 있겠어!”

사마중안의 항상 고요하던 눈이 번질거렸다.

20

　오랜만에 진고영에게 타격을 줄 수 있는 실마리가 이제 발견된 것이다. 영무들을 무려 삼십 인이나 투입해서 알아낸 사실이다. 게다가 그들을 받치는 추령검위가 오십이었다.

　그리고 혹시나 하는 마음에 경험도 쌓을 겸 천은삼단 중의 일단, 무양단(無陽團)의 살귀 다섯을 초출시켰다. 그만큼 사마중안은 이 일을 중요시 생각했다. 그들로서 장무담이나 귀왕도 못해낸 일을 해낸다면 충분히 이전의 잘못을 만회할 수 있는 것이다.

　"사로잡아라! 어디 하나 부러지는 것은 상관없지만 목숨만은 살려서 데려오도록!"

　"복명! 이미 대기하고 있을 것이니 각주의 뜻대로 될 것입니다."

　엎드린 조이경의 입에서는 들리지 않는 안도의 한숨이 새어 나왔다. 그동안 숨도 쉬기 어려울 정도로 가라앉았던 영무각의 분위기가 조금 살아나고 있는 것이다.

　조이경이 영무전을 나오고 이각이 지나, 영무전을 둘러싼 안개를 뚫고 비둘기 한 마리가 허공으로 솟아 날아갔다. 바로 철한장에서 열 마리의 말이 삼 개 조로 나누어 출발하기 이틀 전의 일이었다.

3

　잠자는 시간과 약간의 휴식을 빼고 사흘을 내쳐 달린 진고영 일행은 어둠이 세상을 뒤덮을 무렵 대별산맥 북쪽의 신양에 들어섰다. 그냥 지나칠까 생각도 해봤지만 마음만 앞서서는 될 일도 안 될 터였다. 일단은 차분히 마음을 가라앉히고 대응책을 생각해 봐야 하는 것이다. 어쩌면 벌써 놈들이 손을 썼을 수도 있지 않은가. 그렇다면 조금 빨리 도착하는 것보다 그 다음을 생각하고 움직여야 한다.

출발 전 첩검단을 통해 운오에게 서신을 전하라 했지만 늦을 수도 있다. 다만 한 가지, 놈들이 운오를 이용하려 한다면 운오의 목숨만은 빼앗지 않을 거라는 점이었다.

신양에 들어서자 객잔부터 찾아 들어갔다. 그리고 식사를 마치자마자 방을 잡았다. 잠을 자기 위해서라기보다는 떨어진 기력을 회복하기 위한 운공을 하려 함이었다. 또 뒤따라오는 사람들의 휴식처를 미리 마련해 놓는다는 목적도 있었다.

고요한 실내에는 운공에 몰두하고 있는 세 사람의 숨소리만이 가늘게 퍼지고 있었다.

얼마의 시간이 지났을까. 진고영이 눈을 뜬 것은 운공에 들어간 지 한 시진이 흘러서였다. 대연일기공과 양유대력을 번갈아 대주천시키자 온몸에 활력이 솟았다. 돌아보니 아직 두 사람은 깨어나지 않고 있었다.

우형욱의 명화진기는 이제 칠성의 경지를 넘보고 있었다. 생각보다 빠른 진전이었다. 자신이 도와주기도 했지만 그만큼 열심히 한 결과였다.

임수행은 종남의 유운심법을 운기하고 있었다. 한데 보아하니 그 성취도가 자질이나 지난바 실력에 비해 그다지 높아 보이질 않는다. 언젠가 임수행이 한 말이 떠올랐다. 자신은 속가제자인지라 배우는 게 한계가 있다 했었다. 그럼 유운심법 역시 완전한 것이 아니라는 말이다. 새삼 구파의 이기적인 가르침이 마음에 들지 않았다.

아무래도 이번 기회에 자신이 가지고 있는 생각을 말해 봐야 할 듯싶다. 자신으로서는 길만 제시해 줄 수 있을 뿐 결정을 내리는 것은 임수행이 할 일이었다.

반 시진 정도가 더 지나자 우형욱이 운공을 마쳤다.

"좀 어떻습니까?"

"많이 좋아졌습니다. 저희들 때문에 대형의 발걸음이 멈춘 것 같아 죄송할 뿐입니다."

"아닙니다. 어차피 쉬어 가려 했으니까요. 다만 오래 쉴 수는 없을 듯합니다."

말이 거품을 물고 쓰러지기 직전까지 몰아대다 잠시 쉬고, 다시 회복되면 또 말을 재촉했다. 더 이상 말을 타고 간다는 게 불가능할 정도였던 것이다.

아마도 진고영 혼자였다면 말을 버리고 곧장 태원으로 향했을지도 모른다. 그의 능력을 감안하면 말보다 더 빠르게 경공을 펼칠 수 있을 테고, 그러면 못해도 한두 시진은 줄일 수도 있을 테니까.

하지만 자신들은 말보다 빠르게 달리지는 못한다. 더구나 장거리라면 더욱 그러할 것이다.

우형욱은 미안한 마음으로 진고영을 쳐다보다 몸을 일으켰다.

"밖에 나가 혹시 위 노선배 일행이 오나 살펴보겠습니다."

밖으로 나가는 우형욱을 바라보던 진고영은 옆에서 부스럭거리는 소리에 고개를 돌렸다. 임수행이 운공을 마치고 눈을 뜨고 있었다. 눈이 마주치자 조금은 쑥스러운 표정이다. 아마 자신만 운공을 끝내지 못한 게 마음에 걸리는 모양이다.

"임 형에게 한 가지 말씀 드리고 싶은 게 있습니다."

"말씀하십시오, 진 대형."

그도 진 대형이라 부른다. 아마도 그렇게 부르는 게 마음 편한 모양이다.

"종남의 무공이 아닌 다른 무공을 배울 생각은 없으시오?"

임수행의 표정이 잠시 멍하더니 갈등을 하는 듯 눈동자가 흔들린다. 하지만 그것도 잠시, 한숨과 함께 고개를 숙였다.

"저도 배우고는 싶지만, 그렇다고 사문을 저버리기는 싫습니다. 어쨌든 갈 곳 없는 저를 거두어준 곳이 종남이었으니까요. 진 대형의 말씀은 가슴에만 새겨두겠습니다. 사실……."

열세 살에 아버지를 떠나보내고 무공을 배우기 위해 강호의 문파들에 들렀지만, 어느 곳도 그를 반겨주는 곳은 없었다. 그런 와중에 종남에까지 가게 되었다. 하지만 대문파인 종남이 거지나 다름없는 그를 받아줄 리가 없었다. 결국 제자 입문을 거부당하고 산을 내려가던 중, 장안에서 일을 보고 산을 올라오던 청명자를 만났다. 청명자는 비록 거지 차림이지만 임수행의 골격이 매우 뛰어남을 알아보고 종남의 속가제자로 추천해 주었다.

어렵게 종남의 제자가 된 임수행은 남들보다 두세 배 열심히 노력했고, 결국 실력을 인정받아 무림련 밀영각의 조장까지 맡게 된 것이었다.

지금은 무림련이 답답하고 속가제자로는 한계에 부딪쳤다는 자괴감으로 무림련을 나오긴 했지만, 그렇다고 종남의 은혜를 저버릴 생각은 없는 것이다.

임수행의 이야기를 들은 진고영은 그가 더욱 마음에 들었다. 강한 무공 앞에 자신을 던지는 자들이 수두룩한 마당에 사문에 위해를 끼치지 않는 일임에도, 단지 사문의 무공이 아니란 이유로 절학을 거부할 자가 몇이나 될 건가. 어찌 보면 어리석다 할 정도였다.

"임 형은 가족이 없다 하셨지요?"

"예. 십 년 전에 아버지가 돌아가시고 쭉 혼자였으니까요."

"그럼, 한 가지 제가 제의하고 싶은 게 있습니다."

"무슨……?"

"임 형이 마침 임씨이고 제 외가가 임씨입니다. 본은 상관없이 일단은 같은 성인데다 마침 외가는 핏줄이 끊겼습니다. 해서 말씀 드리는 것입니다. 저희 돌아가신 외조부의 의손이 되어주실 수 있겠습니까?"

"그……."

"물론 결정은 임 형이 하는 것입니다. 제가 바라는 것은 외가의 제(祭)를 올려줄 후손이 필요하다는 것입니다."

"음. 하지만 저는 선친의 제도 올려야 합니다."

"그것 역시 임 형이 알아서 하실 문제지요."

"후우. 진 대형께서 저의 목숨을 구해주신 분이거늘 무슨 일인들 못하겠습니까. 그러한 일이라면 제가 그리한다 해도 선친께서 뭐라 하지 않으실 겁니다. 오히려 은혜를 갚는 것이니 칭찬을 하실 겁니다."

"정말 그리해 주실 수 있으십니까?"

임수행이 마음의 결정을 했다는 듯 빙그레 순박한 웃음을 지었다.

"기껏해야 제를 한두 번 더 모시는 것인데 못할 것이 무에 있겠습니까. 걱정 마십시오. 제가 죽을 때까지, 그리고 저에게 후손이 생긴다면 그들까지 이어갈 겁니다."

"고맙습니다."

진고영은 마음 한구석을 차지하고 있던 짐이 떨어져 나가는 것 같아

무거운 마음 가운데서도 절로 표정이 밝아졌다. 그러자 속에 품고 있던 다른 생각을 끄집어냈다.

‘임수행의 나이가 나보다 두 살 어리다 했지?’

"그럼 이제부터 제 외조부의 의손이 되시는 겁니다?"

"그렇게 하겠습니다."

"그럼 이제부터 나를 형이라 부르게."

"예? 아!"

약간은 장난기마저 있는 진고영의 말에 어안이 벙벙하던 임수행은 무슨 말인지 알았다는 듯 탄성을 발하고 벌떡 일어나 정식으로 진고영에게 인사를 했다.

"소제 임수행이 형님께 인사를 드립… 니다."

문득 인사를 하던 임수행의 목소리에 울음기가 배어 나온다. 일가 피붙이도 없던 판에 형님이 생기니 자기도 모르게 울먹임이 나온 것이다. 하여간 어쩔 수 없는 순진남이다.

"음. 그럼 이제 문제는 해결이 됐군!"

"예? 또 무슨……."

"사문의 무공이 아니라도 가문의 무공이라면 배워도 하등 문제될 것이 없잖은가?"

"그거야……."

"더구나 직계의 무공이라면 더욱 그렇겠지. 설마 종남에선 가문의 무공마저 못 배우게 하는 건 아니겠지?"

"그거야 당연히 가문의 무공은 상관이 없습니다만……."

진고영이 임수행의 얼굴을 똑바로 바라보며 말했다.

"그럼 이제부터 의조부 되는 분의 무공을 배우게."

“예?”

“본래는 여유를 가지고 철한장에서 말하려 했는데 일이 급박하게 돼서 좀 서두를 수밖에 없군. 돌아가신 외조부의 무공을 저번 임가장에 갔을 때 수습했지만, 아직 마땅히 전해줄 사람도 없고 해서 내가 가지고 있었네. 하니 이제는 의손인 자네에게 물려주는 것은 당연한 일이지 않은가?”

“그, 그렇지만 우 형님도 있고…….”

“우 형과는 무공의 특성이 맞지가 않네. 더구나 지금 익히고 있는 명화진기결만 해도 평생을 익혀야 할 무공이지. 그러니 천상 외조부의 무공은 아우가 잇는 수밖에.”

임수행의 얼굴이 붉게 달아올랐다. 형님이 생기고 이제는 평생 꿈꾸던 절학까지 얻게 되다니. 게다가 진고영이 전해준다 했으면 결코 일반적인 무공은 아닐 것이다. 어쩌면 종남의 비전무공에 버금가는 무공일지도. 임수행은 흠칫, 자신이 너무 욕심 낸다 생각하고 자책하는 마음이 들었다.

그의 마음을 안다는 듯 조용히 웃음 짓던 진고영이 품속에서 한 권의 책자를 꺼냈다.

“받게. 비록 진본은 아니나, 오히려 익히기는 나을 것이네. 일단은 어느 정도 수준에 이르면 다음 것을 주겠네. 무리하게 진본 전체를 보는 것은 역효과만 있을 것 같아 따로 정리를 한 것이네.”

전날, 임가장 석등 밑에서 얻은 목함에는 두 가지가 들어 있었다. 외가의 무공까지 굳이 말할 필요를 느끼지 않아 우형욱에게도 자세히는 말하지 않았다. 물론 물었다면 대답해 줬을 것이지만 묻지도 않는 것을 먼저 이야기할 필요는 없었던 것이다. 그것을 세 권의 책자로 정리했다. 그리고 그중 한 권이 이제야 임자를 만난 것이다.

책을 건네받는 임수행의 손이 가늘게 떨렸다. 그러더니 더 이상 견딜 수 없는지 한 방울 맑은 눈물이 책자 위로 떨어졌다. 그러자 진고영이 한 소리 한다.

"그 무공을 익히기 위해선 마음을 단단히 먹어야 하네. 많은 어려움이 따를 것이야. 일단은 내가 가는 길에 틈틈이 구결의 오의를 알려주겠지만, 결국 익히는 건 아우네. 노력한 만큼의 대가가 따를 것이야."

"예…… 형님."

"마침 아우가 유운심법을 익혔으니 심법 면에서는 그다지 어려움은 없을 것이네. 부드러움을 중시하는 심법이니 맥이 비슷하거든. 다만 앞으로는 가문의 심법을 주로 삼아야 할 거야. 불완전한 유운심법으로는 그 무공을 익히기에 어려움이 많을 테니까."

"예."

임수행도 잘 알고 있다, 반쪽짜리 유운심법으로는 결코 일류도 되기 힘들다는 것을. 그나마 일류고수의 문턱에 턱걸이라도 할 수 있었던 것은 그의 노력과 자질이 뒷받침되었기 때문이다.

일각이 되지 않아 우형욱이 들어왔다.

"진 대형, 첩검단원의 말에 의하면 반나절가량 뒤처져 있다 합니다. 어떻게 하시겠습니까?"

"더 기다리기에는 제 마음의 여유가 너무 없군요. 일단 첩검단원에게 표기를 남기라 하고 출발합시다."

"알겠습니다. 저… 그런데 임 아우하고 무슨 일 있었습니까?"

위경리에게 맞아가며 배운 눈치였다. 방에 들어올 때 이상한 기미를 눈치챘지만 묻지 않았었다. 하지만 그냥 넘기기엔 우형욱의 성격이 허락하지를 않는 것이다.

"임 형을 아우로 삼았습니다. 그리고……."

간단하게 전말을 이야기해 주자 우형욱은 마치 자기 일이라도 되는 양 기뻐했다. 다른 사람이라면 서운함이라도 드러낼 터인데 그런 것도 없다. 하긴 그래서 더 정이 가는지도 모르는 것이지만.

"미리 말 못해줘서 미안합니다. 게다가 외가의 무공은 우 형과 맞지 않아서 그런 것이니 이해하십시오."

"뭘요. 저야 이미 진 대형께 배운 것도 언제 완성할지 까마득한데요 뭐."

별말을 다한다는 표정으로 과장되게 손까지 젖더니 임수행을 바라본다.

"축하하네! 하하하! 이제야 임 아우의 자질이 제대로 빛을 발하겠구만."

"감사합니다, 우 형님. 크윽."

또 눈물이다. 더 두고 봤다간 언제까지 저럴지 모른다는 생각에 진고영이 입을 열었다.

"갑시다. 힘은 들겠지만 조금 더 서둘러야겠습니다."

"예!"

태원부까지 가는 길을 미리 약조했기에 늦게 도착한다 해도 뒤를 쫓아오는 데는 무리가 없을 것이다. 거기다 첩검단의 연락망이 최대한으로 가동되고 있으니 혹여 비상 상황이 발생해도 바로 연락이 될 터.

진고영 등은 또다시 발길을 재촉했다. 이번에는 말이 지치면 말을 놓고 갈 결심까지 하고 있었다.

이틀이 지나자 마침내 말이 주저앉으려 한다. 허창을 얼마 남겨놓지 않은 단하라는 곳에서였다.

"어차피 조금 더 가면 계속 강을 건너야 합니다. 차라리 말을 여기서 팔아버리는 게 나을 듯합니다."

임수행의 말은 일리가 있었다. 말까지 도선(渡船)시켜 주는 배는 그리 많지가 않다. 결국 기다리는 시간이 그만큼 많아진다는 뜻이다.

단하에서 말을 처분하고 도선장에 나가자 아니나 다를까, 큰 배는 두 시진을 기다려야 한다고 한다. 하지만 사람만 건너는 작은 배들은 수시로 강을 건너고 있었다.

배에는 이십여 명의 사람들이 북적거리고 있었다.

그중에서도 눈에 띄는 사람들이 있었다. 두 명의 승려가 침중한 표정으로 구석에 앉아 있었다.

"진 대형, 저 승려들 소림승 같습니다."

"예, 아무래도 소림이 그다지 멀지 않으니……."

우형욱의 말에 건성으로 답하는 진고영의 마음은 사실 승려들보다 선미 쪽에서 쪼그리고 앉아 등을 긁고 있는 늙은 거지에게 가 있었다.

자세히 살피니 허리 안쪽에 매듭진 띠가 보인다. 개방의 거지였다. 그것도 오결, 개방의 장로급이 분명해 보였다. 잠시 생각을 가다듬던 진고영이 몸을 일으켜 거지에게로 다가가자 우형욱이 의아한 듯 물었다.

"대형, 왜……?"

"잠시만 기다리십시오. 저분에게 물어볼 게 있습니다."

그제야 거지를 살펴보고 매듭을 발견한 우형욱은 언뜻 낙양에서 있었던 개방과의 인연이 생각났다.

'이런 멍청한. 이제야 저걸 보다니······.'

한쪽에서는 임수행이 깊은 생각에 잠겨 딴세상에 가 있다. 그걸 본 우형욱은 고개를 내둘렀다.

'좌우간 대단한 집중력이야.'

노개의 다섯 자 앞에까지 다가간 진고영은 노개를 향해 조용히 말문을 열었다.

"잠시 실례해도 되겠습니까?"

등을 긁고 있던 늙은 거지가 힐끗 쳐다보더니 계속 등을 긁는다.

"전에 낙양에서 만유개 선배를 뵌 적이 있습니다만."

진고영의 이어지는 말에 거지의 손이 멈추고 의외라는 듯 고개를 똑바로 쳐들었다.

"그런데 어쩌라고?"

참, 할 말 없게 하는 대답이다. 하지만 위경리의 구언공을 수없이 옆에서 경험한 진고영이었다.

"할 말이 있다 이거지요."

별다른 표정도 없이 그저 그러냐는 듯 답하는 진고영이 의외였나 보다.

"뭔 말인데?"

"도움을 좀 청할까 해서 그럽니다."

자기의 도발이 조금도 먹혀들지 않는다는 걸 느낀 노개는 자세를 바로 했다.

"거, 젊은 사람이 꽤나 무게 잡기를 좋아하는구먼."

"저보다 더 무거운 사람들을 많이 보다 보니 그런가 봅니다."

역시나 만만치 않은 적수다. 억울(?)하지만 인정을 안 할 수가 없다.

"큼! 말해 보게."

"산서의 동태를 좀 알고 싶습니다. 천하에 개방이 모르면 알 수 있는 곳이 없을 것 같아서 도움을 청하는 것입니다."

음성은 조용하지만 거기에는 힘이 담겨 있었다. 세상 경험이 풍부한 자만이 느낄 수 있는 무언가 알 수 없는 힘이. 노개의 표정이 굳어졌다.

"그런데 자넨 누구신가?"

말투가 달라진다. 노개, 개방의 순찰장로 삼절개는 진고영의 기세가 예사롭지 않다는 것을 알아본 것이다. 물론 진고영이 기세를 살짝 흘리긴 했다지만, 그가 능력이 없었다면 알아보지 못했을 것이다.

"진고영이라 합니다. 전에 만유개 선배께서 도움이 필요하면 개방을 찾으라 하신 적이 있어서 이렇게 도움을 청하는 것입니다."

전음을 듣고 잠시 생각하는 듯하던 삼절개의 두 눈이 휘둥그레졌다.

"자네가?!"

"사람이 너무 많습니다."

삼절개는 진고영의 전음에 목소리를 낮추고 물었다.

"음……. 그래, 무슨 도움을 원하는 것이오?"

개방이라면 결코 진고영에 대해 모를 수 없다. 낙양에서의 일로 개방의 성가가 높아졌다. 그리고 그것이 최근에 폭풍처럼 떠오른 진고영 덕분이란 것을 개방의 장로쯤 되면 알고 있는 사실이다.

"조금 전에 말씀 드린 대로 산서의 동태를 원하는 것입니다."

"산서의 동태라… 조금 좁혀주겠소?"

하기는 너무 광범위한 질문을 했다. 마음만 앞서서는 아무것도 안 되는 것을.

"죄송합니다. 지금부터는 전음으로 말하겠습니다. 얼마 전 태원부에 천은산장의 영무들이 모여들었습니다. 한데 그들에게……."

전음으로 첩검단이 수집한 정보를 말하자 삼절개의 눈빛이 격하게 흔들렸다. 진고영의 말대로라면 결코 작은 일이 아니었다. 한데도 천하제일의 정보통이라는 개방이 아무것도 모르고 있었단 말인가?

아닐 것이다. 단지 자신이 유유자적 돌아다니다 보니 모를 수도 있는 것이다.

"진 공자의 말대로라면 죄없는 많은 사람들이 죽었고, 아직도 그들은 산서에 있다는 말씀인데. 그렇다면 본 방에서 모를 리 없소이다. 허창 지부에 들러 자세히 알아봐야 할 것 같소. 진 공자가 알고자 하는 것도 그때가 돼야 알 듯하구려."

"알겠습니다. 시간이 촉박하니 저희가 같이 따라가겠습니다."

배에서 내리자마자 삼절개를 앞세우고 걸음을 재촉했다.

우형욱은 궁금했지만 때가 되면 알려줄 거라 생각하고 조용히 따라가기만 할 뿐이었다. 하지만 그 성격이 어디 갈까.

"저…… 진 대형."

허창을 칠십여 리 남기고 끝내 질문을 던졌다.

"개방에 소식을 알아보는 것보다 차라리 한시라도 빨리 가는 것이 낫지 않을까요?"

"물론 우 형의 생각은 압니다. 하지만 개방엔 매우 특수한 연락 방법이 있다 들었습니다. 우리가 지체하는 시간은 한두 시진이지만 저들을 통해 연락하면 적어도 하루 이상 빨리 연락이 될 겁니다. 게다가 놈들의 움직임을 첩검단으로는 모두 알아내기가 힘든 상황입니다. 어떻게든 다른 사람들의 도움을 받지 않을 수 없다는 말이지요. 그런 일에서는 개방을 따라갈 곳이 없습니다. 개방이 태원에서 움직여 주기만 한다면 우리가 가기 전에 저들이 움직였어도 저들의 행적 정도는 알 수 있을 것입니다."

누구보다 더 마음이 급한 게 진고영이었다. 혼자서라도 달려가고 싶었지만 그것만이 최선은 아닌 것이다.

저들은 진고영이 도착 전에 움직일 가능성이 매우 높다. 아니, 틀림없이 그럴 것이다. 그렇다면 운오는 저들의 손에 있을 것이고, 그때가 돼서야 다른 이의 손을 빌리려 한다면 이미 늦어버린 것이다. 최악의 경우라도 운오를 구할 방도는 갖춰놔야 하는 것이다.

그것이 피가 마를 정도로 마음이 급한 진고영이 개방을 찾는 이유였다. 그나마 삼절개를 만나 그게 더 빨라졌다는 것이 다행이었다.

우형욱은 다급한 가운데서도 침착하니 하나하나 풀어가는 진고영이 새삼 오를 수 없는 산처럼 보였다. 그러다 문득, 전날 음혼색살마 사건 때 일을 처리하던 진고영이 생각났다.

아무래도 이대로 짐이 돼서는 안 될 것 같은 생각이 든다.

"진 대형, 허창에서 생각하신 대로 일이 풀리거든 먼저 가십시오. 저희들도 최선을 다해 따라는 가겠지만 아무래도 진 대형이 먼저 가는 게 빠를 듯합니다."

눈빛이 가볍게 흔들리던 진고영이 묵묵히 고개를 끄덕였다.

"알겠습니다. 우 형의 말대로 하겠습니다."

허창의 개방 분타에 도착한 삼절개는 숨도 가라앉히지 않은 채 분타주를 닦달했다.

허창 분타주 오공개는 난데없는 벼락에 정신이 없었다. 순찰장로가 느닷없이 방문한 거야 그렇다지만, 저리 정신없이 몰아치니 환장할 일이었다. 하지만 젊은 나이에 분타주라는 지위에 오른 것이 그저 줄을 잘 서서가 아니라는 것을 보여주는 듯 오공개는 재빨리 정신을 가다듬었다.

"그러니까 산서 쪽에서, 특히나 태원부 쪽의 정보란 말씀이지요?"

"그렇다니까 몇 번 말해야 알아듣겠나?"

"몇 번 말씀을 하셔도 그렇지, 이곳에서 산서의 모든 정보를 내놓으라면 어쩌라는 겁니까요?"

"알고 있는 거라도 내놔 봐!"

눈에 불을 켜고 윽박지르자 천하태평 오공개도 별수없었다.

"최근 들어온 정보라면…… 수상한 자들이 몇 들어왔다는 것 하고, 태원 일대에서 제법 많은 양민이 죽었다는 정돈데……."

"그거야, 그거! 그래서?"

"예? 그래서라니요? 그렇다는 거지요."

삼절개의 붉어진 얼굴이 금방이라도 자신을 잡아먹을 것처럼 변하자 오공개는 최대한 빠른 속도로 머리를 굴렸다.

"그러지 마시고 낙양 쪽에서 알아보시는 게 더 정확할 겁니다요."

막 올라가려던 삼절개의 손이 멈췄다. 그러더니 진고영을 돌아본다.

"어찌 생각하시는가?"

"일단 태원 쪽에 연락이라도 해줄 수 있으신지……."

"음? 그거야 문제없소. 뭐 해, 빨리 태원으로 비통을 띄워서 그 수상한 놈들 철저히 감시하라고 하고, 그……?"

“운가고서점입니다.”

“흠, 흠. 태원부 서문 쪽의 운가고서점 사람들을 대피시키라고 하란 말이야!”

오공개는 외인이 있는 데서 비통에 대해서까지 정신없이 떠드는 저 사람이 정말 삼절개인지 의심이 갈 지경이었다. 만일 일전에 분타주 임명식에서 보지 않았다면 절대 믿지 않았을 것이다.

“비통까지…… 사용해야 합니까?”

딱!

끝내 무력이 사용됐다. 지위가 높은 자, 힘있는 자의 전유물, 벌을 가장한 폭력이.

“하라면 하지 말이 많어?!”

“크윽! 그래도 누구신지는 알아야…….”

“응? 내가 말 안 했나?”

오공개는 화가 치밀었지만 맞아 죽으려면 모를까 감히 표를 낼 수는 없었다.

주위를 둘러본 삼절개가 아무도 없다는 것을 알고 조용히 오공개의 귀를 잡아당겼다.

“너, 진고영이라는 이름 알어?”

“그게… 누구…… 컥! 진.고.영.요?!”

오공개의 두 눈이 튀어나올 정도로 커지더니 진고영을 바라본다.

그가 왜 못 들어봤겠는가. 그래도 명색이 개방의 분타주이거늘.

자세히 보니 용모파기와 똑같다. 다만 옷 색깔이 다르지만, 옷이라는 것은 언제든 달라질 수 있는 것 아닌가. 오히려 못 알아본 것이 이상할 정도이다. 하긴 진고영 본인이 자신의 분타에 올 거라 어찌 생각이나 했을까.

"그, 그, 그럼 저, 저분 공자가?!"

"쉿! 지랄 말고 빨리 비통이나 보내! 내가 다 책임질 테니까!"

순간, 오공개의 눈이 번뜩인다.

"장로님께서 책임질 것까지 없습니다. 제가 책임지고 보내겠습니다."

"이놈이! 내가 책임진다니까?"

"걱정 마십시오. 제가 다! 책임집니다! 태원부라 하셨죠?"

정신없이 전서를 쓰는 오공개를 바라보는 삼절개의 표정이 천변만화한다.

"다시 말하지만, 이번 건(件), 내가 책임진다. 그렇게 알고… 있어."

전서를 쓰던 오공개의 손이 멈칫하더니 고개를 돌려 삼절개를 바라봤다.

"그럼 함께 책임지죠. 더 이상은 때려죽여도 양보 못합니다!"

"끄응……. 좋다, 좋아. 빨리 그거나 써서 보내! 초지급으로!!"

"예! 초지급으로!!"

오공개는 행여나 삼절개의 마음이 변할까, 재빨리 써 내려간 서신을 들고 안으로 들어갔다. 이 일이 잘되면 적지 않은 공로를 인정받게 된다는 것을 직감으로 알아챈 오공개였다. 걸음을 다급히 옮기는 오공개의 입가에 득의의 웃음이 걸렸다.

'흥! 공을 다 넘겨줄 수야 없지. 욕심 많은 노인네 같으니라구.'

잠시 어안이 벙벙한 채 두 사람을 쳐다보던 진고영이 삼절개에게 고개 숙여 감사의 인사를 했다.

"도와주셔서 감사합니다."

“허허허! 아니오. 일전 진 공자 덕분에 우리 개방이 크게 이름을 떨쳤소. 이 정도 일은 그에 비하면 개발에 발톱이지요.”

무게를 잡고 말하지만 표현은 역시 별수없는 개방장로 삼절개였다.

밖으로 나오자 우형욱과 임수행이 초조하게 기다리다가 진고영을 보고 급히 다가왔다.

“어떻게 됐습니까, 진 대형?”

“다행히 일단 태원 쪽에 연락을 보냈습니다. 그리고 영무들에 대한 조사와 감시도 하기로 했습니다. 이제는…… 제발 우리가 늦지 않기만을 바라야지요.”

“다행입니다. 어서 가시지요, 대형!”

“먼저 가십시오, 형님. 저희도 뒤따라서 죽어라 달려가겠습니다.”

“음…….”

허창을 나선 진고영은 한줄기 번개가 되어 신형을 날렸다. 이제는 누구의 눈치를 보고 자시고 할 여유가 없었다. 조부께 들은 대로라면 개방의 비통은 전서구보다 빠르다 했다. 그게 사실이기만을 바랄 뿐이었다.

산을 가로지르고 물이 있으면 그냥 건너뛰었다. 사람들은 그저 바람이 지나가나 느낄 정도의 속도로 질풍같이 달려가지만, 진고영의 마음은 자신이 경공에 더 신경 쓰지 못한 것이 한스럽기만 할 뿐이었다.

석양이 지고 컴컴한 밤이 되어도 달리는 속도는 조금도 줄지 않았다. 그렇게 달리다 보니 마침내 거대한 황하의 거센 물결이 눈에 들어왔다.

그대로 박차고 나아가는 진고영은 야조가 되었다. 물을 짚는 발이 빠져들 사이도 없이 부드럽게 물을 밀어내자, 그의 신형이 마치 소금쟁이처럼 주욱 나아간다. 순식간에 십여 장을 나아가고, 다시 물을 밀어내 또 나아간다. 가고 또 가다 보면 결국은 끝이 나올 것이다.

'친구여! 조금만 기다려 다오. 제발 살아만 있어다오.'

"으아아아!! 운오!!"

천룡이 분노해 울부짖는가!

천공을 떨어 울리는 굉음에 잠자던 황하가 놀라 격랑을 일으키며 솟구친다.

4

어두컴컴한 겨울밤에 대풍운보의 정문이 열리고 백여 명의 인영이 빠른 속도로 동쪽으로 사라져 갔다. 그들의 선두에는 거대한 덩치의 호공탁이 보인다. 그리고 그 옆에는 그보다 더 커 보이는 장한이 무언가 좋은 일이 있었는지 희희낙락 웃음을 머금고 있었다. 마침내 백리단황의 명령이 떨어지자 대풍운보 최강의 무력단, 패력전의 정예 호풍단이 밤길을 달려 절강으로 가는 것이었다.

그리고 한 시진이나 지났을까. 이번에는 북문이 열리고 수십의 야행인이 바람처럼 빠져나가고 있었다.

백의를 입은 무거운 기도를 지닌 자가 선두를 이끌고 있다.

냉혈무광 백리웅천, 그가 잠풍단과 함께 복귀한 지 이틀 만에 백운보를 치기 위해 조용히 대풍운보를 출발하고 있는 것이다.

진고영이 황하를 건너며 분노의 외침을 토하던 그 시각이었다.

*   *   *

태양이 중천에 떠 있어 차가워진 대지에 따뜻함을 선물해야 할 시각, 천당봉의 하늘에 태양은 보이지 않고 자잘한 눈발만이 날리고 있었다. 하지만 밀영전 깊숙한 곳에서는 밖의 눈발과는 전혀 상관없다는 듯 뜨거운 열기가 실내를 달구고 있었다.

"어찌 되었든 마도십문을 그냥 놔둘 수는 없습니다. 강호의 동도들에게 알리기 위해서라도 그들을 먼저 쳐야 합니다."

"물론 경 밀위(密位)의 말씀에도 일리는 있습니다. 하나 껍데기뿐인 그들을 쳐봐야 남는 것보단 잃는 게 더 많습니다. 그 일은 심사숙고해야 합니다."

키가 조금 작은 중년인의 말에 뚱뚱한 사람이 말을 받는다. 그러자 또 다른 자가 일어나 말을 이었다.

"조 밀위와 경 밀위, 두 분의 말씀이 다 맞습니다만, 결국은 두 가지 의견 중 어느 것이 더 이익이 될 것인지를 따져 봐야 할 것 같습니다. 명분은 이미 섰으니 굳이 전력을 낭비할 필요는 없을 것입니다. 다만, 그들 역시 언제라도 칼을 들고 일어날 수 있는 자들이라는 것을 잊어서는 안 될 것입니다. 제 생각에는 결국 힘을 나눠야 한다고 가정을 해놓고 계획을 세워야 나중에라도 대처하기가 쉽다는 것입니다."

세 사람의 의견이 팽팽히 맞섰다. 옆에서 지켜보던 자들도 각자의 의견이 나올 때마다 고개를 끄덕일 정도였다. 하지만 결국은 한 사람의 결정이 모든 것을 좌우했다.

40

"세 분 말씀은 잘 들었습니다. 저 역시 세 분의 의견이 모두 나름대로 타당성이 있다고 생각합니다. 단, 그중 최우선순위가 무엇이냐가 중요하다 생각합니다. 그것을 정하는 것은 결코 어렵지 않은 문제입니다. 이곳에 여러분이 무엇 때문에 모였는지, 우리의 공통된 뜻이 무엇인지, 그것이 바로 최우선순위라는 것만 알면 됩니다."

일곱의 문사의를 입은 사람을 둘러보며 말을 맺는 여인의 두 눈이 차갑게 빛을 발한다.

눈꽃처럼 차갑고도 아름다운 동방설리였다.

그리고 이곳은 그녀가 추진하고 있는 마도멸살계의 모든 의사 결정을 하는 밀사총회장이었다.

"가지를 먼저 치느냐, 몸통을 잘라내느냐, 아니면 뿌리를 먼저 뽑아내느냐, 세 가지 중 하나를 닷새 안에 결정하고 그에 대한 세부 계획을 이 달 말까지 내놓으시기 바랍니다. 이상입니다."

"음…… 알겠습니다, 전주."

대답과 함께 무거운 엉덩이를 일으켜 밖으로 나가는 사람들을 쳐다보던 동방설리의 눈이 가늘게 떨렸다. 이제 물러설 수 없는 곳까지 갔다. 아니, 애초에 물러설 생각도 없었다.

'하늘이 피를 원하니 피를 보는 수밖에. 조금이라도 선량한 사람들의 피를 줄이기 위해선 어쩔 수 없어…….'

*　　　*　　　*

하지만 동방설리의 생각을 비웃으며 냉소를 날리는 자도 있었다.

"흥! 무검단이라고? 얼마든지 만들라 해라! 그깟 놈들 무서워할 본

41

좌가 아니다."

혈왕의 냉랭한 말에 문인호용은 어깨를 떨었다. 이제 한 달이 넘었다. 한데 아직 동방설리를 죽일 계획을 세우지 못했다. 최후의 힘을 사용한다면 가능할 수도 있다. 하지만 그것마저 실패한다면 사지 하나가 아니라 당장 목이 잘릴 것이다.

'아직 두 달이 남았다. 여우는 언젠가는 여우 굴에서 나올 수밖에 없을 것이다. 조금 더 기다리자.'

속으로는 동방설리에 대해 이를 갈며 문인호용은 혈왕을 향해 머리를 조아렸다.

"궁주시여, 칠령주 휘하의 고수 중 쓸 만한 자들은 이미 따로 모아놨습니다. 저들이 무검단을 조직해서 공격해 봐야 그저 쓰레기들을 청소할 뿐이옵니다. 너무 심려치 마시옵소서."

"후후후, 본좌도 안다. 다만 정파랍시고 날뛰는 것들이 보기 싫을 뿐이다. 흠. 호용!"

"예, 궁주!"

"놈들에게 본 궁의 위엄을 보여줄 방법을 찾아봐라! 본좌에 대해 두려움을 집어먹을 일을 말이다!"

문인호용은 가슴이 답답했다. 지금 저들을 건드리는 것은 불난 집에 부채질하는 꼴이다. 하지만 직접 그렇다고 말할 수도 없었다. 그랬다간 지금 당장 사지가 잘릴지도 모르는 것이다. 하는 수 없다.

"알겠사옵니다. 궁주님의 명을 받들어 놈들에게 교훈을 내리겠나이다."

"그리고 이제 두 달이 채 안 남았다는 점을 잊지 말아라, 호용."

"명심… 하고 있사옵니다."

문인호용이 가늘게 떨며 대답하자, 혈광이 번질거리는 혈왕의 눈에서는 은근히 즐기는 빛마저 떠오르고 있었다.

"우흐흐흐흐…… 그래?"

5

산서로 들어서자 진고영의 발걸음이 조금씩 무거워지기 시작했다. 태원에 가까워질수록 마음이 무거워지는 것이다.

고평의 황림을 지나던 진고영은 문득 전날 우형욱을 만났던 일이 떠올랐다. 겨울이어서인지 먼지 대신 하얀 눈이 황림을 뒤덮고 있었다. 그러니 이제는 백림이 되어버린 것이다.

그때의 사당이 지금도 있을까? 이제는 이곳에서 일어났던 일이 까마득한 옛일 같기만 하다. 일 년도 안 지났거늘 세월은 모든 것을 잊게 만든 것이다. 그래서 세월이 약이라 했을까? 아마 세월은 세상의 그 어떠한 약보다도 가슴의 상처를 치료하는 데 최고의 성약일 것이다.

이런 저런 생각을 하며 빠른 속도로 황림을 벗어나던 진고영은 문득 저 앞쪽에 거지 한 명이 서 있는 것을 보았다. 특별히 이곳에 있을 상황도 아니거늘 거지가 무슨 일로 황량한 곳에 서 있단 말인가.

이십여 장 떨어진 곳을 바람처럼 지나치려 할 때였다.

"혹시 오시는 분은 진씨 성을 가진 분이 아니십니까?"

흠칫, 거지의 전신을 살피자 허리에 매듭이 보인다. 두 개의 매듭이었다.

43

“제가 진가 성을 쓰오만 혹, 개방 분이 아니신지?”

“개방의 배일수가 삼가 제마신협 진 대협을 뵈오이다!”

허리가 부러져라 숙이며 인사하는 배일기의 전신이 격정으로 가늘게 떨리고 있었다. 세상에! 신협을 직접 만나다니, 더구나 자신은 전할 서신까지 있지 않은가? 두고두고 후세에 전할 이야깃거리였다.

진고영의 얼굴에 무안한 표정이 떠올랐다. 위경리의 계획은 좋았지만 결국은 자신의 얼굴에 금박을 입힌 꼴이 되어버린 것이다.

‘후우……. 노형님만 뭐라 할 수도 없는 일이니…….’

“신협이라니, 가당치도 않습니다. 한데 어떻게 제가 이곳으로 올 줄 알고……?”

“신협께서 오실 길을 예상하고 열 명의 거지가 여기저기 퍼져 있습니다. 다행히 운이 좋아 제가 신협을 뵙게 된 것입니다.”

끝까지 신협이다. 차라리 진 공자가 백 번 낫다는 생각마저 든다.

“무슨 전하실 말이라도?”

“아차! 이것…….”

내미는 것은 때가 꼬질꼬질한 서신이다.

펴보니 역시나 글씨도 지렁이 열두 마리가 춤추며 지나간 것 같다. 하지만 그 내용만은 진고영을 긴장시키기에 충분했다.

영무로 보이는 자들 다수 발견, 감시 중임. 영무와 일행으로 보이는 자들 발견, 감시 중임. 영무로 보이는 자들은 무언가를 기다리고 있음. 운가고서점은 아직 별일없음. 단, 대피시키기가 어려움. 주위로 영무 외에도 상당수 고수들이 있음. 추령검위로 예상됨. 우리가 움직이면 저들도 움직일 것 같아 접근을 못하고 있음.

진고영이 서신에서 눈을 떼자 배일기가 급히 입을 열었다.

"분타주의 생각으론 저들이 명령을 기다리는 것 같다고 하셨습니다. 무슨 명령인지는 몰라도."

말을 하던 배일기의 눈이 휘둥그레졌다. 눈앞에 있던 진고영이 흐릿해지는가 싶더니 사라져 버린 것이다.

"엇? 어디로……?"

놀라 사방을 둘러보던 배일기의 입이 딱 벌어졌다.

어느새 수십 장 밖을 날듯이 달려가고 있는 것이다. 그러더니 눈 몇 번 깜짝일 사이에 사라져 버렸다.

"후유, 겁나게 빠르네. 과연……."

달려가는 진고영의 마음은 조급함으로 더 빨리 달리지 못하는 자신의 다리를 원망하고 있었다.

놈들은 명령을 기다리고 있다. 그건 분명하다. 한데 무슨 명령일까?

죽이라는 건 아닐 것이다. 자신이라면…… 어떻게든 목숨만은 살려서 사로잡으라 할 것이다.

아직 명령이 안 왔다면 그것은 곧 올 수도 있다는 말이다. 게다가 추령검위까지 와 있다면 놈들도 어느 정도는 만일의 사태를 대비했다는 말. 개방의 일 개 분타로 막을 수 있는 자들이 아니다.

시간, 시간, 시간이 문제다.

태원부까지 천 리 길이다. 심장이 부서지는 한이 있어도 내일 아침까지는 도착해야 한다.

그렇게 세상이 하얗게 변해 있는 일월 스무날, 한줄기 빛살이 산서

성을 가르며 올라갔다.

6

　영무각 삼령주 휘하, 일조 조장 추성신은 석양이 질 무렵 날아온 비둘기에서 하나의 전통을 떼어내고 있었다. 마침내 기다리고 기다리던 전서가 도착한 것이다. 이 빌어먹을 산서에서 떠날 날이 멀지 않은 것이다.
　주로 강남 일대에서 활동했던 자신들에게 산서의 바람은 너무 매서웠다. 더구나 뿌연 황사가 겨울도 안 가리고 날아드니 어떨 땐 차라리 눈을 감고 지내는 편이 낫다고 느껴질 정도였다.
　그래서인지 전서를 가져온 비둘기가 너무도 반가웠다.

죽이지만 말고 어떤 방법을 써서라도 사로잡아 올 것.

　결국 살려서 데려오라는 명령이었다. 행여나 별 볼일 없는 자였다면 죽이고 또다시 사람 찾는 숨바꼭질을 해야 했을 것이다. 한데 데려오란 걸 보니 그래도 쓸 만한 구석은 있는 모양이었다.
　추성신은 하얗게 웃음 지으며 앞에 있는 사람들을 바라보았다. 저들 역시 서신의 내용이 궁금할 것이다.
　"놈을 살려서 데려오라는 명령이다. 목숨만 붙어 있으면 된다는 말이지."

다른 조장들의 입에서 자신보다 더 차가운 웃음이 떠오르는 것을 본
추성신이 천천히 입을 열었다.

"자정에 사냥을 시작하자."

7

운오는 최근 자신의 주변에서 벌어지는 일들이 현실 같지가 않았다.

언제부턴지 서점을 찾는 고객들의 발걸음이 뚝 끊어지기 시작한 걸
로 믿을 수 없는 일들이 시작됐다.

자신이 무슨 잘못을 저질러서 고객들이 발걸음을 끊나 고민하기 시
작했다. 하지만 아무리 생각해도 자신이 특별히 잘못을 한 것 같지는
않았다. 그래서 다음에는 책에 이상이 있어서일까를 고민하기 시작했
다. 하지만 그것 역시 답이 나오지 않았다. 나중에는 부인이 임신을 해
서 혹시 손님에게 실수한 것은 아닌가 물었다가 밥도 못 얻어먹을 뻔
했다. 여자들은 임신하면 평소와 다른 행동을 많이 보인다는데…….

그러던 어느 날, 문득 서점 근처를 배회하는 자들 중 몇몇 얼굴이 자
주 보인다는 것을 깨달았다.

무심코 지나면 모를 일이었지만 하도 손님이 없으니 지나는 사람들
을 집중해서 살폈다. 혹시나 잠재적인 손님이 되지 않을까 해서. 그러
다가 비록 복장이 바뀌고 하는 행동도 바뀌지만 그들이 같은 사람이라
는 것을 알아챈 것이다.

저들은 운오의 머리가 얼마나 좋은지를 간과한 것이다.

47

그때부터 하나하나 주위를 살피기 시작했다. 그러자 왜 장사가 안 되었는지 그 이유를 알 수 있었다. 사람들이 서점에 들어오려 하다가도 발걸음을 돌리고 있는 것을 본 것이다. 그것은 주위를 배회하는 자들에게서 흘러나오는 어두운 기운 때문에 손님들이 두려움을 느끼고 발길을 돌리는 것이었다.

과거 우문 사부께 비록 무공의 초식은 아니지만 무공에 대한 이야기는 많이 들었다. 그리고 배운 것도 없지는 않았다. 박투는 아니고 발을 놀리는 신법과 운기법 정도였지만.

어쨌든 저들이 흘리는 기운을 어렴풋이나마 느낄 수 있을 정도는 되었던 것이다.

한때는 무공을 배워볼까 생각도 했었다. 하지만 곧바로 포기해 버렸다. 무공에는 자질이 없다는 우문 사부의 말씀도 있었고, 자신이 몸을 움직이는 것 자체를 싫어했기 때문이기도 했다.

고영이의 강훈을 하루 이틀 봐왔던가. 자신은 절대 그렇게 할 자신이 없으니 아예 시작도 하지 않았다. 다만 고영이의 할아버지가 야단치면 도망가기 위해서 신법을 배우고, 지속적으로 하면 몸에 좋다고 하기에 앉아서 하는 운기법은 배운 것이다.

한데, 이제는 조금 후회가 된다. 배워놓았으면 저놈들을 쫓아낼 수 있었을 텐데…….

제기랄, 이제는 거지들까지 어슬렁거린다. 하지만 그들도 자신의 서점을 배회하는 자들 때문에 가까이 오지를 못하고 있었다. 좌우간 빨리 저놈들이 사라져야 장사가 될 텐데……. 걱정이 태산이다.

일월 스무날 저녁, 밥을 먹고 잠을 청하려 하지만 자꾸 뒷골이 당기고 왠지는 몰라도 불안한 마음이 가슴을 답답하게 한다. 운오가 지금 껏 살아오며 경험한 바로는 이런 날은 무슨 일인가가 일어난다. 그리고 그것은 결코 좋은 일은 아니었다. 한참을 잠 못 이루던 운오는 고개를 저으며 이불을 젖혔다.

운오가 침상에서 몸을 일으키자 옆에서 자고 있던 부인, 하설랑이 이마를 찡그린다.

"대체 왜 그러시는 거예요, 잠도 못 자게. 뱃속의 아이도 자야 할 거 아니에요."

"이상해……. 아무래도 기분이 이상해."

운오가 중얼거리자 하설랑은 맘대로 하라며 돌아누워 버렸다. 그런 하설랑을 한 번 쳐다본 운오는 이불을 걷고 일어나 탁자의 찻물을 한 잔 따라 마시고 곰곰이 생각에 잠겼다.

'대체 내가 왜 이러지? 밖에서 어슬렁거리는 놈들 때문인가? 아니면 화진촌에서 죽은 사람들의 혼령이 나를 괴롭히는 건가? 가만. 화진촌? 하나하나 생각을 해보자.'

십여 일 전, 화진촌의 사람들이 십여 명이나 떼죽음을 당했다. 그리고…….

'응? 그래! 그때부터다! 아니지, 그 다음날부터다, 손님들이 줄어들기 시작한 게. 왜? 왜, 그때부터야 하지?

죽었다는 사람들을 생각해 봤다. 장삼이네… 삼돌이네… 돌쇠네……. 가만? 전부 고영이네 철방을 삥 둘러 살고 있는 사람들이다. 철방! 고영이다! 맙소사! 놈들이 고영이를 노리고 있는 건가?!

벌떡, 의자에서 일어나다 의자를 넘어뜨리자 하설랑이 빽 고함을 지르며 일어난다.

“여봇!!”

하지만 멍하니 생각에 잠긴 운오에게는 하설랑의 고함 따윈 딴세상에서 들리는 소리다.

고영이를 노리는 놈들이 이제는 나를 감시한다면 목적은? 나를 이용해서 고영이를 곤경에 빠뜨리겠다는 것밖에 생각할 수 없다.

아! 그리고 거지들! 강호무림에는 개방이라는 단체가 있다고 했다. 그리고 그들은 정파라 했다. 고영이를 노리기 위해 나를 어떻게 하려는 놈들, 정파인 개방의 거지들이 다가오려 하는 행동들. 그렇다!!

개방의 거지들은 나에게 뭔가 목적이 있다. 나에게 뭔가를 알리려 하는 것……. 그리고 오늘의 이 불안한 기분……. 안 되겠다.

“일어나.”

“여보?”

느닷없이 일어나라는 운오의 행동에 멍한 하설랑이 놀라 소리치지만, 운오는 아랑곳없이 하설랑을 잡아 일으켰다.

“어서 일어나라니까? 빨리!!”

“대체…….”

“대체고 뭐고 시간이 없어! 어서 일어나서 아버지께 가! 서두르라니까!”

“무슨 일인지나 알아야 가죠!”

운오는 마음을 가라앉히려 숨을 크게 들이키고는 하설랑을 쳐다봤다.

“잘 들어! 당신, 우리 집 뒤에 값나가는 고서들 숨겨놓는 곳 알지?”

“그거야 알죠.”

“아버지하고 새어머니 모시고 그리로 피해! 빨리!”

"무슨 일이길래 그래요?"

"아직은 정확히 몰라. 혹시 몰라서 그러는 거니까, 당신은 일단 내가 시키는 대로만 해!"

"아닌 밤중에 도대체가……."

미적거리는 하설랑이 그렇게 답답할 수가 없었다. 운오는 점점 등골에 뭔가가 스멀스멀 기어다니는 것 같은 기분이 들었다. 불길한 기운. 이마에선 식은땀이 흘러내린다. 자신의 예감이 맞다면 시간이 없다.

"제발! 어서 가란 말이야, 여보……."

"알았어요."

하설랑은 땀까지 흘리며 안절부절못하는 운오가 이상했지만 일단은 그의 말에 따르기로 했다.

하설랑이 밖으로 나가자 운오는 급히 서점 쪽으로 달려갔다. 밖을 살피기 위해서였다. 자정이 다 되어가는 시간이었다.

8

이제 삼백여 리 남았다. 강이 있고 산이 가로막고 있지만 두 시진이면 도착할 수 있는 거리였다.

진고영은 저 멀리 분하(汾河)에서 갈라진 물줄기를 보며 다급한 마음을 가라앉히려 했다. 이제 곧 태원부에 도착한다. 침착하니 생각해야 한다. 일단은 개방의 사람들을 만나야 한다. 그들이 계속 감시하고 있다면 운오의 상황은 그들이 제일 잘 알 것이다.

한시도 지체할 수 없다는 생각에 몸을 날렸다.

서편으로 넘어가는 달을 보니 해시는 넘은 듯하다. 자시가 다가온다.

＊　　　＊　　　＊

"분타주님!"

개방의 태원 분타주 포운개 방이는 느닷없이 문을 열고 들어서는 새끼 거지 때문에 세상모르게 자다가 깜짝 놀라 벌떡 일어섰다.

"뭐, 뭐야! 어? 너, 뭔 일인데 이 난리야?"

"크, 크, 큰일났습니다!"

"더듬지 말고 차분히 말해!"

"그, 그, 그게… 노, 노, 놈들이… 시, 시작했습니다!"

"뭘, 시작했……. 이런!"

더듬는 새끼 거지를 한 대 패주려다 무슨 생각이 들었는지 부리나케 뛰어나갔다.

"모두 일어나!!"

거대한 종이 울리는 것 같은 외침에 여기저기서 부스럭거리며 거지들이 기어 나왔다. 마치, 대체 뭔 일인데 저 난리여? 하는 표정으로 눈을 비비며.

"운가고서점으로 간다! 빨리 서둘러, 이놈들아!"

운가고서점? 잠시 어리둥절하던 거지들은 그제야 무슨 일인지를 직감하고 자신들의 타구봉을 챙기기 무섭게 포운개의 뒤를 따라 뛰어갔다.

52

*   *   *

운오가 막 서점 뒷문 쪽으로 다가갈 때였다.

몇 개의 그림자가 담을 가볍게 날아 넘어오는 게 보였다.

"흡!"

대경실색한 운오는 급급히 뒤로 물러나 기둥 뒤로 몸을 숨겼다. 그리고 최대한 숨소리를 죽인 채 머리를 맹렬히 굴렸다.

'놈들이 마침내 나를 잡으려 마음을 먹었구나. 설랑이 아버지랑 내 말대로 잘 피했어야 하는데……'

저놈들의 목적은 나다. 정말 고영이를 노려 나를 잡으러 왔다면 나를 죽이지는 않을 것이다. 하지만 다른 사람들은 다르다. 물론 인질로서의 가치는 상당하지만 저놈들이 위험하게 다 데리고 가지는 않으려 할 것이다. 그럼…… 입을 막기 위해 죽일 수도 있을 것이다. 오! 맙소사!

차분히 마음을 가다듬고 최근에 소홀히 했던 신법을 떠올렸다. 놈들의 손을 벗어나기 위해선 발이 빨라야 한다. 이를 악물고 살짝 고개를 내밀어 놈들을 살펴보았다.

담을 넘어온 놈들이 뭐라 쑥덕거리며 이야기를 나누고 있는 게 보인다.

운오는 발에 힘을 집중시키고 자신이 가진 오직 한 가지 재주, 구환 신법을 머리 속에 그렸다. 그리고는 발로 가볍게 바닥을 찼다. 그러자 몸이 쑥 올라가더니 정청의 대들보까지 치솟았다. 빙글 신형을 돌려 대들보에 몸을 밀착시키고 놈들의 행동을 주시했다. 놈들이 정청으로 바람처럼 다가온다. 자신의 기척을 느낀 것 같다. 사방을 둘러보고 천장 쪽도 쳐다보더니 다시 바람이 되어 안채로 들어갔다.

운오는 짐작도 못하고 있었다. 침입한 자들은 운오가 무공을 모르는 것으로 알고 있었던 것이다. 그렇지 않았다면 사소한 기척이라도 그냥 지나치진 않았을 것이다. 그것이 위기를 한 번 넘겨줬다.

'제발 무사히 대피했기를……'

고개를 대들보에 묻고 마음을 졸이고 있을 때였다.

"으악!"

첫 번째 비명이 들렸다. 다행히(?) 밖에서 나는 소리다. 누가 죽었을까? 자신도 모르게 몸이 떨려온다. 그리고 두 번째 비명이 들려왔다, 고함 소리와 함께.

"막아라!"

차창! 퍽!

"아악!"

개방의 거지들과 놈들이 한판 붙은 것 같다. 그래, 개방이라면 그래도 정파의 대문파이니 놈들을 처리할 수도 있을 것이다. 하지만, 하지만 그랬다면 왜 여태까지 두고 보기만 했을까?

음……. 아무래도 놈들의 전력이 더 강하다고 봐야 할 것 같다.

휙! 휙!

담을 넘어 들어오는 자들이 갈수록 많아진다. 이제는 개방의 거지들도 담을 넘기 시작했다. 세상에! 거지들이 담을 넘어오는 게 이렇게 반갑게 느껴지다니……!

지금으로서는 내가 할 수 있는 일이란 게 아무것도 없다는 게 슬프게 느껴진다. 이럴 줄 알았으면 힘들더라도 몇 가지 수법이라도 배워놓을걸, 하는 후회가 든다.

개방의 거지들과 정체를 알 수 없는 자들이 한바탕 어우러져 싸우고 있다.

타구봉이 휘둘러지고 검광이 번뜩인다.

칼바람이 윙윙거릴 때마다 거지들이 정신없이 뒤로 물러선다.

역시 예상대로 거지들이 약하다.

순식간에 두 명의 거지가 피를 뿌리며 뒤로 튕겨 나가 나자빠졌다. 거침없는 괴한들의 도검에 밀리던 거지들이 하나둘 쓰러지자 나머지는 겁을 집어먹고 뒤로 물러서기만 하고 있다. 그때였다.

"아악!"

헉! 여자의 비명이다. 아무래도 부엌일을 보는 수씨 아주머니 같다.

'이런 죽일 놈들! 아무것도 모르는 여자들에까지 손을 쓰다니!'

몸을 부르르 떨던 운오의 고개가 밖으로 향했다. 지금까지와는 다른 큰 소리가 거지들에게서 들려온 것이다.

"이 새끼들아! 뒤로 물러서지 말고 전력으로 막아!!"

한 소리 외침과 함께 십여 명의 거지가 담을 날아 넘어오고 있었다. 포운개가 분타의 제자들을 이끌고 온 것이다. 그러자 다른 쪽 담장에서도 괴한들이 더 들어온다. 운가고서점의 담장 안에서 수십의 인영이 칼부림을 하고 있는 모습은 운오가 평생, 단 한 번도 상상조차 해본 적이 없는 광경이었다.

장내의 상황이 난장판이 되자 운오는 슬그머니 몸을 일으키려 했다. 하지만 그는 몸을 일으키다 말고 안채에서 들려온 비명에 몸이 굳어버렸다.

"아악!! 아버님!"

“여보!”

아내인 설랑의 비명이다.

새어머니가 비명 같은 소리를 지르며 아버지를 부르고 있었다.

대체 어찌 된 일이란 말인가.

비밀 서가로 가 숨으라 했거늘, 숨지 않았단 말인가?

다급히 몸을 날려 대들보를 타고 안쪽으로 들어갔다.

이제는 들키고 자시고가 문제가 아니다.

아버지가, 아내가, 새어머니가 위험한 것이다.

안채가 보이는 곳까지 다가간 운오는 고개를 살짝 내밀고 밖을 쳐다보았다. 그리고… 그의 입에서 억눌린 신음이 새어 나왔다.

“크으…….”

아버지가… 아버지가…… 쓰러져 꿈틀거리고 있었다.

한쪽 팔은 구석에서 펄떡거리고 있고, 팔이 떨어져 나간 자리에선 피가 솟구치고 있었다.

달밤에 그 모습은 더욱더 처참해 보였다. 운오의 두 눈에 핏발이 선다.

그런 남편을 망연한 눈으로 새어머니가 쳐다보고 있었다.

그런 시아버지를 놀란 눈으로 아내가 쳐다보고 있었다.

그리고 그런 두 사람에게 괴한들이 다가가고 있다.

“호호호……. 운오란 놈은 어디에 있느냐. 그놈이 나와야만 너희들이 살 것이다.”

괴한의 음침한 목소리에 하설랑의 눈이 거세게 흔들리고 있었다. 하지만 하설랑은 지금 자신의 남편이 천장 속에 숨어 있다는 것을 알 리가 없었다.

다른 괴한의 검을 든 손이 올라간다. 그리고 번쩍! 휘둘러진다.

"아악!"

"안 돼, 이놈들아!"

하설랑이 비명을 지르며 비틀거리고, 새어머니 왕씨가 소리치며 아버지에게 달려간다.

아버지의 나머지 한 팔마저 잘려져 버린 것이다.

운오의 핏발 선 눈에 피눈물이 맺혔다. 도저히 믿을 수 없는 광경에 넋이 반쯤 빠져 버렸다.

"악마 같은 놈들! 대체 우리하고 무슨 원수가 졌다고 이러는……. 크윽!"

새어머니가 괴한들을 향해 소리치다가 목을 잡고 앞으로 꼬꾸라지고 있다.

"꽤나 시끄럽군."

미처 어찌할 사이도 없이, 뛰쳐나가 나 여기 있다고 소리칠 사이도 없이 괴한의 검이 새어머니의 목젖을 그어버린 것이다.

"이놈들아!! 나, 여기 있다! 그만 해!!"

운오는 정신없이 뛰어나갔다.

아버지가 두 팔이 잘렸다.

새어머니는 목에서 피를 뿜으며 쓰러지고 있다.

그리고 그 앞에 아이를 밴 아내가 부들부들 떨고 있다.

소리치며 뛰쳐나간 운오가 아버지에게 달려가자 한쪽에서 가만히 보고만 있던 추성신이 손을 흔들었다.

"어억!"

달려가던 운오는 가슴과 팔에 거센 충격을 받고 나뒹굴었다. 마치

망치로 얻어맞은 것 같은 충격에 입에서 피가 새어 나온다. 후들거리는 몸을 일으켜 세우려 하지만 마음대로 되지가 않는다. 팔 하나가 으스러진 것 같다.

추성신은 기절할 줄 알았던 운오가 의외로 몸을 일으키고 있자 눈빛이 냉혹하게 변했다.

"교활한 놈이 무공을 숨기고 있었구나. 흐흐흐……. 그럼 할 수 없지."

천천히 걸어서 운오에게 다가간 추성신이 발을 들어올렸다. 그리고…….

우지직!

"크억!"

운오의 눈이 뒤집히고 입에서는 참을 수 없는 비명이 터져 나왔다. 왼쪽 다리가 거꾸로 꺾어져 버린 것이다.

"아악! 여보!!"

하설랑이 비명과 같은 소리를 내지른다.

"이 계집도 시끄럽군."

추성신이 음울한 목소리로 말하며 하설랑에게 다가가자 눈이 뒤집힌 운오가 고개를 돌리며 추성신 쪽을 쳐다보았다.

"아, 아, 안 돼……. 그녀는 아이를… 가졌어……."

"으흐흐흐……. 어차피 죽여야 할 년인데 아이가 무슨 상관이란 말이냐."

"크으……. 안 돼……. 차라리 날… 데려가……."

아무것도 보이지 않는지 운오가 손을 내밀고 소리나는 곳을 향해 두리번거리며 신음처럼 내뱉자 추성신은 재미있다는 듯 히죽거리는 웃음을 흘렸다.

"흐흐. 걱정 말아라, 네놈은 꼭 데려갈 테니. 그전에…… 모두 죽여라! 이놈만 데리고 빠져나간다!"

추성신의 악마와 같은 명령에 괴한 중 하나가 운걸의 가슴에 검을 꽂았다.

푸욱!

그러자 다른 하나가 왕씨 부인의 목을 칼로 내려친다.

서걱!

"이, 이, 이, 이 악마 같은……. 으으……."

하설랑이 덜덜덜 떨리는 음성으로 소리치다 제풀에 쓰러져 기절해 버렸다.

그러자 검을 든 괴한이 하설랑에게 다가갔다. 그러더니 검을 들어올려 하설랑의 배를 향해 내려친다.

그때였다!

쩡!

뭔가가 날아오더니 검을 튕겨낸다. 새알만한 염주였다. 그러자 옆으로 튕겨진 검이 하설랑의 왼팔을 반쯤 잘라 버렸다.

"이놈들! 네놈들이 사람이더냐!!"

한 소리 날카로운 외침과 함께 승포를 펄럭이며 한 명의 중년 여승이 날아들고 있었다. 그걸 본 추성신이 재빨리 나머지 괴한들에게 명령을 내렸다.

"철수한다!"

명령과 함께 검을 뽑아 든 추성신은 여승에게로 신형을 날렸다.

차라랑!

여승의 선장과 추성신의 검이 부딪치며 사방으로 칼날 같은 바람이 휘몰아친다.

주르르륵 물러난 여승이 다시 선장을 앞세우고 달려들었다. 악마 같은 놈들에게는 추호도 사정을 봐줄 필요가 없다는 듯 살기 넘치는 초식이 여승의 손에서 펼쳐지고 있었다.

쩌러렁!

뒤로 다섯 걸음을 물러나던 추성신이 그대로 몸을 뒤로 날렸다. 이미 그의 수하들은 운오를 들쳐 메고 사라지고 없었으니 굳이 자신이 남아서 계속 싸움을 할 필요는 없었던 것이다.

"이놈들! 어딜 가느냐!"

"으으으……."

추성신이 사라져 버리자 여승은 신형을 날려 쫓아가려다 신음 소리에 신형을 멈췄다. 하설랑이 몸을 비틀며 신음을 흘리고 있는 것이다. 악마 같은 놈들을 잡는 것도 중요하지만 죽어가는, 그것도 임신한 여인을 살리는 일은 더욱더 중요한 일인 것이다.

염주를 주워 든 여승이 하설랑에게 다가갈 때 십여 명의 거지가 우르르 안으로 들이닥쳤다.

포운개는 한참 싸우던 적들이 썰물처럼 빠져나가 버리자 급히 안으로 들어갔다. 한데 적들로 보이는 자들은 없고, 웬 여승이 쓰러져 있는 여자에게 다가가고 있는 것이 아닌가.

"잠깐 멈추시오!"

포운개가 소리치자 잠시 멈칫하던 여승이 다시 여인에게 다가갔다.

"멈추라 하지 않았소!"

여승은 고개를 돌리고 포운개를 바라보았다.

“관세음보살. 개방의 시주에겐 내가 누군지 아는 게 중요하시오, 아니면 이 여인을 살리는 게 중요하시오?”

“그, 그건…… 음. 나는 개방 포운개라 하오. 스님께서 뉘신지 말씀해 주시는 것 정도는 그리 시간이 걸리지 않을 거라 생각하오만.”

“빈니는 항산의 영선이라 하오. 그럼 이제 여인을 봐도 되겠소?”

“아! 항산의 영선 사태셨군요. 미처 몰라뵈었습니다. 한데 대체 어찌 된 일입니까?”

“그걸 내 어찌 알겠소? 다만 이 근처를 지나가다 살기가 충천해서 와보니……. 쯔쯔쯔.”

“혹시 다른 사람들은 못 보셨습니까?”

“악마 같은 놈들이 저기에 있는 사람들을 죽였소. 막으려 했지만 조금 늦는 바람에……. 관세음보살.”

“맙소사! 결국…….”

영선 사태가 하설랑의 팔에서 솟는 피를 지혈하며 가리키는 곳에는 두 구의 처참한 시신이 아무렇게나 놓여 있었다.

포운개는 놀란 눈을 크게 뜨더니 옆에 있는 개방 제자들을 바라보았다.

“속히 연락을 넣어 운가고서점의 주인이 납치되었다고 알려라!”

“이곳의 주인인지는 알 수 없으나 납치된 자는 다리가 부러졌소.”

영선 사태의 말에 포운개는 인상을 찌푸렸다.

“이런… 들었지? 뭘 꾸물거리고 있나!”

“알겠습니다.”

부리나케 나가는 거지들을 바라보던 포운개는 탄식하며 주위를 둘러보았다.

"하아! 한바탕 난리가 나겠군."

*　　　*　　　*

아직 어스름한 빛도 보이지 않는 이른 새벽녘, 태원부로 들어선 진고영은 중문대로가 보이자 심장이 쿵쾅거렸다.

마침내 다 왔다. 한데 왜 이리 불안하단 말인가.

운가고서점을 백여 장 앞두고 걸음을 늦췄다. 이제는 빨리 가는 게 문제가 아니었다. 마음을 가라앉혀야 한다. 그래야만 제대로 대처를 할 수가 있다.

걸어가며 주위의 기운을 살폈다. 별다르게 크게 느껴지는 기운은 없다. 자잘한 기운이 느껴지긴 한다. 하지만 그것은 제법 맑은 기운이다. 천은산장의 주구들은 아니다. 개방, 개방의 제자들이다.

아니나 다를까, 운가고서점을 이십여 장 남겨놓고 거지 하나가 골목에서 뛰어나왔다.

"진 대협이 아니신지요?"

"내가 진 모이오만."

"아! 분타주께서 서점 안에서 기다리십니다."

진고영의 눈이 차갑게 굳어졌다. 결국 생각했던 대로 상황이 흘러간 듯하다. 그렇지 않다면 개방의 분타주가 서점에서 기다릴 까닭이 없는 것이다.

개방의 제자를 따라 안으로 들어가자 중년의 거지와 한 명의 여승이 눈에 들어왔다. 그리고 바닥에 홍건한 핏자국이 조금 전의 상황을 보여주는 듯했다.

62

진고영이 들어가자 포운개가 포권을 하며 인사했다.

"포운개가 진 대협을 뵙겠소."

"진 모가 개방의 분타주를 뵈오."

포운개가 차갑게 가라앉은 진고영의 두 눈을 바라보더니 한숨을 내쉬었다.

"후우……. 최선을 다했습니다만 결국은 막지를 못했소."

"어찌 그것이 개방의 잘못이라 할 수 있겠습니까. 우선은 상황을 알고 싶습니다."

"그러지요."

포운개의 상황 설명이 이어지자 진고영의 눈이 만년빙처럼 굳어졌다. 고요히 앉아서 끝을 알 수 없게 가라앉은 표정에 주위의 사람들은 숨이 막힐 지경이었다.

"결국 놈들을 놓치고 급히 행적을 추적하라는 명을 내려놓았소. 그리고 운 대인의 시신과 부인의 시신은 안방에 안치해 놓았소이다. 그나마 운오 공자 부인의 목숨만은 구했습니다만, 너무 충격이 커서 아직 정신을 차리지 못하고 있소이다."

"도움에 참으로 감사할 따름입니다. 그리고 염치없는 부탁입니다만, 뒤따라오고 있는 일행들이 있습니다. 그들에게 이곳의 상황을 알려주고 바로 놈들을 추적할 수 있도록 연락을 부탁드리겠습니다."

"알겠소."

그때 옆에서 조용히 듣고 있던 영선 사태가 진고영에게 말했다.

"관세음보살. 시주, 이 여인은 당분간 빈니가 보살폈으면 합니다만."

영선 사태는 아직 진고영에 대해서 모르고 있었다. 포운개가 그저 진 대협이라고만 불렀기 때문이다.

영선 사태의 말을 들은 진고영이 깊숙이 인사하며 감사를 표했다.

"사태의 도움에 친구를 대신해 감사의 인사를 드립니다. 친구의 부인을 잠시 맡아주시겠다니 그저 감사할 뿐입니다."

조용히 말을 맺은 진고영이 포운개를 바라보았다.

"아무래도 지금 바로 놈들의 추적에 나서야 할 것 같습니다. 실례를 양해해 주십시오. 그리고 친구 부모님의 시신은 곧 저희 쪽에서 모실 것이니 너무 신경 쓰시지 않아도 될 것입니다."

"음……. 알겠소."

"그럼."

진고영이 나가자 영선 사태는 미처 말을 못해줬다는 포운개를 바라보고 말했다.

"놈들에 대해 진 시주께 말을 못했습니다. 놈들의 무공이 보통이 아닌데……."

그러자 포운개가 고개를 저었다.

"그건 아무런 상관이 없습니다. 천하에 진 대협을 어찌할 수 있는 사람은 없으니까요."

영선 사태의 눈이 휘둥그레졌다. 포운개의 말이 너무 거창하게 들린 것이다.

"역수양을 죽이고 귀왕을 죽인 사람을 누가 당한답니까?"

孤影　第二章

1

운걸과 왕씨 부인의 시신에 예를 드리고 운가고서점을 나온 진고영
의 신형이 다시 남쪽으로 향했다. 그런 진고영의 전신에선 북해의 한
설보다 더한 한기가 흘러나오고 있었다.

'받은 만큼 돌려준다는 말의 의미를 그대들은 처절하게 느끼게 될
것이다.'

성문 밖을 나오자 한 사람이 진고영 앞으로 나섰다.

"첩검단의 태원 지부장 문정후입니다. 조금 전에야 연락을 받는 바
람에 그만……."

이미 진고영이 예상하고 있던 일이었다. 전서구라는 것이 만능은 아
니었다. 전서구도 중간에서 쉬어야 하고 때로는 맹금들에게 당하기도
한다. 그래서 어떤 때는 말을 갈아타며 죽어라 달리는 게 전서구보다
더 정확하고 빠를 때도 있는 것이다. 위경리 등의 일행보다는 하루 먼

저 도착했지만 자신과는 비슷하게 도착한 것만 봐도 진고영의 생각이 틀리지 않은 것을 알 수 있었다. 단지 편리하고 사람이 가지 않아도 되니 훨씬 효율적이라는 것뿐이었다.

"어찌 지부장님의 잘못이겠소. 그나마 저들의 동태를 미리 눈치챘기에 이만큼이라도 대처할 수 있었으니 오히려 상을 내려야 할 판이지요."

"죄송할 따름입니다. 놈들의 뒤를 첩검단원들이 쫓고 있습니다. 개방에서도 쫓고 저희도 나름대로 노력하고 있으니 곧 놈들의 행적이 드러날 것입니다."

"음……. 수고해 주시길 부탁드립니다. 그럼."

전체적인 추적은 개방이, 세부적인 추적은 첩검단이 맡으면 된다. 그리고 나와 일행들은 그들을 찾아내 모두 제거할 것이다. 결코 호남 땅을 밟지 못하게 하리라. 그리고 답해줄 것이다, 그들이 무엇을 잘못했는지를…….

진고영의 신형이 나는 듯이 남쪽으로 날아간다. 그런 그의 등에서는 그 어느 때보다도 진한 피 냄새가 풍겨나고 있었다.

정오 무렵, 개방으로부터 연락이 왔다.

은밀히 움직이는 무리를 발견했다 한다. 길게 이어진 무리의 수가 무려 칠팔십 정도라 하니, 분명 영무와 추령검위들로 보였다. 그리고 위경리 일행이 반나절 정도의 거리를 두고 올라오고 있다고 한다.

진고영은 이미 태원부에서 이백여 리를 남하한 상태였다.

다시 두 시진이 지났다. 행로에서 개방의 제자를 만났다.

문수에서 놈들의 행적이 발견되었다 한다. 아마도 무림련을 의식한 듯 서쪽으로 돌아가려 하는 것 같다. 웃기는 놈들이다. 아마도 개방이 움직이니 무림련이 움직이는 걸로 알았나 보다.

진고영의 발걸음이 빨라지기 시작했다. 이미 진고영의 마음에서는 놈들의 모습이 잡히기 시작했다.

이미 행적이 들킨 이상 놈들을 잡는 것은 시간문제였다. 운오의 얼굴을 마주 대할 시간이 얼마 남지 않았다는 말인 것이다. 한데 두렵다. 난생처음 느껴보는 기분이다. 두려움이라니…….

운오의 얼굴을 어찌 본단 말인가. 모든 것이 자신 때문에 벌어진 일이 아닌가. 물론 운오는 아니라고 할 것이다. 하지만 자신이 아니었다면 운오의 아버지도, 새어머니도, 부인도 저리 되지는 않았을 것이다.

이를 악문 진고영의 입에서 탄식이 터져 나왔다.

'운오야, 운오야, 친구야……. 미안하단 말밖에는 할 말이 없구나. 아!'

깊고 깊은 눈, 저 안에서는 어머니와 조부가 돌아가신 이후 처음으로 눈물이 맺혀 올라오고 있었다.

놈들의 행보가 이를 데 없이 빠르다. 눈치를 챈 것 같다. 하긴 천은산장 최고의 정보 조직 영무가 개방 정도의 추적도 눈치를 못 챈다면 그게 이상한 것일 거다.

놈들이 지나갔다는 문수를 지날 때 마침내 동쪽에서 오던 위경리 일행을 만났다.

"진 아우!"

달려오는 위경리의 얼굴에 근심이 가득하다.

자신의 모습이 안타까워 보이나 보다. 며칠째 세면도 제대로 하지 않았으니 그리 좋은 모습은 아닐 것이다. 하지만 위경리가 안타까워하는 것은 진고영의 겉모습이 아니었다.

차갑게 굳어버린 눈, 굳게 다물어진 입술, 누구도 근접하기 힘들 정
도로 굳어버린 진고영의 표정이 위경리와 일행들의 마음을 안타깝게
하는 것이었다.

"오시느라 수고하셨습니다."

"아니네. 하마터면 비켜갈 뻔했네. 다행히 개방의 아이들이 자네가
벌써 여기까지 내려왔다는 말을 해줘서 만날 수 있게 된 것이네."

다른 사람들은 말이 없다. 태원부의 일은 이미 들어서 알고 있을 것
이다.

"내일이면 놈들을 잡을 수 있을 것 같습니다. 놈들도 밤을 새워서
가고 있는지라 머뭇거릴 시간이 없습니다. 하도 빨리 움직여 연락이
미처 저들의 움직임을 쫓아가지 못할 지경입니다."

"음. 그렇다면 출발하세."

별다른 인사도 못하고 발길을 재촉했다.

밤이 되었지만 밤이라 해서 그들의 발걸음을 멈추게 할 수는 없었다.

하늘이 온통 구름으로 덮여 달빛도 없는 어두운 밤길을 열 줄기 번
개가 쏘아가고 있었다. 그들의 선두에 서서 길을 인도하는 진고영의
기세는 주위의 산천초목조차 숨죽이게 만들었다.

꼬박 밤을 새워 달리자 임수행부터 지치기 시작했다. 하지만 누구도
쉬어 가자는 소리를 할 수가 없었다.

우형욱이 임수행에게 눈짓을 보냈다.

하는 수 없다. 지치면 알아서 대열을 이탈해 쉬었다 뒤쫓아 와야 한
다. 서로 간에 약속은 없었지만 그렇게 하는 것이 현재로선 최선이다.
그나마 진고영이나 다른 절정의 고수들이 속도를 맞춰줬기에 지금까지
라도 같이 올 수 있었던 것이다.

그리고…… 마침내 이른 새벽, 분서에 이르러 그들을 찾아 나선 첩검단의 수하를 만날 수 있었다.

"첩검단의 안기주가 삼가 신협 일행을 뵙습니다."

"음. 나는 산장의 사마정이다. 어찌 새벽부터 나와 있는가?"

사마정이 앞으로 나서며 묻자 안기주가 고개를 번쩍 들었다. 사마정, 산장의 이공자. 하늘 같은 상전이다. 아마 자기가 가진 소식은 사마정을 기쁘게 할 수 있을 것이다.

"놈들의 행적이 멀지 않은 곳에서 발견됐다는 소식입니다. 홍동 오십여 리 못 미처 야산이 있사온데, 그곳에서 노숙을 하고 있다는 소식이 반 시진 전 개방을 통해 전해져 왔습니다."

사마정이 진고영을 돌아보았다.

"바로 움직이지는 않았을 터. 길어야 두 시진이면 놈들과 조우할 듯합니다."

아무런 말없이 고개를 끄덕인 진고영이 묵묵히 앞으로 나아가자 다른 사람들도 말없이 뒤따라간다.

부르르르…….

뒤에 남은 안기주는 마치 지옥 사자의 행렬을 보는 것만 같아 몸이 절로 떨렸다.

2

영무 일조 조장 추성신은 찌뿌등한 몸을 추스르며 일어섰다.

여기저기에 널브러져 자고 있는 수하들이 보인다. 추적이 있는 것을 눈치채고 만 하루 이상을 꼬박 달렸다. 조장들이야 하루 정도 달리는 것으로는 그다지 큰 영향을 받지 않지만 수하들은 그게 아니다. 긴장해서인지 자신조차 몸이 무겁게 느껴지는 상황이니 수하들은 말할 것도 없을 것이다. 그래서 두어 시진 눈을 붙였다. 새벽이 밝아와 해가 떠오르고 있었다.

더 이상 지체할 수는 없다. 휴식은 여기까지다.

"모두 일어나 출발한다!"

추성신의 일갈에 수하들이 후다닥 몸을 일으킨다. 한쪽에서 번갈아 가며 운오를 지키던 자들도 다시 그를 걸쳐 메고 출발 준비를 한다. 그리고 자신의 말을 들었는지 외곽에서 자신들을 호위하던 추령검위들도 움직이기 시작하는 것이 느껴진다. 추성신은 수하들을 한 번 쓸어보고 걸음을 옮겼다.

야산치고는 숲이 제법 울창하고 넓었다. 끝까지 빠져나가는 데만도 일각 가까이 걸렸다.

그렇게 그들이 막 야산의 숲을 빠져나가려 할 때였다.

저 앞에서 달려오는 자들이 보인다. 눈살을 찌푸린 추성신은 자신들이 생각보다 너무 오래 쉬었다는 것을 깨달았다. 놈들이 쫓아온 것이다. 하지만 조금 귀찮을 뿐 그다지 문제될 것은 없다고 생각했다. 적어도 다가오고 있는 자들이 누구인지 알기 전까지는.

뒤에서 숲을 나오던 수하들이 주춤했다. 그사이 순식간에 거리가 이십여 장으로 좁혀진다.

'헉! 빠르다!'

추성신은 자신도 모른 게 몸이 반응하고 있다는 것에 놀랐다.

잠깐 놀라 주춤한 사이 다시 십 장이 좁혀졌다. 그리고…….

선두에 서서 오던 자가 허리에서 무언가를 꺼내 드는 게 보인다.

곤이다, 석 자 정도의 짧은 곤이다.

자신의 손도 허리를 쓸며 검을 빼 들고 곤을 든 자를 마주 쳐갔다. 순간, 눈앞이 온통 시커멓게 변해 버리더니 전신이 부서지는 충격과 함께 비명을 지를 시간도 없이 뒤로 튕겨져 버렸다.

쾅!

털썩!

"꺼억!"

비명은 떨어지고 나서야 새어 나왔다.

비틀거리며 일어나려 안간힘을 써보지만, 몸에 힘이 들어가지 않는다. 쳐든 눈에 누군가가 다가오는 것이 보인다.

'피해야 하는데…….'

하지만 마음뿐이다. 시커먼 장력이 실린 손이 자신의 머리로 다가온다.

'안 돼!'

빠각!

결국 추성신은 위경리가 후려친 일장에 머리가 빠개지며 모든 악업과의 끈을 놓아버렸다.

그때부터 시작이었다.

관천곤에서 뇌전이 쏟아지더니 영무들의 몸이 회오리에 말린 낙엽처럼 사방으로 흩어져 튕겨져 버리고, 어떤 자는 뒤따라오던 위경리의 쌍장에 가슴이 함몰되어 비명도 못 지르고 입만 벌린 채 쓰러져 간다.

누구든 성난 호랑이를 보지 못했다면 영무들을 향해 달려드는 육정기를 보면 된다. 육정기가 사 척 장검을 휘두르면, 겨우 도검을 빼 들었던 자들은 자신들의 무기와 함께 부서져 간다.

호랑이들이 이리 떼 사이를 누비는 것만 같았다.

기합 소리도 없고 고함 소리도 없다.

뒤따라서 다섯 마리의 호랑이가 더 뛰어들었다.

도살이 벌어지고 있었다.

영무들을 호위하던 추령검위들이 뛰어들었지만 누군가가 내지른 한 소리에 영무고, 추령검위고, 천은산장의 무리들은 몸이 얼어붙었다.

"시, 시, 신협! 진고영이다!! 도, 도망가!!"

도망가라 소리치지만 소리친 자도 발이 대지에 달라붙었는지 움직이지를 못한다.

다른 문파의 사람들은 잘 모른다. 그저 소문만 듣고 그러려니, 설마? 할 뿐이다. 하지만 천은산장의 사람들만큼은 진고영을 잘 안다. 그들에게 진고영은 염라부의 사신보다도 더 무서운 사람이었다.

후우웅!

관천곤에서 시커먼 곤영이 사방을 휩쓸며 뻗어나갈 때마다 비명이 울리고, 가슴이 터지고, 머리가 부서진다. 초식이고 뭐고가 없다. 오직 시커먼 곤강이 세상을 뒤엎을 듯이 몰아쳐 올 뿐이다.

처음 보는 진고영의 살기충천한 모습에 사람들은 새삼 그의 분노가 얼마나 무서운지를 느끼고 전율한다.

가로막으며 미친 듯이 달려드는 자를 후려쳐 삼 장 밖으로 튕겨낸 진고영의 두 눈이 십여 장 앞에서 떨고 있는 자에게로 향했다.

운오를 걸쳐 메고 있는 자가 두려움에 질린 눈으로 쳐다보고 있었던 것이다.

다리가 꺾어진 것이 보인다. 으스러진 손이 덜렁거리고, 입에서, 눈에서, 핏물이 흐른 자국이 보인다.

피눈물을 흘렸다. 운오가…… 운오가…….

어찌 그렇지 않을 건가. 눈앞에서 아버지가, 아이를 밴 부인이, 새어머니가 놈들에게 죽어가고 있었을 텐데…….

“다가…… 오지 마!! 죽일 테다! 이… 놈을…….”

놈이 두려움에 떨며 소리친다. 빼 들고 있던 칼을 운오의 목에 가져다 댄다.

그것을 본 진고영의 손이 들리고 손가락 끝에 맑고 붉은 기운이 어른거리더니, 떠오르는 태양보다 더 아름다운 홍루지가 번갯불처럼 쏘아져 간다. 망설임도 없이 일 수유의 순간에 취해진 동작이었다.

번쩍!

뾱!

“어, 어, 어…… 이놈을…….”

아직도 뭐가 뭔지를 모르고 이마에 구멍이 뚫린 채 쓰러져 가면서도 협박을 한다.

스으…….

그림자조차 쫓아오지 못할 속도로 움직여 간 진고영이 어깨에서 미끄러지는 운오를 받아 들었다.

“운… 운오…….”

제압당한 혈을 풀고 운오를 불러보는 진고영의 음성에는 처절한 슬픔이 묻어 있었다.

주위에선 여전히 비명이 울려 퍼진다. 영무고, 추령검위고, 지르는 비명 속에 한결같은 공포가 배어 있었다.

진고영이 운오를 끌어안고 슬픔에 잠겨 있지만, 놈들은 가까이 갈 생각조차 하지 못하고 있었다.

하지만 모두가 그런 것은 아니었다.

문득 슬픔에 잠겨 운오를 부르던 진고영은 괴이한 기운이 주위로 다가오고 있다는 것을 느끼고 마음을 다스렸다. 운오에게 정신이 빼앗겨 미처 감지하지 못했던 기운이다.

무양단의 살귀들이었다. 천은산장이 비밀리에 절정의 고수들을 상대하기 위해 키운 살귀들이 마침내 공격을 감행하기 시작한 것이다.

하나, 둘…… 다섯이다. 극히 은밀해서 십 장 안으로 들어오는 것을 놓칠 뻔했다.

그랬던가? 아직 끝난 것이 아니던가?

진고영의 눈빛이 만년빙처럼 차가워졌다.

은밀하던 기운이 급격히 빨라진다. 가공할 빠르기다.

은밀하고 빠르다? 살수인가? 하지만 살수치고는 너무 기운이 강하다.

진고영은 운오를 안아 들기 위해 옆에 놓아두었던 관천곤을 쳐다봤다. 가볍게 오른손을 뻗자 관천곤이 빨리듯이 손안으로 들어온다. 등 쪽으로 한 놈이 안개처럼 다가온다. 우측으로 또 한 놈이 그림자가 되어 다가온다. 위에서도 한 놈이 떨어져 내린다. 나머지 두 놈은…….

한참 추령검위들을 두들겨 잡고 있던 위경리는 무심코 고개를 돌리다 안색이 새파랗게 변하며 놀라 소리쳤다. 운오를 끌어안고 있는 진고영의 등 뒤로 희뿌연 안개 같은 그림자가 달라붙고 있었던 것이다.

"진 아우! 위험해!"

소리가 어찌나 큰지 주위에서 영무와 추령검위들을 도살하다시피 하고 있던 사람들이 일검, 일도를 쳐내다 말고 고개를 돌렸다. 그리고 그들은 환상을 봐야 했다. 영원히 잊혀지지 않을 환상을…….

손에 관천곤을 잡았다 싶은 순간 그림자가 다섯 자 뒤에까지 다가왔다. 찰나, 빙글, 본래부터 돌아서 있었다고 느껴질 정도로 빠르게 돌아선 진고영의 손이 흔들리고, 시커먼 곤강이 허공을 그물처럼 가득 메웠다.

쾅!

튕겨 나가는 그림자를 보지도 않은 채 또다시 우측으로 돌아서고, 묵색 곤강이 뻗치더니 안개를 흩뜨리며 그대로 꿰뚫는다.

퍽!

그러고는 좌수로 허공을 휘젓자 은은한 빛이 서린 양유미가수가 하늘 가득 우산을 펼쳤다.

텅!

순간 진고영의 신형이 튕겨 나가는 그림자를 향해 솟구치더니, 시커먼 강기가 여섯 자까지 뻗친 관천곤으로 그림자를 내려쳐 버렸다.

퍽!

하늘이 묵빛 곤강에 갈라진다. 그림자의 머리 부분도 자신이 들고 있던 한 자루 칼과 함께 두 쪽으로 갈라져 버린다.

그때였다! 허공에 떠 있는 진고영을 향해 보이지 않던 두 기운이 쇄도한다.

하나는 또 하늘, 하나는…… 땅이다.

진고영의 입이 악물리고 눈에서는 한기가 서리서리 뻗쳤다.

지독한 놈들이다. 하나하나가 절정의 경지에 근접한 놈들이다. 더구나 살수처럼 빠르고 은밀하니 더욱 무서운 놈들이다. 평상시라면 그다지 마음에 걸릴 것도 없는 놈들이다.

하지만. 땅에는 아직도 운오가 있다. 놈들이 운오를 노린다. 아니, 운오를 이용해 나를 노리는 것인가?

튕겨 나간 채 입에서 피를 흘리고 있던 자도 뒤에서 합세해 번개처럼 달려든다.

세 놈을 한꺼번에 곤으로 처리할 시간이 없다. 양유미가수로도, 홍루지로도 단 한 수에 두 놈 이상은 힘들다. 문제는 운오다. 운오가 다쳐서는 안 되기 때문이다. 더 이상은…….

쾌과과……!

진고영의 우수에 들린 곤에서 시커먼 뇌전이 폭사되며 대지에 몸을 숨기고 오는 자를 덮어버리고, 좌수가 어깨로 올라가더니 도의 손잡이를 잡아간다.

츠르르릉…….

폭이 좁으면서도 거무튀튀한 도신이 모습을 드러낸다 싶은 순간,

번! 쩌저저저적!!

하늘이 묵광 사이로 뻗친 강렬한 금빛 광채에 조각조각 갈라진다.

떠오르던 태양이 두려움에 빛을 잃고 금방이라도 비명을 지를 것만 같다.

그렇게 세상을 난도질할 것 같던 묵빛 서린 금광이 낙뢰가 되어 뒤쪽으로 떨어져 내렸다.

쿠구구…… 쩌적!!

하늘에서 떨어져 내리던 자의 몸이 부서져 비산하고, 뒤쪽에서 운오를 향해 몸을 날리던 자의 팔다리가 하나하나 떨어져 나가더니 종내에는 머리만 남았다. 그런데도 그의 눈은 여전히 앞을 바라보고만 있다.

허리가 관천곤강에 부러진 채 땅에서 고개를 내밀고 피를 토하던 자

가 하늘에서 밀려오는 공포에 눈이 뒤집혀 버렸다.

찰나간의 일이었다.

진고영을 향해 외치고 달려가려던 위경리의 발걸음이 우뚝 멈췄다.

너무나 빠른 변화였는지라 그만이 처음부터 끝까지 다 보았다.

다른 이들은 그저 마지막으로 떨어지는 낙뢰 정도나 봤을까? 아름다운 낙뢰를…….

육정기가 공포에 질려 있는 위경리를 향해 한마디 한다.

"휘유! 굉장하군요. 도대체가…… 진 아우의 무공은 예술입니다."

"육가야, 봤나?"

"아, 봤으니까…… 이놈이 어딜!!"

말하다 말고 도망치려는 영무의 머리를 향해 일검을 내려치는 육정기였다.

위경리는 그런 육정기를 바라보다 부르르 떨며 중얼거렸다.

"예술이라고? …저렇게 무서운 칼질을 보고 아름답다고? 흐으……."

마치 자신이 본 것을 잊고라도 싶다는 듯 위경리는 천은산장의 무리를 향해 쌍장을 휘두르며 달려들었다.

한쪽에서 추령검위를 몰아붙이고 있는 연부경이나 악대헌도 손을 쓰는 데 조금의 인정을 두지 않았고, 궁무진의 도에는 본래부터 인정이라는 것이 없었다.

그렇게 호랑이들이 날뛰는 사이 이리 떼들은 지리멸렬 쓰러져 갔다.

일각이나 지났을까. 홍동 인근 나지막한 야산에서 벌어진 작은 전쟁은 빠르게 시작된 만큼이나 신속하게 끝나 버렸다.

상황이 정리되자, 영무와 추령검위 중 살아난 자는 열 명 정도에 불과

했다. 단 일각 사이에 일어난 일이라는 것이 믿어지지 않을 정도였다.

뒤늦게 도착한 첩검단과 개방의 제자들이 벌린 입을 다물지 못하고 있는 동료들에게 어찌 된 일인지 묻지만, 제대로 설명할 만큼 정신이 있는 자가 없었다.

"먼저 운오를 데리고 가야겠습니다."

진고영이 아직도 정신을 차리지 못하고 있는 운오를 안고 침중히 말하자, 위경리가 그제야 정신을 차리고 다급하게 다가왔다.

"어떤가?"

"다리가 부러지고 팔도 하나…… 으스러졌습니다. 그나마 목숨만은 괜찮을 것 같습니다."

"휴우……. 정말 뭐라 할 말이 없구먼. 어이구! 이럴 때가 아니지. 어서 의원에게 데려가게나."

"예."

"우리도 뒤처리를 하고 바로 따라가겠네. 어서!"

진고영이 신형을 날려 빠르게 북쪽으로 사라져 가자 우형욱이 위경리에게 다가오며 말을 걸었다.

"후우, 대형께서 마음을 추슬러야 할 텐데요."

"진 아우는 누구보다 강한 사람이다. 바로 이겨낼 거야. 문제는 친구인 운오란 사람이지."

"그건 그렇고, 대형께서 진짜로 도법을 익혔을 줄은 몰랐군요. 더군다나 저렇게 가공할 도법이라니."

염이상의 말에 그의 눈을 바라보던 위경리는 염이상도, 우형욱도 다 보지는 못했다는 것을 알 수 있었다. 그러다 고개를 돌려 궁무진과 연부경 등을 보자, 그들 역시 경악한 눈빛이 사라지지는 않았지만 자신이 본 것은 보지 못한 듯했다.

결국 모든 걸 다 본 사람은 자신뿐인 것 같다.

위경리는 자신도 모르게 무거워지는 마음에 고개를 흔들었다.

'후우. 아우가 잘 극복해야 할 텐데…….'

위경리가 진고영에 대한 걱정으로 심란해 보이자 사마정이 나서서 첩검단과 개방에게 뒤처리를 부탁했다.

"살아 있는 자들은 태원의 살인 사건 범인으로 처리해서 개방이 압송하는 게 어떻겠습니까?"

"그리해 주신다면 저희로서도 환영이지요."

개방의 입장에서는 손해 볼 일이 없는 부탁이었다. 오히려 또 하나의 쾌거라 할 수 있었다. 개방의 임분 분타주 청설개가 대환영의 뜻을 표하자 마무리는 일사천리로 진행됐다.

대충 마무리가 되자, 일행은 진고영의 뒤를 쫓아 다시 태원으로 향했다. 어쨌든 진고영이 있는 곳이 모든 일의 출발점이라는 것이 모두의 공통된 생각이었던 것이다.

3

천은산장의 놈들을 쫓아 남하할 때는 만 하루가 걸렸지만 올라올 때는 삼 일이나 걸렸다.

운오의 상처를 간간이 손보며 이동해야 했고, 무리한 이동이 행여나 운오의 부상에 영향을 줄까 우려해서였다. 그러다 보니 하루가 지나지

81

않아 일행들과 합류해서 이동할 수 있었다.

태원부에 들어선 진고영은 급히 의원으로 향했다. 일단은 운오의 상처를 돌보는 게 우선이었다. 그리고 반나절이 지났을 때 운오가 정신을 차렸다.

진고영이 방으로 들어가자 운오가 멍하니 있다 고개를 돌린다.

"누구……."

아직 시력이 돌아오지 않았는지, 누구인지 알아보지를 못한다. 진고영의 어깨가 가볍게 떨렸다. 숨을 들이킨 진고영이 나지막하게 입을 열었다.

"나다… 운오."

"설마? ……고영이?"

"음."

"고영이! 우리 집에 가봤나? 응?"

"음……. 그래."

"아버지… 아버지는… 어머니…… 설랑은……? 크윽!"

물음을 던지다 끝내 울음을 터뜨리는 운오를 바라보던 진고영은 자신도 모르게 눈에 맺힌 눈물이 흘러내린 것을 느꼈다.

"후……. 아버님하고 어머님은 일단 입관해 놓았네. 자네만 깨어나기를 기다리고 있었지."

"크으으……. 으흑흑……."

"그나마… 자네 부인은… 살았네. 하지만… 팔에 부상을 입었고 아이는… 아직 확신을 할 수 없다 하더군."

비통에 잠겨 울음을 안으로 집어삼키던 운오가 천천히 고개를 들었다.

"설랑이, 설랑이 살아 있다고? 그게 정말인가?"

“음…….”

진고영을 바라보던 운오의 표정이 조금씩 가라앉고 있다. 다행이었다. 그나마 부인이 살았다는 데서 약간이나마 마음이 안정되나 보다. 하긴 모두 죽었을 거라 생각했다가 한 사람이라도 살았으니 그게 어딘가.

한데, 다행이다 싶었던 운오의 표정이 점점 더 깊이 가라앉는다. 너무 깊어 빠지면 헤어 나오지 못할 정도로 깊어진다.

“누구지? 그놈들…… 자넨 알겠지?”

왠지 불안한 마음이 가슴 한 켠에 아리하게 맺힌다.

“운오…….”

진고영이 안타깝게 불러보지만 운오의 표정은 점점 차갑게만 식어가고, 핏발진 두 눈은 보이지 않음에도 진고영을 향해 있었다.

“고영이…… 아버지가…… 새어머니가 돌아가셨네.”

음울하게 울리는 운오의 음성에 한없는 슬픔이 배어 있었다. 누가 저 슬픔을 책임질 수 있단 말인가.

“나는… 나는 아무것도 할 수 없었네. 내가 이리 무력하다는 것을 처음으로 알았다네. 어찌해야 할까? 그냥 숨죽이고 있어야 하나? 그런가, 고영이?”

“일단…… 몸부터 추스르게. 그런 다음 차후를 생각하게. 전날 조부께선 그러셨네. 장부의 복수는 세월이 문제가 아니라 마음이 문제라고. 나는 십칠 년을 기다렸네.”

나지막한 진고영의 말에 운오의 어깨가 부들부들 떨리고 고개가 천장을 향했다.

“나는…… 자네만큼 끈기가 없어. 잘 알지 않나, 내가 왜 무공을 익히지 않았는지.”

눈에선 핏물 섞인 눈물이 흘러나와 허벅지의 옷을 적시며 떨어져 내
린다.

"복수를 할 거네. 반드시……. 반드시! 말해 주게, 고영이!!"

진고영은 결코 운오의 마음을 돌릴 수 없음을 알 수 있었다. 이미 석
고처럼 굳어버린 마음이었다.

"후우. 천은산장이라는 곳이네, 호남에 있는. 자네도 왜 저들이 자
넬 노렸는지는 능히 짐작할 것이네. 모든 게 나로 인해서네. 나 때문이
야… 미안하네……."

"그건! 그건 말이야…… 나를 너무 비참하게 하는 말이네. 고영이!
자넨 내 친구야! 그렇지 않은가?!"

고함을 지르듯 소리치는 운오의 석고상 같은 얼굴이 진고영에게로
돌려졌다.

"물론, 자넨 내 친구지."

"그래! 그러니 자네의 책임은 하나도 없어. 아마 자네가 내 입장이
되었어도 마찬가지 답을 했을 거야. 그러니 다시는 그런 말 말게. 나를
친구로 생각한다면 미안하다는 말 따윈 아예 꺼내지도 말란 말이야!
알겠나?!"

진고영은 더 이상 말을 꺼낼 수가 없었다.

말을 하면 목소리가 떨릴 것 같았다.

가슴이 미어져 심장이 튀어나올 것 같았다.

친구야! 미안하구나!

입을 벌려 말은 못해도 진고영의 가슴은 운오를 향해 소리치고 있었다.

울렁거리는 가슴을 억지로 짓누른 진고영이 천천히 입을 떼었다.

"아버님하고 어머니 장례를 치르고, 자넨 나와 함께 가세. 이곳보다

는 안전할 것이네."

"……."

"운오……."

"아니야. 지금 나의 심정으로는 자네에게 방해가 될 뿐이야. 그건 내가 용납할 수 없어."

"하지만 이곳은 위험하네."

"자네, 알지? 내가 몇 살 때부터 서점을 했는지?"

운오의 아무런 감정도 들어 있지 않은 것 같은 목소리가 방바닥에 낮게 깔려 흘렀다.

"자넨 자네의 할 일이 있고, 가야 할 길이 있다고 했었지."

추억을 더듬는 듯 아련한 표정이었건만 한마디 한마디에는 아무런 열기도 느껴지지 않는다.

"나는… 이제부터 나의 길을 갈까 하네. 나에게도 할 일이 생겼다고 해야겠지……."

들릴 듯 말 듯 말을 맺은 운오의 눈이 감겼다. 진고영은 안타까운 눈으로 운오를 쳐다보다 침음성을 흘리며 방을 나와야만 했다.

"음. 부인은 항산의 스님이 봐주고 있으니 염려 말고 쉬게."

진고영이 나가자 운오의 두 뺨으로 굵은 눈물이 주르륵 흘러내렸다. 그리고 잠시 후, 뜨여진 운오의 붉은 눈에선 차갑기 한이 없는 눈빛만이 쏟아졌다.

'고영이…… 자네의 성격을 모른다면 모를까, 아는 나로선 같이 갈 수 없다네. 자넨 결코 내가 가고자 하는 길을 용납하지 못할 거야…….'

의방을 나온 진고영은 문득 술을 마시고 싶다는 생각이 들었다. 그다지 술을 즐기지 않는 그로서는 생경한 마음이었다. 위경리 등이 머물고 있는 객잔으로 들어가 술을 시키고 구석진 자리에 앉아 있자 어떻게 알았는지 위경리가 다가왔다.

"어떻던가?"

"다리나 팔이야 뼈만 붙으면 되겠지만, 마음은 쉽게 낫지 않을 것 같습니다."

"아무래도 그렇겠지. 마음이 아프구먼."

위경리가 술병을 들고 진고영의 잔에 술 한 잔을 따라줬다.

"저와 함께 가지 않겠다 합니다. 저는 그것이 불안합니다."

"음? 왜?"

한 잔 술을 목구멍으로 단숨에 넘긴 진고영이 위경리를 쳐다봤다.

"위 노형님."

"음."

"운오가 묻더군요. 서점을 맡아서 장사를 한 게 언제인지 아느냐고. 열 살 때입니다, 열 살 때."

"호오? 대단하군."

"예, 대단하지요. 그런 친굽니다, 운오는. 아시겠습니까? 열 살 때 스스로 생각하고 모든 걸 결정지을 정도로 뛰어났습니다. 그런 친구가 이제, 지금까지와는 다른 길을 가겠다고 합니다, 자신의 길을. 저는 그 길이 혈로가 될 것이 두렵습니다. 아마도…… 많은 피가 뿌려질 것입니다. 그런데도 저는 그걸 막을 수가 없습니다."

진고영의 말을 음미하던 위경리의 표정이 딱딱하니 굳었다. 이제야 진고영이 무슨 말을 하는지, 무엇을 걱정하는지를 알게 된 것이다. 세상은 때로, 한 사람의 책사에 의해서 천하가 피에 잠기는 일이 비일비

재하게 일어난다. 더구나 그것이 천하를 뒤져도 짝이 보이지 않을 정도의 책사라면 더욱더 그러할 것이다.

자신의 아우는 그럼에도 막을 수 없는 자신 때문에 마음이 무거워져 있는 것이다.

그 정도였던가? 위경리는 새삼 운오라는 청년이 새롭게 보였다.

술자리를 파하고 방으로 들어가자 아무도 없었다. 진고영이 마음이 심란할까 봐 혼자 있게 방을 따로 마련해 놓은 것이다. 방에 아무도 없다는 것에 조금은 외롭다는 마음이 들었다.

'오늘 같은 날은 이게 편할지도 모르겠구나.'

이런 저런 생각을 하다 보니 문득 홍등에서의 상황이 생각났다.

지금껏 운오로 인해 잊고 있었지만, 자신의 손에 적어도 이십여 명이 죽은 것이다. 머리가 깨지고 온몸이 터져 나간 시신들……. 얼마간 이성을 잃었지만 꼭 그렇게 죽여야 했을까, 하는 생각도 든다.

하지만 후회는 하지 않기로 했다. 운오를 생각하면 조금도 과하지 않은 것이다. 아니, 어쩌면 앞으로는 더할지도 모른다. 최소한 이 일에 관련된 자들만큼은 결코, 결단코 용서치 않을 것이니까!

그들의 눈에서도 피눈물이 흐르게 해줄 것이다. 그들의 가슴을, 마음을 조각조각 잘라내 처절한 후회 속에서 죽어가게 만들 것이다.

진고영의 두 눈에서 시작된 살기가 주위로 퍼져 나가자, 창가에 내려앉으려던 야조가 질린 울음소리를 내며 도망쳤다.

삼 일이 지나 운오의 허락 하에 장례를 치르기로 했다. 아무래도 운오가 나으려면 두어 달은 걸릴 것이기에 어쩔 수가 없었다.

진고영이 양유대력으로 기력을 북돋아주고, 잘라져 나간 근육과 뼈에 기를 불어넣어 보다 빠르게 낫고는 있었지만, 워낙 상처가 커서 그것도 한계가 있었다.

하설랑이 어느 정도 몸을 추스르자 운오를 간병하겠다고 나섰다. 하지만 그녀 역시 팔에 큰 부상을 입었기에 따로 하녀를 한 명 붙여야만 했다.

다시 이틀이 지나자 진고영은 가지 않으려 하는 위경리를 비롯해 사람들을 철한장으로 돌려보냈다. 운오가 낫는 대로 바로 뒤따라간다는 약속을 하고서. 단지 임수행만은 남게 했다. 자신이 아직 풀이해 줘야 할 구결들이 많이 남아 있었기 때문이다.

그렇게 보름이 지났을 때였다. 무림련의 무검단이 일차로 조직되었다는 소식이 들려왔다. 그리고 대풍운보가 백운보를 치기 시작했다는 소식도 들을 수 있었다.

또다시 피바람이 불기 시작하려나 보다.

그런데다가 개방의 입소문으로 전 강호가 술렁이고 있었다. 천은산장의 무사들이 태원에서 살겁을 자행했다는 것이었다. 자신들을 곤욕에 빠뜨린 신협을 협박키 위해 그의 친구를 납치하려다 친구의 부모들을 죽였다는 것이다. 게다가 화진촌에서 일어났던 살겁도 그들의 소행이라는 소문이 돌고 있었다.

그동안 강호에 떠돌던 소문이 결코 거짓이 아니란 것이 이번 일로 드러났다는 것이 개방의 주장이었다. 설왕설래하는 격론의 와중에 점차 천은산장이 마도에 물들었다는 것이 사실처럼 되어갔다.

孤影　第三章

1

혁련유천은 무릎을 꿇은 채 머리를 바닥에 찧고 있는 사마중안을 바라보았다.

쿵! 쿵!

“죽을죄를…… 죽여주시옵소서……!”

평상시 입가에 떠 있던 웃음기조차 가신 얼굴로 죄를 청하는 사마중안을 보던 혁련유천이 냉기가 흐르는 음성으로 입을 열었다.

“너는 항상 죽여달라고만 하는구나. 네가 죽으면 모든 게 원상태로 된다더냐?”

“속하는…….”

“그래, 죽을죄를 짓기는 했지! 하니 죽는 것도 당연할 게야! 하나! 그냥 죽어서는 아무것도 아니지 않겠느냐?”

혁련유천의 한 점 열기도 보이지 않는 눈이 사마중안의 등판에 꽂

했다.

"중안."

"예, 주군."

"금마옥의 마인 다섯을 데리고 본 장을 탈출하거라!"

"예?"

뜬금없는 명령에 사마중안이 의아한 눈으로 혁련유천을 올려다봤다.

"그들을 데리고 혈왕궁으로 가거라."

"혈왕궁……. 아!"

무언가를 깨달았다는 듯 사마중안의 눈이 크게 뜨이고 경탄의 표정이 얼굴 가득 떠올랐다.

"살고 죽는 것은 너의 운에 달려 있다 해야 할 것이다."

"이미 죽음을 청했거늘, 무엇이 두렵겠사옵니까?"

"네가 떠나면 바로 추격이 시작될 것이다. 열흘을 버틴다면 살 수 있을지도……."

사마중안의 몸이 부르르 떨렸다. 진정 두렵고 무서운 분이다.

마도로 몰려서는 아무것도 할 수 없다. 처음부터 마도였다면 문제될 것이 없는 일이다. 하지만 정파라는 자부심으로 뭉쳐 있다가 느닷없이 마도라 하면 산장의 수하들 중에서 동요를 일으키는 자들이 있을 것이고, 연합하기로 했던 호남의 명문들 중 뒤로 빠지는 곳도 생길 것이다. 그리돼서는 죽도 밥도 안 된다.

그런 상태에서 움직인다면 그동안 호의적이었던 정파의 대문파들도 가만있지 않을 것이다. 아마 대풍운보를 치기도 전에 전력의 반은 잃을 것이다. 강남조차 어찌하지 못하면서 천하를 노린다는 것은 언감생

심이다.

주군께선 나를 희생시켜서 다른 이들의 판단을 반은 희석시킬 수 있다 보신 것이다. 그리고 그것은 충분히 가능한 일이었다. 물론 나의 연기가 뛰어나 보인다면 더 좋은 효과를 거둘 수도 있겠지.

'지금까지 저질러진 모든 살겁이 나의 개인적인 욕심으로 행해진 것이 되는 것이다. 아니면… 혈왕궁의 지시로 했다는 소문이 돌든지. 그건 각자가 생각하기 나름이겠지.'

내가 주군께 드릴 수 있는 마지막 충정이라면… 또한 그 방법으로 살 수 있는 희망이 있다면…….

"주군의 명에 따라 준비를 하겠습니다."

2

어둠이 깔리는 천목산 자락, 백운보의 백운전 내실에도 굵은 황촉불 아래 두 사람이 마주 앉아 있었다.

"백리단황이 움직였다. 아마 오늘내일 사이면 이곳을 칠 것이다."

"저도 들었습니다, 아버님."

"나는 항복하지 않을 작정이다."

"저 역시……."

"백리단황은 냉정하면서도 또한 냉혹한 사람이다. 아마 이곳이 지옥이 될 수도 있다."

"소자는 이미 지옥을 경험해 봤습니다."

“으드득! 천은산장이 우릴 버리다니!”

“어차피 그들은 우릴 그저 이용만 하려던 자들이었습니다.”

“으음. 정녕 백리단황의 벽을 넘을 수 없단 말인가?”

“우리를 멸하기 위해선 저들 역시 많은 피를 흘려야 할 것입니다.”

“나는 이곳에서 죽을 생각이다. 하나 너는 안 되겠다 싶으면 빠져나가거라.”

“아버님!”

“너는 구양가의 장손이다. 피를 이어야 할 의무가 있다는 말이다. 쓸데없는 생각 말고 살 수 있거든 살아남아라. 나중을 위해서. 훗날 이 핏값을 받아내기 위해서라도… 너만은 살아야 한다.”

“저 혼자 살아서 복수를 하란 말입니까? 그럴 거라면 아버님도 빠져나가는 게 낫지 않겠습니까?”

“지금 나가면 강호인들이 손가락질을 할 것이다. 그러면 복수도, 무엇도, 아무것도 할 수 없다. 하니 싸우는 중에 기회를 찾아라.”

“다른 자들의 손가락질이 무엇이 무섭습니까?”

“어리석은 놈! 사람 사는 세상에서 사람들에게 외면당하고는 결코 큰일을 할 수 없는 법이다. 그래서 명분이란 것이 있는 것이다. 나는 네가 오늘의 명분을 앞세워서 당당히 복수할 수 있기만을 바랄 뿐이다. 그저 뒤에서 백리단황의 목에 몰래 칼을 꽂는 그런 단순한 복수를 하란 것이 아니란 말이다. 십 년이 걸리든 이십 년이 걸리든, 남자의 복수는 시간이 중요한 것이 아니다. 명분만 있다면, 언제고 힘을 모아 백리단황을 깨부수고 백리가의 터전 위에 구양가의 깃발을 높이 걸더라도 감히 뭐라 할 자가 없을 것이다!”

구양제강의 비감 서린 말에 구양경헌은 이를 악물어야 했다.

'제가 살아남기를 바라신다면 살아남지요. 하나… 이후의 저는 악마와도 손을 잡을 것입니다.'

십여 년, 지옥 수련을 하고 돌아왔을 때는 세상에 무서울 것이 없었다. 금도문을 멸하고 절강의 육 할을 손에 넣었을 때는 금방이라도 대풍운보를 깨부술 것 같았던 것이다. 한데 막상 싸우려 뒤를 돌아다보니, 자신들이 이루어놓은 것은 그저 빛 좋은 개살구였다. 두려움에 억지로 굴하고 있었을 뿐, 복속된 문파들의 마음은 대풍운보에 가 있었던 것이다. 그것이 이번에 적나라하게 드러났다.

절강에서 만큼은 충분히 승부를 결(決)할 수 있으리라 생각했는데, 어처구니없게도 모든 것은 자신들의 착각이었다. 천은산장이 백운보에서 손을 놓았다는 소문이 돌자, 오 할에 가까운 세력이 대풍운보에 투항해 버린 것이다. 그나마 나머지 오 할 중에서도 삼 할 이상이 사태의 추이를 지켜보며 움직이려 하지 않았고, 달려온 자들은 채 이 할도 되지 않는 것이다.

적들이 코앞에까지 왔거늘…….

*　　　　*　　　　*

임안을 출발한 백리웅천은 마음이 홀가분해져 있었다.

천목산 백여 리까지 오도록 싸움다운 싸움이 일어나지 않아 심심하긴 했지만, 덕분에 백운보와의 결전을 빨리 끝낼 수 있을 것 같았기 때문이다. 그래야 철한장으로 달려갈 시간이 빨라질 테니까.

자신도 왜 그런지는 모른다. 하지만 분명한 것은 이런 싸움은 진고영 등과 같이 다니는 것보다 재미가 없다는 것이다. 싸우는 맛도 안 나

95

고, 배울 것도 없고, 진고영의 그 무시무시한 몽둥이질도 볼 수 없지 않은가. 아! 등에 칼을 차고 갔는데……. 칼질도 할 줄 아나?

'따라갔어야 하는데, 하필 그때 연락이 와서…….'

다른 사람들은 신나게 돌아다닐 텐데……. 그나마 은혈마검 구양경헌이라도 제 몫을 해주기만을 바랄 수밖에.

고개를 돌리자 저만치 거대한 덩치의 두 사람이 보인다. 말을 들어보니 만나자마자 장인 사위 하며 끌어안았다던가? 고개가 절로 저어지는 두 사람이었다. 하지만 백리웅천은 안다, 이번 싸움에서 가장 두각을 나타낼 사람 중 한 사람이 바로 방거산이란 것을.

잠풍단과 패력전의 고수들을 가운데 두고, 좌로는 오 리 떨어진 곳에 화정검문을 위시한 절강의 지부 무사들을 백리단유가 이끌고 있다.

그리고 우측 역시 오 리 정도 거리를 두고 복건의 지부 무사들과 이번에 투항한 문파의 무사들이 연합해서 움직이고 있다.

한마디로 백운보는 고립이 되어버린 것이다.

이것이 백리단황의 힘이었다. 천음마인에 대한 진실이 밝혀지고, 천은산장이 발을 빼자 순식간에 상황이 끝나다시피 한 것이다.

두 시진을 가자 백운보의 담장이 보이기 시작했다. 백양나무 사이로 언뜻 보이는 백운보는 한겨울의 쓸쓸함과 어울려 을씨년스럽기 짝이 없었다.

들어온 정보대로라면 백운보의 무사들과 그들을 도우러 달려온 이백여 명의 원군이 전부라 했다. 하지만 방심은 할 수 없다. 은혈마검 구양경헌이 정말로 절정의 경지에 든 자라면, 그리고 백운참마대가 모두 일류고수로 이루어진 살귀들이라면 적지 않은 피해가 날 수도 있는 것이다.

조금 앞서 가던 호공탁의 손이 들리자 소리없이 전진하던 무사들의 걸음이 멈추었다.

"전방 오백 장 앞에 백운보다. 계획대로 세 방향을 친다. 한 치의 방심도 허용해서는 안 된다. 나의 잘못으로 주군의 수하를 잃고 싶지 않기 때문이다. 방심하는 놈은 적의 칼에 맞기 전에 내 주먹에 맞아 뒈질 것이다. 출발!"

호공탁답지 않은 신중한 말에 무사들의 표정이 단호하게 변했다.

'제길, 호 전주의 손에 죽지 않으려면 멀리 떨어져야겠군.'

그들은 아는 것이다, 호공탁이 신중해지면 절대 그의 근처에 가서는 안 된다는 것을.

호공탁이 움직이자 좌측과 우측에서도 오백여 무사들이 움직이기 시작했다. 그리고… 미처 누가 말릴 사이도 없이, 호공탁의 옆에 있던 불붙은 곰 한 마리가 뛰어나간다.

"장인! 저곳에 사는 놈들을 다 때려잡으면 연 매를 준다 이 말이지라?!"

"푸하하하!! 그려, 사위!"

뭐가 뭔지도 모르고 방거산을 따라 나가던 패력전의 수하 하나가 발이 엇갈렸는지 비틀거렸다.

이월 열하루, 정오가 얼마 지나지 않은 시각, 절강의 두 번째 피바람이 불곰 한 마리를 앞세우고 불기 시작했다.

정문에서 다가오는 자를 쳐다보던 백운보의 무사 한지완은 어이없다 못해 웃음이 나올 지경이었다. 웬 곰 같은 자가 혼자서 달려오는 것이다. 한 자루 커다란 쇠몽둥이를 들고 고함을 지르며.

"으하하하! 다 나와!!"

정문이 열리고 두 사람이 달려나갔다, 곰 같은 놈을 때려잡기 위해서. 하지만 두 사람은 곰을 잡기도 전에 머리가 깨져 버렸다.

쩌정! 쾅!

무지막지하게 내려친 몽둥이를 검에 진기를 가득 싣고 막았지만 검과 함께 머리가 부서져 버린 것이다. 그 다음부터는 누구도 나가서 미친 곰을 잡겠다는 생각 따위는 하지 않았다.

그저 문을 꼭 닫고 넘어오는 자를 상대하면 될 터였다. 미쳤다고 저런 미친놈을 나서서 상대하냔 말이다.

그렇게 긴장한 채 대풍운보의 무사들이 쳐들어오기만을 기다리고 있을 때였다.

콰광! 와지직!!

굉음과 함께 반 자 두께의 정문이 부서져 나가고, 불곰 한 마리가 뛰어들어 왔다.

방거산은 단 한 수에 문을 부수고 백운보 내로 들어서다가 멈춰 섰다. 수십 명이 자신을 바라보고 있는 게 보였다.

"우왓! 겁나게 많네? 우하하하!! 좋아, 좋아! 빨리 끝내자고!!"

붕붕!

여섯 자 길이 쇠몽둥이가 허공을 맴돌자 광풍이 분다. 멋모르고 다가서던 자가 부서진 검과 함께 구석으로 처박혀 버리자 달려들려던 자가 주춤거린다. 그렇다고 가만히 있을 방거산이 아니었다. 마치 양 떼 사이로 뛰어든 불곰과도 같았다. 그 앞에선 고수고 뭐고가 없었다.

백운보 질풍검대 대주 양천후가 검을 들고 방거산의 철곤을 막아섰
지만 무식하게 휘두르는 철곤을 세 번 막아내고 손이 찢어져 버렸다.

쾅쾅!

우르르 밀려나는 무사들 사이를 휘젓던 방거산의 눈이 휘둥그레졌
다. 누군가가 자신의 철곤을 막아내고 달려드는 것이 아닌가. 도대체
어떤 놈인가 쳐다보았다.

"이놈!!"

다섯 자에 달하는 거검을 들고 소리치는 호안의 중년인이 보였다.
능히 자신의 철곤을 상대하기에 부족함이 없는 거검이었다.

씨익, 웃은 방거산이 철곤을 들고 중년인과 마주 섰다.

"나, 방거산이야! 우리 작은 숙부에 비하면 젓가락질에 불과하지만
몽둥이 휘두르는 맛도 괜찮더구만. 우리 한번 재미있게 놀아보더라고."

"미친놈!"

백운보를 돕기 위해 왔다가 정문을 맡게 된, 막간산의 호랑이 대산
검호 우지광은 저런 미친놈을 상대해야 하는 자신이 한심하기만 했다.
하지만 그렇다고 만만한 놈도 아니었다. 이미 두어 번 부딪쳐 본 바로
는 결코 자신의 아래가 아닌 것이다. 문제는 이놈이 다가 아니라는 것
이었다.

정문 쪽으로 물밀듯이 들어오는 자들의 기세는 결코 자신의 수하들
이 막을 수 있는 자들이 아니었던 것이다.

차창! 챙그랑! 콰쾅!

뒤로 물러서면서도 하나둘 쓰러져 가는 수하들을 보는 우지광의 눈
이 붉게 물들었다. 그런 그의 눈에 거대한 덩치의 호공탁이 들어왔다.

젠장! 미친놈은 하나가 아니었다. 그렇다면 두 미친놈 중 하나라도

죽이고 죽어야 밑지진 않겠다는 생각마저 들었다.

"이 미친놈아! 너는 나하고 죽자!!"

후웅!

대검이 검풍을 일으키며 정면으로 짓쳐 오자 방거산의 커다란 입이 쫙 찢어졌다.

"그거 좋지! 그런데 죽으려면 너만 죽어!!"

콰아아!

철곤도 대검을 마주쳐 간다. 그리고 일순!

쾅!

장원을 울리는 굉음과 함께 두 사람의 신형이 뒤로 주르륵 밀려난다. 한데 우지광은 이마를 잔뜩 찌푸린 반면 방거산은 다시 씨익, 웃더니 또 달려든다.

우지광이 미처 방거산을 잘 모른 것이 잘못이라면 잘못이었다. 싸움을 시작하면 정말로 미치는 게 방거산이었던 것이다.

자신이 제정신이 아니라는 것을 알려주겠다는 듯, 일그러진 안색을 펼 사이도 없이 다시 철곤을 내려쳐 온다.

쾅! 막으면 또 다가온다. 쾅! 뒤로 물러서도 다가온다. 쾅!

"크윽!"

쥐어짜는 신음을 흘리며 고개를 들고 방거산을 쳐다보는 우지광의 입가에는 어이가 없다 못해 허탈한 웃음이 걸려 있다. 미친 불곰이 입가에 피를 흘리면서도 웃으며 또 달려드는 것이다.

"진짜로…… 미… 친… 놈이었……."

쾅!!

그걸로 끝이었다.

막간산의 호랑이 우지광의 머리가 부서져 버린 것이다.

정문을 지키던 무사들의 우두머리라 할 수 있는 우지광이 죽자, 백운보의 정면이 허무하게 무너져 버렸다. 이미 기세를 잃은 자들이 하나둘 검을 던지고 주저앉은 것이다.

백리웅천은 방거산이 어디서 구했는지 철곤을 휘두르는 것을 보고는 웃음이 나왔다. 아마도 진고영을 흉내 낸답시고 곤을 쓰는 것 같았다. 그러면서도 대산검호 우지광의 머리를 깨 죽이는 것을 보고, 위경리가 왜 방거산을 보고 고개를 저었는지 이해가 되기도 했다.

입가에 웃음을 짓던 백리웅천의 신형이 안으로 달려가자 뒤따르던 잠풍단의 수하들도 뒤질세라 안쪽으로 몸을 날렸다.

안채에는 구양제강이 검을 들고 마치 오기를 기다렸다는 듯 편안한 표정으로 서 있었다. 있을 거라 생각했던 구양경헌은 보이지 않았다.

"백리웅천이 구양보주를 뵙겠소."

"허허허! 그대를 보니 백리단황은 후세 걱정 안 해도 되겠군."

"과찬이오."

"하나, 안심해서는 안 될 거네. 경헌이도 결코 만만치 않거든."

"들어 알고 있소이다."

답하며 검을 빼 드는 백리웅천의 전신으로 강력한 기운이 휘몰아치자 구양제강의 눈에 놀라움이 떠올랐다.

"벌써…… 그 정도였던가?"

"운이 좋았을 뿐이오."

잠풍검이 중단을 가리키자 짙푸른 검강이 한 자는 솟아났다. 그러자 구양제강도 검을 빼 들고 백리웅천을 향했다.

"나도 만만치는 않을 것이네."

그의 검에서도 하얀 검강이 솟아났다. 그 역시 절정의 경지에 발을 들인 것이다.

"갑니다!"

외마디 외침과 함께 백리웅천의 신형이 주욱, 미끄러지듯 다가가더니 검을 찔러간다. 변식도 없이 일직선으로 찔러가는 검에는 미미한 흔들림조차 없어 마치 정지된 그림과도 같았다.

그걸 보는 구양제강의 안색이 가볍게 굳어졌다. 설마 그 정도일 줄은 몰랐다는 표정이다. 단순함 속에 경지가 느껴지는 것이다. 한 자를 사이에 두고 두 자루 검첨이 부딪쳐 간다.

쩡! 우웅!!

대기가 뒤틀리는 소리에 근처에 있던 자들이 움찔 몸을 떨며 뒤로 물러섰다.

순간, 일검으로 예를 표한 백리웅천의 신형이 좀 전과는 다르게 번개처럼 움직여 간다. 그러자 그의 잠풍검에서 줄기줄기 검강이 뻗어나가고, 구양제강은 놀람으로 눈이 크게 뜨였다.

이를 악물고 놀란 눈으로 검을 마주쳐 가는 구양제강의 표정에는 절대 물러서지 않겠다는 각오가 역력하다. 백리단황도 아니고, 그의 아들에게 밀린다는 것은 그의 자존심이 허락치 않는 것이다.

"이익!"

쩌정!

상단에서 내려쳐 오는 검을 막은 구양제강의 손이 후들거렸다. 생각보다 더 강력했다. 무공이 단지 오기로만 되는 것이 아니란 걸 누구보다 잘 아는 그였다.

구양제강은 확연히 느낄 수 있었다. 백리웅천은 이미 절정을 확실하게 넘어선 것이다. 자신보다도 족히 한 단계는 앞서는 것이다.

"타앗!"

일성 기합과 함께 백리웅천의 신형이 삼 장 높이로 치솟더니 빙글빙글 회전하는 검강을 앞세우고 다시 짓쳐 들어온다.

'맙소사! 저 정도였단 말인가?'

자신은 흉내도 못 낼 검강의 운용이었다.

하지만 어쩌랴. 물러설 수는 없지 않은가.

구양제강은 주먹을 불끈 쥐고 마지막 여력을 모아 마주쳐 간다.

그 시각, 백운보의 북쪽으로 하나의 은포를 입은 인영이 번개와 같은 속도로 빠져나가고 있었다. 전신의 은포가 찢어지고 붉은 선혈이 은포를 적시고 있었건만, 그의 표정만큼은 시간이 지날수록 싸늘하게 식어가고 있었다.

"지독한 놈들. 참마대 이십 인을 희생시켜 겨우 몸을 빼내다니……. 하지만 두고 봐라! 으드득! 내가 다시 돌아오는 날, 오늘의 참담함을 철저히 갚아주리라!"

비밀리에 북쪽으로 스며든 홍요상이 이끄는 암문의 살수들에게 참마대의 대부분을 잃은 구양경헌은 한을 안고 쫓기듯 백운보를 떠나가고,

"우하하하!!"

정문 쪽에서 들려오는 불곰의 광소 속에서 백운보에서 제일 큰 백운전이 불타오르고 있었다.

그리고 마침내,

쿠구구구…… 쩌정!

강맹한 검강이 맞부딪치며 산산이 부서지는 검날 아래서 한때 천하를 풍미했던 노고수가 쓰러져 갔다.

그렇게, 이월 열하루 석양이 물들기도 전에 절강을 호령했던 백운보가 종말을 맞이하고 있었다.

3

강남에서 한바탕 피보라 속에 대풍운보가 기지개를 켜던 그날, 진고영은 운오를 서점으로 옮겨왔다.

의방에서 서점으로 돌아오자 운오는 마음이 조금 안정된 것처럼 보였다. 하지만 그것이 겉보기만 그렇다는 것을 진고영은 알고 있었다. 하설랑이 모든 것을 말해 버린 것이다.

너무 큰 충격으로 아이가 떨어졌다는 것을 의원이 말해 줬지만, 진고영은 하설랑에게 아직 말하지 말라 했었다. 나중에, 몸이라도 좀 나아지면 말하라 했었다. 한데… 그사이를 못 참고 말해 버린 것이다. 하지만 그것을 어찌 그녀의 잘못이라고만 할 것인가. 그녀 역시 너무 가슴이 아프니 같이할 사람을 찾은 것이다. 그리고 그러기에는 자신의 남편이 제일 우선이었을 것이다.

그때부터 운오는 진고영과도 말을 잘 하지 않았다. 슬픈 일이었다. 운오의 마음이 세상과 벽을 쌓기 시작하고 있는 것이다.

그러던 어느 날, 운오가 진고영을 불렀다.

"그만 가보게나. …너무 오래 있었어."

"무슨 소린가? 자네가 다 낫기 전에는 가지 않을 것이네."

"아니야. 그것은 오히려 나를 도와주는 게 아니야. 나는 이제부터 내 갈 길을 가려 하는데 자네는 내가 일어서려는 것을 막고 있어."

앞이 노래지는 기분이었다. 운오는 나를 불신하기 시작한 것인가?

"운오……."

"자네 맘 알아. 자넨 내 친구지?"

"물론이네!"

"그럼 나를 믿고 이곳을 떠나게. 자네의 할 일을 하란 말이지. 그것이 나의 마음을 편하게 하는 것이야."

아! 그런 것은 아니었나 보구나.

"정말 괜찮겠나?"

천천히 고개를 끄덕이는 운오의 창백한 얼굴에 가는 미소가 떠올랐다.

"나는 태원부의 유지 운오일세."

가슴 가득히 밀려오는 슬픔을 억누르고 진고영은 고개를 끄덕이는 수밖에 없었다. 그나마 다행이라면 첩검단과 개방이 계속 운오를 주시할 것이고, 천은산장 역시 이목이 있는 한은 함부로 손을 쓰지는 못할 거라는 점이었다.

"언제고…… 몸이 낫거든 나를 찾아오게. 나는 가겠지만 훗날 더 즐겁게 만나기 위해서 가는 거네."

떨리는 목소리를 감추려 억지로 딱딱하게 말하지만, 그걸 못 알아들을 운오가 아니었다. 빙그레 웃음 짓는 운오의 표정이 알겠다는 것인지, 안 오겠다는 것인지 알 수 없었지만, 그저 웃고 있다는 것만으로도 조금은 마음이 놓였다.

손을 꽉 잡아주고 뒤돌아서는 진고영의 뒷모습을 바라보는 운오의 눈에 눈물이 맺혔다.

'미안하네. 진정 미안하네. 내 어찌 자네의 뜻을 모를까……. 하지만 자네에게 미안하단 말은 하지 않겠네, 우린 친구니까. 고영이…….'

겨우 보이기 시작한 눈은, 그나마 한쪽밖에 시력이 돌아오지 않았다. 하지만 고영에게 그 말은 하지 않았다. 어쩌면 영원히 한쪽 눈은 시력이 돌아오지 않을지도 모른다.

운오는 친구를 떠나보내며 굳이 마음에 부담을 주고 싶지 않았던 것이다.

진고영은 떨어지지 않는 안타까운 마음을 뒤로하고 태원을 떠나야 했다. 그런 그의 발걸음에는 또 다른 마음의 무게가 더 얹혀져 있었다.

태원에 온 지 한 달 만의 일이었다.

孤影　第四章

1.

언제부터인지 눈이 내리고 있었다.

진고영이 운오를 생각하다 문득 정신을 차렸을 때는 이미 어깨를 하얗게 덮은 눈이 뺨을 간지르고 있었다.

옆을 보자 임수행이 말없이 따라오고 있었다. 자신의 표정이 워낙 심각해 보였나 보다. 조용히 따라오는 임수행의 표정에 걱정이 가득하다. 하긴, 한 시진 이상을 아무런 말도 없이 걷고 있었으니 모르는 사이라도 걱정이 될 판이었다.

"수행."

"예, 형님!"

부르는 게 반가웠나 보다. 큰 소리로 대답하는 임수행의 표정이 단박에 풀어져 버린다.

"이리 내려가면 섬서로 가는 거 맞나?"

"예. 한데 어디로 가시려고……."

"음? 말 안 했던가?"

순간 위 노형님이 생각난다. 훗!

진고영의 입가에 웃음이 걸리자 임수행은 잠시 어리둥절해하더니, 어찌 되었든 기분이 좋은지 묻지도 않은 말을 한다.

"형님, 섬서로 가는 길에 장안 쪽으로 들러서 가죠?"

"장안?"

"예. 뭐니 뭐니 해도 섬서를 지나려면 장안을 안 들르고는 섬서를 지났다 할 수 없죠."

"음……. 그럴까?"

장안을 들르자는 것이 자신의 사문인 종남을 먼발치에서라도 보고 싶나 보다.

"그런데 여기는 어디쯤이지?"

"……."

아무런 대답이 없어 쳐다보니 임수행이 어이없다는 눈으로 빤히 쳐다보고 있었다. 마치 그것도 모르고 여기까지 왔느냐는 듯.

"저… 조금만 더 가면 임분인데요."

임분……. 임분이란다. 그런가? 벌써 여기까지 왔던가? 운오를 구했던 곳도 지나쳐 버렸던가?

태원을 떠나 떨어지지 않는 발걸음을 늦추다 보니 닷새를 걸었다. 객점이 있으면 쉬고 없으면 걷고. 그러면서 임수행이 무공 구결에 대해서 물어보면 대답도 해주면서. 그렇게 며칠을 걷다 보니 어느덧 임분이란다.

"운오는 잘 견디겠지?"

진고영의 뜬금없는 말에,

"형님의 친구 분이시잖습니까."

장군하니 멍군이다.

"그래, 잘 견딜 거야! 가세!"

언제까지 이러고 있을 수는 없다. 그렇다고 바로 무창으로 가기도 좀 그렇다. 수행 말대로 장안도 좀 둘러보고 섬서를 질러서 내려가야 겠다.

걸음이 빨라지기 시작하자 마주쳐 오는 눈발이 시원하게 얼굴을 때린다. 가슴을 때린다.

온 세상이 하얗게 변해가는 것처럼 자신의 마음도 하얗게 변해간다.

그래! 가슴속까지 하얗게 변해 버리려무나!

이틀을 더 가자 하진에 도착했다.

현 내로 들어갈 때쯤, 지겹게 내리던 눈이 조금은 약해졌다. 하지만 길가에 쌓인 눈은 한 뼘 이상이나 쌓여 있어 지나는 이들이 발을 동동 구르는 모습은 한결같았다.

진고영과 임수행이 이런 저런 사람 사는 모습을 보며 무심하게 길을 걷고 있을 때였다.

와장창!

길옆, 객잔의 이층에서 창문이 부서지는 소리와 함께 사람이 떨어져 내린다. 한바탕 싸움이라도 했던가 보다. 몇 사람이 고개를 내밀고 밖을 쳐다보며 손가락질을 한다.

한데, 하필이면 사람이 진고영의 위쪽으로 떨어지고 있는 것이 아닌 가!

"헛! 형님!"

순간적으로 임수행이 놀라 소리쳤다.

"저, 저런!"

길 가던 사람들도 놀라 소리친다. 그때였다.

곧장 떨어져 내리던 인영이 빙글, 한 바퀴 공중제비를 돌더니 옆으로 흐르듯 움직이며 내려섰다. 그야말로 눈 한 번 깜짝일 시간 만에 벌어진 일이었다.

"꺼억!"

거한 트림 소리 속에서 역한 술 냄새가 진동한다. 삼십 초반 정도로 보이는 자다. 한데 붉게 변한 얼굴을 보아하니 이미 적지 않은 술을 마신 듯하다.

"이거, 놀라게 해서 미안하오. 거참, 누가 술값 떼어먹을까 봐 사람을 창밖으로 던지나 그래!"

부서진 이층 창문을 보며 한 소리 지껄인 장한이 씨익, 취한 웃음을 지으며 진고영을 쳐다봤다. 그러더니 표정이 구겨진다. 진고영이 말대꾸도 없이 그냥 가버린 것이었다.

"어? 이봐!"

쪼르르 달려간 장한이 진고영을 올려다보며 눈살을 찌푸리자 옆에 있던 임수행이 한마디 했다.

"이봐요, 형님께선 이야기할 기분이 아니시니 그만 놔두고 가시죠?"

"응? 그걸 당신이 어찌 아나? 이 사람은 암말도 안 했는데?"

"그거야……."

답이 궁색해진 임수행이 어정쩡하니 있자 어쩔 수 없이 진고영이 나섰다.

“나한테 볼일이 있으시오?”

“아, 하! 하! 볼일이라기보다 미안하다, 그 말이오.”

“알았소. 수행, 가자.”

“예.”

“거, 사람이 딱딱하긴…….”

고개를 젓던 장한이 졸래졸래 뒤따라간다.

얼마나 걸었을까. 임수행이 뒤돌아서며 한 소리 질러댔다.

“이봐요! 언제까지 따라올 거요?”

“응? 뭘?”

능청맞기가 이를 데 없다. 마치 내 갈길 내가 가는데 당신이 왜 그러냐는 듯한 표정이다. 그대로 둬서는 안 되겠는지 진고영이 걸음을 멈추고 뒤돌아섰다.

“공동에서는 남에게 시비 거는 것도 가르치오?”

순간, 장한의 얼굴이 딱딱하니 굳어간다. 뚫어지게 진고영을 쳐다보는 눈이 금방이라도 손을 쓸 것만 같은 표정이다. 하지만 그것도 잠시, 피식 웃으며 진고영을 쳐다본다.

“어떻게 알았수?”

장한의 대답에 진고영은 묵묵히 장한의 오른손을 쳐다봤다.

“칠상권을 익히면 손날의 금이 없어진다는 것쯤은 들어 알고 있소.”

“음…….”

장한의 입에서 무거운 신음이 새어 나왔다. 물론 많은 사람이 그러한 사실을 안다. 하나 안다는 것과 한 번 스쳐 본 것으로 그러한 사실을 유추해 낸다고 하는 것과는 천지 차이다.

“그걸로 내가 어찌 공동의 제자란 말이오?”

장한이 우기듯 소리치자 진고영이 장한의 눈을 쳐다보며 말을 이었다.

"낡았지만 도복을 입고 칠상권을 익힌 흔적에다가, 추운신법까지 펼쳐 놓고 공동 사람이 아니라는 게 더 웃기는 일 아니오?"

"윽!"

그렇다. 자신이 무심결에 펼쳐 낸 신법, 그것은 분명 구름을 쫓는다는 공동의 독문 추운신법이었다. 빠져나가려야 빠져나갈 구석이 없다.

"허! 허! 무량수불……. 도우의 눈썰미가 대단하구려."

곧 죽어도 꿀리지는 않겠다는 자세, 대단한 공동의 도인이었다.

"그런데 공동의 제자가 어찌……."

술 마시고 그러냐는 질문이지만 대놓고는 할 수 없는 임수행이었다. 자신도 도문인 종남의 제자가 아니던가.

"술 마시고 이러냐?"

눈치 하나는 위경리급이었다.

"그게 다 나름대로 도를 깨우치기 위해서라오."

점잖게 말하는 투는 영락없는 도인이었다. 입에서 나는 썩은 술 냄새만 아니라면. 하지만 진고영은 더 볼 것 없다는 듯 뒤돌아서 버렸다.

"가세."

그러자 임수행도 미련없이 따라가 버린다.

"어? 같이 가자니까?"

질기게 따라오는 장한은, 아니, 도인은 아랑곳없이 하얀 눈길을 걸어가던 진고영과 임수행이 객점으로 들어가자 도인도 따라 들어갔다.

맞은편에 앉은 도인을 임수행이 질렸다는 듯이 바라본다.

"대체 왜 이렇게 따라오시는 겁니까?"

“허허허. 사해가 동도이거늘 좀 따라다니는 것이 뭔 대수겠나?”

“어휴! 형님, 이 양반 어떻게 할까요?”

“글쎄. 아우는 어찌하면 좋겠는가?”

“그, 그게…….”

막상 어떻게 하자니 자신의 사문에 누가 될 것 같아 어찌하지도 못하겠다.

“후우…….”

그러고 보니…… 혹? 나 때문에 형님께서?

고개를 돌려 바라보니 진고영이 가볍게 웃음을 짓는다. 마치 네 뜻을 안다는 듯. 하긴 같은 구대문파의 제자로서, 그것도 같은 도문의 제자로서 선배를 박대했다는 소문이 돌면 아마도 사문에서 가만있지는 않을 것이다.

“도명이 어찌 되십니까?”

“그게… 옥구자라고 하네.”

조금 망설이던 옥구자가 자신의 도명을 밝히자 임수행은 눈을 크게 떴다.

맙소사! 옥구자라니. 그 이름을 들어본 것이다. 한때 공동의 제일기재로 성가를 날렸던 이름이었다. 한데 어쩌다 저리되었을까?

임수행의 눈에 황당하다는 빛이 떠올랐다.

“세상에! 어쩌다…….”

그렇게 망가졌느냐는 말이다.

“도란 것이 산에만 있는 게 아니더란 말일세. 세상에도 도는 널려 있더란 말이지. 험. 그런데 자넨 누구길래 나를 아는 건가?”

“저…… 종남 속가제자 임수행입니다.”

"아! 종남! 반갑구만, 이런 데서 같은 도문의 제자를 만나다니."

무슨 사연이 있기에 예전의 옥구자의 모습이 간데없을까.

진고영은 옥구자라는 이름은 몰랐지만 지저분해 보이는 도인이 공동의 제자이고, 비록 겉으로 드러나지는 않지만 상당한 실력을 갖춘 것으로 보아 무슨 사연이 있을 거라 짐작하였다.

"공동의 본산제자라면 지금쯤 무림련 무검단에 들어 있어야 하는 것 아닙니까?"

진고영의 말에 옥구자의 표정이 살짝 흔들렸다.

"도인이 되어가지고 사람 죽이는 일에 앞장서기도 좀 그렇지 않소?"

"하지만 다른 분들은 그리 생각하지 않는 것 같습니다만."

"사문의 명이 지엄하니 어쩔 수 없는 것이지 모두가 다 그런 것은 아니오."

옥구자의 가라앉은 음성에는 힘이 없어 보였다. 그의 말대로라면 무림련의 뜻에 반하는 사람들이 제법 있다는 말이었다. 하지만 그들은 결코 입 밖으로 자신들의 뜻을 말하지는 못할 것이다.

어쩌면 옥구자가 저리 다니는 것도 그런 이유 때문일지도…….

새삼 옥구자가 다시 보이는 진고영이었다.

음식이 나오자 고맙다는 말만 던지고는 게걸스럽게 먹어대던 옥구자가 무슨 생각이 들었는지 고개를 쳐들고 진고영을 바라보았다.

"그런데 말이오, 아까 내가 떨어지면서 공격을 했으면 어쩌려고 그렇게 태연히 있었소?"

그랬었다. 누구든 놀라서 대피했어야 할 상황이었다. 하다못해 깜짝 놀라는 시늉이라도 해야 당연했던 것이다. 그런데 분명 자신이 본 진고영의 표정은 한 점 동요도 없었다. 옥구자는 그것이 궁금했다. 종남의 제자가 형님이라 부를 정도면 제법 무공을 익힌 자일 텐데…….

진고영이 아무런 대답도 없이 묵묵히 맛도 없어 보이는 소면만 먹고 있자, 옥구자의 이마가 찌푸려졌다. 그리고 참지 못한 그의 입이 막 열리려 할 때였다.

“그랬으면… 선배는 지금 여기서 밥을 못 먹고 있을 거요.”

임수행의 웅얼거리는 듯한 말에 옥구자의 눈이 동그랗게 커졌다.

“여기서 못 먹으면 어디서 먹는단 말인가? 아! 포청?”

“염라부.”

조그맣게 하는 말이지만 못 들을 리 없는 옥구자였다. 임수행을 쏘아보는 눈빛이 예사롭지가 않다. 금방이라도 송곳 같은 안광이 임수행의 이마에 꽂힐 듯이 번뜩인다.

“그러니까… 내가 죽었을 것이다?”

“어쩌면… 죽이지는 않으셨을 것이오.”

“재미있군.”

어이없다는 표정이 정말 재미있기라도 한 듯 옥구자가 툴툴거릴 때였다.

촤르륵.

객점의 주렴이 걷히고 두 사람이 들어왔다. 그들은 어깨에 가득 쌓인 눈을 털더니 주위를 돌아다보았다. 일남 일녀의 젊은이들이었다.

“오빠, 이런 데서 음식이나 제대로 만들 수 있겠어요?”

“배고프다는 사람은 너지 내가 아니다?”

“쳇!”

뾰루퉁하니 청년을 쳐다보던 여인이 사방을 둘러보고는 창가에 접한 자리로 다가갔다. 그러다 옥구자를 보고는 눈살을 찌푸렸다.

"이 집에선 거지도 받나 봐요. 어휴, 더러워!"

"선 매!"

"피이! 내가 뭐 못할 말 했어요?"

한참 임수행을 보며 어이없는 표정을 짓고 있던 옥구자의 표정이 일그러졌다. 누구든 대놓고 더럽다고 하면 기분 좋을 사람은 없으리라. 하지만 사실이 그러하니 뭐라 말할 수도 없잖은가.

옥구자의 얼굴이 일그러지자 여인의 오빠로 보이는 청년이 무안한 표정으로 옥구자에게 말했다.

"내 동생이 아직 철이 없어 그런 것이니 이해해 주시오."

"흥! 철없는 여아의 말에 신경 쓸 정도로 본도가 속이 좁지는 않소."

"도사인지 개방의 거지인지 누가 알아?"

한술 더 뜨는 여인의 말에 옥구자는 눈을 감고 도호를 외었다.

"무량수불. 내 어찌 철없는 여아와 말다툼하랴."

옆에서 웃음기를 머금고 바라보던 임수행이 어쩔 줄 모르고 있는 청년을 쳐다보았다.

"이분은 공동의 옥구자 선배시오. 개방의 제자가 아니고 말이오."

"아!"

청년의 입에서 미처 몰랐다는 놀람의 탄성이 터졌다.

"몰라뵈었습니다. 저는 비검문의 안상규라 합니다. 그리고 이 아이는 제 동생으로 안진선이라……."

"오빠! 숙녀의 이름을 함부로 가르쳐 주는 법이 어딨어요?"

산서오패의 하나인 비검문의 소문주, 비검서생이란 별호로 산서십영의 하나. 그게 안상규를 가리키는 것이었다. 그리고 안진선은 비검문주 안동문의 골칫거리 막내딸이었다.

"한데 옥구자 선배께서 어쩐 일이십니까? 지금 한창 무림련은 정신 없을 텐데 말입니다."

"그거야 정신없는 사람들은 정신없는 거고, 나야…… 그렇지 뭐."

조금 의기소침한 옥구자의 표정에 안진선이 빽 소리쳤다.

"흥! 공동의 제자라더니 뭐 저래? 당연히 무림련으로 달려가 혈왕궁을 깨부수는 데 힘을 써야지. 안 그래요?"

"그러니까, 여도우는 이 도인더러 사람 죽이는 데 앞장서서 검을 적의 심장에 꽂아라, 이 말이오?"

"어쨌든 나쁜 놈들을 죽이는 것이 정의를 세우는 길이라는 건 분명하잖아요!"

조금도 기죽지 않고 안진선이 소리칠 때였다.

"죽이는 게 정의라……. 정말 그리 생각하시오?"

나직하면서도 무거운 음성, 듣는 이로 하여금 편안한 느낌이 들게 하는 음성이었다. 하지만 거기에는 알 수 없는 답답함이 묻어 있었다.

"당연하잖아요! 나쁜 놈들은 그저 싹 죽여 버려야 한다구요! 그런데 당신은 그놈들을 죽이는 것이 못마땅한가 보군요?"

"못마땅한 게 아니라 무조건 죽이는 것만이 능사가 아니라는 거요. 절대 선이란 게 없는 이상, 누구라도 잘못을 범할 때가 있을 거고, 당신 말대로라면 그들을 모두 죽여야 할 터인데, 과연 훗날에 살아남은 사람이 몇이나 있겠소. 그리고 살아남은 사람들이 과연 모두 선한 사람이겠소?"

"쳇, 부처님 나셨네. 하지만 능력이 되는 데까지는 나쁜 놈들을 죽여야 된다구요."

“능력이 되는 데까지라…….”

진고영은 답답했지만, 그렇다고 자신의 생각을 강요할 생각도 없었다.

“적들은 강하오. 아마 많은 피가 흐를 것이오. 그게 혈왕궁의 피든 무림련의 피든.”

“마치 그들을 잘 안다는 말같이 들리네요? 그래서 겁난다는 건가요? 하지만 당신 생각처럼은 안 될 거예요. 무림련의 고수들이 얼마나 강한데! 혈왕궁은 얼마 버티지 못하고 무너지고 말 거예요. 물론 흐르는 피도 모두 그들의 피가 될 거고 말이죠.”

“선아야! 그만 해라.”

“하기는 뭐, 혈왕궁에 겁먹은 사람하고 이야기를 더 해봤자지 뭐.”

빈정거리는 안진선의 말을 듣던 임수행이 벌떡 일어났다. 하지만 무엇 때문인지 다시 자리에 앉았다. 그런 임수행을 바라보던 안진선이 코웃음을 쳤다.

“흥! 끼리끼리 잘도 뭉쳤군요.”

그녀의 말에 임수행은 주먹을 불끈 쥔 채 꾹 마음을 억눌렀다. 그때였다.

촤락!

거칠게 주렴이 걷히더니 한 사람이 급하게 들어섰다. 이십대 후반 정도로 보이는 도인이었다. 들어선 도인은 주위를 둘러보다 옥구자를 보더니 달려오며 소리쳤다.

“사형! 여기 계셨군요!”

옥구자의 이마가 잔뜩 찌푸려진다.

“웬일이냐? 이곳까지.”

“웬일이고 뭐고, 빨리 가십시다. 사부께서 대노하셔서 사형을 찾아
오라 하십니다.”

“뭐야? 으휴……. 사부께서 어찌 알고……. 어디 계시냐?”

“장안에서 사형 오실 때까지 기다리신답니다.”

주섬주섬 일어나는 옥구자의 표정이 똥 씹은 표정이다. 옥구자는 자
신의 사제를 따라 나가려다 임수행을 돌아보고는 한마디 했다.

“내가 염라부에서 밥을 먹을지는 나중에 알아보겠네. 다음에 보세.”

씨익, 웃으며 옥구자가 떠나가자 어색한 침묵 속에서 진고영이 일어
났다.

“우리도 이만 가자.”

“예, 형님.”

두 사람이 일어나자 안진선이 빈정댔다.

“꼭꼭 숨어서 오래오래 잘살아 보라구요.”

순간, 밖으로 나가려던 임수행이 뒤돌아서고, 빈정거리던 안진선은
느닷없이 눈앞에 나타난 임수행을 보고 기겁했다.

“어맛!”

임수행이 누가 말릴 사이도 없이, 검집째 검을 들어 자신의 이마를
가리키고 있었던 것이다.

하지만 놀란 것은 그녀만이 아니었다. 안상규는 자신의 눈으로는 좇
지도 못할 속도로 다가와 동생의 이마를 검집으로 가리키고 있는 임수
행을 보고 경악에 사로잡혔다. 하지만 보고 있을 수만은 없는 일.

“잠깐! 노형께선 검을 거두어주시오! 비록 이 아이가 말을 함부로 했
다 하지만 검을 들이댈 정도는 아니라 보오만.”

“나에게 한 말은 참을 수 있소. 하나 형님께 무례를 범하는 것

은……."

"수행, 갈 길이 멀다."

밖으로 나가던 진고영이 한마디 하자, 임수행은 싸늘히 식은 표정을 접고 검을 거두었다.

"말 한마디가 때로는 많은 피로 돌아온다는 점을 알아야 할 거요."

돌아서 나가는 임수행의 등을 바라보던 안상규는 가슴을 쓸어 내리며 자신의 여동생을 쳐다보았다.

"그렇게 말 좀 조심하라 했더니……. 쯧."

"흥! 두고 보라지. 나한테 검을 겨눠? 그리고 오빠는 왜 보고만 있는 거야?"

입술을 깨무는 안진선의 눈에서 불꽃이 튀었다. 하지만 안상규는 동생의 말이 귀에 들어오지 않았다. 조금 전 임수행이 보여준 신법이 머리 속에서 떠나질 않는 것이다. 그러다 보니 그가 하늘처럼 떠받드는 진고영에 대해 궁금증이 가시질 않았다.

'언젠가는 만나겠지…….'

2

무림련의 무검단이 첫 번째 출정을 앞두고, 수장들을 뽑기 위해 각 파의 대표들이 비무를 벌인다는 소문이 강호를 질타했다. 사람들은 각자 생각했던 사람이 이길 거라며 수군대고, 누구누구가 단주가 될 거라는 등 수많은 억측이 말하기 좋아하는 사람들의 입에서 오르내렸다.

　그렇게 강호가 무검단의 이야기로 술렁이고 있을 때, 강남 쪽에서 전해진 한 가지 엄청난 소식이 막을 수 없는 산불처럼 사방으로 번져 나갔다.

　천은산장의 군사인 사마중안이 천은산장의 무사들에게 쫓기고 있다는 소식이었다. 자기 마음대로 무사들을 움직여 살겁을 자행하는 등, 그동안 장주 모르게 수많은 악행을 저질렀다는 것이다. 그러자 천은대공이 대노해서 잡아들이라는 명령을 내렸고, 사마중안은 잡히면 죽을 거라는 생각에 금마옥의 마인들을 풀어주고 같이 도주하고 있다는 것이었다.

　그런 외중에 어떤 자들은 사마중안이 본래 혈왕궁에서 심어놓은 첩자일 거라는 추측을 하기도 했다.

　진고영이 그 소문을 들은 것은 여산이 바라다보이는 곳을 지나고 있을 때였다.

　"형님, 아무래도 심상치 않은데요?"

　"음. 천은산장이 당하고만 있지는 않을 거라 생각했지만 의외의 수를 쓰는군. 아무래도 걸음을 빨리해야 할 것 같다."

　본래 여산도 한 번 둘러보려 했지만 생각을 바꾸고 장안으로 곧장 향했다. 바로 남하할 생각도 했지만, 임수행을 위해 종남을 스쳐 내려가기로 한 것이다.

　장안으로 들어가자 소문이 생각보다 빠르게 퍼지고 있다는 것을 느낄 수 있었다. 객점에 앉아 식사를 하다 보니 무인들이 모인 곳에서는 어김없이 수군댄다.

　"수행, 나가는 즉시 개방의 제자들을 찾아봐야겠다. 혹시 그들이 어느 곳에 있는지 아느냐?"

"예, 형님."

두 사람이 개방에 대해서 이야기하고 있을 때였다. 옆 좌석 쪽에서 그들을 쳐다보던 삼십대 황의인이 두 사람에게로 다가왔다.

"잠시 드릴 말이 있소만."

"무슨 일이신지……?"

의아한 표정으로 임수행이 되묻자 황의인이 두 사람을 보고 입을 열었다.

"나는 장안표국의 신형묵이라 하오. 혹시 개방을 찾으신다면 헛수고라는 것을 알려주려 그러는 거요."

"예?"

아마도 두 사람의 말을 엿들었나 보다. 한데 개방의 제자를 찾을 수 없다니…….

"무슨 말씀이신지……?"

"개방의 제자들은 모두 장안 교외에서 벌어진 싸움 때문에 장안성 내에는 없을 것이오."

"종남의 임수행이라 합니다. 자세히 알려주실 수 있겠습니까?"

"조금 전에 개방의 제자들이 정신없이 성 밖으로 달려나가는 것을 보았소. 내 평소 그들과 안면이 있어 무슨 일인가 물어보았더니, 공동의 제자들에게서 도움 요청이 왔다는 것이었소. 그 일로 적어도 오십여 명의 개방 제자가 나갔으니 아마도 개방 분타에는 뭘 물어볼 만한 사람이 없을 것이란 말이오."

"공동? 그들은 이곳에 있을 텐데요?"

"자세히는 몰라도 공동의 제자들과 마정문이 한바탕 붙었다는 말만

들었소.”

마정문, 마도십문 가운데 하나이면서도 아직 혈왕궁 쪽에 붙지 않았다고 알려진 곳이다. 당장은 무림련의 표적에서 벗어나 있다는 말이다. 나중에는 어떨지 몰라도.

한데 정파의 세력이 강력한 장안에서 싸움을 벌이다니, 그것도 구대문파의 하나인 공동파와? 대체 무슨 일이란 말인가.

하지만 그들은 그렇다 해도 개방이 그들과 어울려 싸운다면 진고영으로서도 나 몰라라 할 수는 없었다. 태원에서의 일도 있고, 조부님의 친구 분인 유운걸개를 생각해서도.

진고영이 신형묵을 바라보며 물었다.

“혹시 그 장소도 알고 있으시오?”

신형묵은 사실 옆에서 개방을 찾는다는 말이 들리자, 이들에게 개방에 대해 말을 해줄까 말까 고민을 잠깐 했었다. 하지만 알려준다 해도 별 이상은 없을 것 같고, 무엇보다도 사람 사귀기 좋아하는 그는 진고영의 묵직한 기운이 마음에 들었던 것이다. 게다가 종남의 제자라면야…….

사람은 가끔 처음 보고도 마음에 드는, 그런 사람이 있기 마련이다. 신형묵이 보기에 잔잔한 호수와 같은 눈을 가진 진고영이 바로 그러한 사람이었다. 드러나지 않으면서도 남들이 함부로 할 수 없는 그런 남자. 장안표국의 다음 세대를 이끌 자신이 오래전부터 갖고 싶어했던 자세가, 자기보다 나이 어린 사람에게서 보였다는 것만으로도 충분히 말해 줄 가치를 느낀 것이다.

“여산 남쪽이라고 들었소.”

“알려주어 고맙소. 그럼.”

진고영이 일어서 나가려 하자 신형묵이 따라나섰다.

“아! 나도 같이 가겠소. 공동파라면 우리 장안표국과 아주 무관한 곳도 아니니 말이오.”

진고영으로선 안 된다 할 수도 없었다. 어쨌든 정보를 알려준 사람이니.

세 사람은 장안을 나서자 바로 방향을 잡고 날듯이 달려갔다.

신형묵은 자신의 무공에 나름대로 자신이 있었다. 그래도 장안제일 장안표국의 소국주가 아닌가. 하지만 성문을 나서 일각을 달리면서부터 자신의 무공에 회의가 들었다.

임수행이 종남의 제자란 말을 들을 때만 해도 자신보다 뛰어날 거라는 생각은 하지 않았다. 본산제자라면 몰라도 속가제자라면, 하는 생각이 들었던 것이다.

한데 이건 장난이 아니다. 가볍게 움직이는 것 같은데 죽죽 미끄러지듯 가는 것이, 자신이 전력을 다해야 따라갈 수 있을 정도의 속도다. 게다가 그의 형님이라는 사람은……. 그러고 보니 그의 이름도 듣지 못했다. 어쨌든, 보아하니 임수행이라는 사람의 속도에 자신을 맞추고 있는 것 같다.

반 시진을 달리자 여산이 보인다. 발걸음을 멈춰 선 진고영은 한 점 호흡도 흐트러지지 않은 채 멀리 기기묘묘하게 서 있는 여산을 바라보았다. 아마도 사람이 많은 곳을 피해서 싸움이 벌어졌을 터. 진고영은 남쪽 기슭으로 이어진 구릉을 쳐다보았다. 다른 곳은 사람들이 다니지만 유독 그곳만은 사람의 흔적이 보이지 않는다. 그것은 사람들이 피한다는 말.

말없이 신형을 날리자 임수행도 말없이 따른다. 신형묵은 고개를 내두르며 그 뒤를 따라갔다. 숨은 턱까지 차 올랐지만 오기로 버티고 있는 것이다.

구릉의 숲에 이백여 장 가까이 접근하자 병장기 부딪치는 소리가 아스라이 들린다. 제대로 찾아온 듯하다.

흐르듯이 나아가던 진고영의 신형이 갑자기 허공으로 쑥 솟아오르더니, 십 장 높이의 나뭇가지 위에 내려섰다. 임수행은 걸음을 멈추고 서서 지시를 기다렸고, 신형묵은 입을 딱 벌린 채 놀라 위를 쳐다봤다.

절정고수들이 십 장 절벽을 단숨에 오른다는 소리는 들었다. 하지만 과연 저렇게 자연스럽게 솟구쳐 오를 수 있을지는 신형묵으로선 알 수가 없었다. 보지 못했다면 믿지 못했을 것이다. 그러자 문득 한 가지 생각에 몸이 떨려온다.

'그럼 저자가 절정고수?

나뭇가지 위에 몸을 싣고 전면을 바라보았다. 백여 장 앞에서 싸움이 벌어지고 있었다. 격렬한 외침은 없었지만 적지 않은 비명이 들리고 있었다.

숲 속에 파묻히는 비명 아래 사람들의 피가 흐를 것이다. 지체할 수 없는 상황에 진고영의 신형이 전장 쪽으로 날아갔다.

"수행, 그 사람과 함께 조심해서 접근해라! 전장에 고수들이 다수 느껴진다."

대답을 기다리지도 않고 쏘아진 살처럼 숲 속으로 날아간 진고영은 나뭇가지를 밟고 서서 전장을 훑어보았다.

수십 명이 뒤엉켜서 싸우고 있다. 그들 중에는 신형묵의 말대로 공동의 도인들과 개방의 거지들이 보인다. 그리고 그들과 부딪쳐서 도검을 휘두르고 있는 자들. 아마 그들이 마정문의 사람들인 것 같다.

한데 그들 중 두 사람이 진고영의 신경을 건드리고 있었다.

공동의 도인들을 공격하고 있는 두 초로인, 절정에 달한 기운을 풍기고 있다. 연신 뒤로 밀리는 공동의 도인들 사이를 자유롭게 누비며 손을 휘둘러댄다. 그리고 그들이 가고자 하는 앞쪽에 옥구자와 다른 도인 한 명이 주저앉아 있었다.

아마도 그들이 노리는 것은 옥구자인 듯 보였다.

3

옥구자의 눈은 절망으로 물들어 있었다.

사부를 비롯해 사숙과 사형제들, 그리고 개방의 제자들까지 왔거늘 상황은 조금도 나아지지 않았다.

오히려 사형제들과 개방의 제자들 중 적지 않은 수가 쓰러진 것이다.

자신이 우연히 가로챈 물건 하나가 이런 상황을 불러왔다. 저들에게 들키자마자 자신은 저들을 따돌리려 죽어라 도주하고, 사제인 옥상자를 사부에게 보냈다. 하지만 적들의 무력이 생각보다 강해, 결국은 자신을 구하러 온 사람들까지 죽어가고 있는 것이다.

정체를 알 수 없는 두 사람이나 마정문의 고수들은 그다지 문제될 것이 없었다. 문제는 나중에 나타난 저 둘, 사부조차 감당키 힘든 자들.

기련쌍마(祁蓮雙魔). 사부는 그들이 비록 우내십팔마에 들지는 못했지만 고수 중의 고수라 했다.

중원에 모습을 잘 드러내지 않던 자들이 마정문의 하수인이 되어 나타나다니……. 참으로 놀라운 일이었다.

사부인 진영 진인이 둘째인 백살마조(白殺魔爪) 탁인수와 격렬히 검을 부딪쳐 가고 있지만, 조금 밀리는 게 느껴진다. 암담한 현실이었다.

옥구자가 잠깐 생각에 잠긴 사이, 천산쌍마 중 대마 마환수(魔幻手) 탁인효가 일장에 사제인 옥상자를 날려 버리고 다가오고 있었다.

그러자 사숙인 진명 진인이 복마검을 떨치며 탁인효의 앞을 가로막는다. 하지만 옥구자는 사숙이라 해도 몇 수 막아내지 못하리라는 것을 알 수 있었다.

사숙은 이미 적지 않은 부상을 입은 상태였다.

아니나 다를까, 서너 수 버티던 진명 진인이 얼굴을 일그러뜨리며 연신 물러난다. 검의 기세가 마환장의 환영을 누그러뜨리지 못하는 것이 역력히 보인다.

이를 악물고 버티던 진명 진인이 혼신의 기력을 짜내 복마참룡으로 마환장력를 쪼개려 하자, 다가오던 장력이 셋으로 분리되며 환영을 만든다. 마환장의 환자결이 발현된 것이다.

진명 진인은 창백한 안색으로 번개처럼 검을 변환시켜 보지만, 두 개의 수영만을 쪼갰을 뿐 하나의 손이 자신의 가슴으로 다가오는 것을 쳐다봐야만 했다.

'끝인가?'

이를 악물고, 같이 죽기라도 해야겠다는 생각에 검을 비켜 들고 탁인효의 가슴으로 뛰어들려 할 때였다.

눈앞에서 허공을 찢어버리며 붉은 뇌전이 번쩍인다!

맑고 밝은 홍색선이 자신의 눈앞에 죽 그어지더니 다가오던 수영이 부서져 버리고, 다섯 자 앞에 있던 탁인효가 놀란 눈을 하고 뒤로 주춤 물러난다.

“크으……. 웬 놈이냐?”

일그러진 탁인효의 외침에는 고통이 배어 있었다.

진명 진인도 놀라 옆을 바라보았다. 어느새 자신도 모르게 한 사람이 옆에 다가온 것이다. 그는 나무 위에서 지켜보던 중 진명 진인이 위험에 처하자 홍루지를 쏘아내고 날아 내린 진고영이었다.

“제가 맡겠습니다. 진인께선 물러나서 일단 몸을 돌보십시오.”

어리둥절한 진명 진인이 아무런 대답도 못하고 우물쭈물하고 있는 사이 엉뚱한 데서 탄성이 터졌다.

“아! 그대는……!”

옥구자가 진고영을 알아본 것이다.

아마도 알고 있는 자인가 보다. 진명 진인은 의아했지만 옥구자의 태도로 보아 적은 아닌 듯싶었다.

한데 옥구자가 아는 체를 하는 데도 아무런 반응 없이 진고영의 신형이 앞으로 스르륵 미끄러진다. 진명 진인은 그가 나아가는 방향을 쳐다봤다. 그리고 이어지는 가벼운 탄성.

“아!”

탁인효가 쌍장을 휘두르며 분노한 표정으로 달려들고 있는 것이다.

“웬 놈이 감히!”

휘두르는 쌍장에서 강력한 경력이 회오리친다.

왼손의 귀퉁이에 구멍이 뚫렸건만 고통은 아랑곳없이 달려든다. 마환장의 특징인 환영이 여섯 개나 생겨나더니, 회오리처럼 휘돌며 진고영을 향해 몰아쳐 간다. 그런데도 그걸 바라보는 진고영의 표정은 처음이나 나중이나 변함이 없다.

오히려 지켜보던 진명 진인이 놀라 소리쳤다.

"조심하시오! 마환육합이오!"

외침에는 아랑곳없이 진고영의 두 손이 허공에 들리고, 둥글게 원을 그린다. 그런 그의 손에는 은은한 금광이 서려 있어 마치 허공에 금빛 환이 걸려 있는 듯하다. 그것은 양유대력을 십성으로 끌어올리며 일어난 현상이었다.

'될 수 있는 한 빨리 끝내야 한다!'

사방을 짓이길 듯 회오리치며 다가오던 마환장의 환영들이 둥근 금환의 무저갱으로 빨려 들어온다. 그 바람에 주위의 대기조차 이지러지고 있었다. 가공할 양유미가수의 흡자결이 펼쳐진 것이다.

일순간! 원을 그리던 두 손이 밖으로 뒤집어지고, 진고영의 신형이 쏘아진 화살처럼 탁인효를 향해 쇄도해 간다. 그러면서 내쳐지는 양유미가수가 탄자결에 상대의 내력까지 싣고 탁인효의 쌍장과 부딪쳐 갔다.

쾅!

"크읍!"

탁인효는 답답한 신음과 함께 비틀거리며 물러났다.

그런 그의 두 눈이 고통과 놀람으로 크게 뜨여졌다. 전신이 뒤틀릴 정도의 충격을 받은 것이다.

"이럴…… 수가! 헉!"

대경한 탁인효가 몸을 가눌 사이도 없이, 진고영이 또다시 양유미가

수의 대수인을 앞세우고 덮쳐 간다.

너무도 커서 자신의 머리를 다 뒤덮을 정도로 커다랗게 확대된 손바닥이 앞을 가리자 탁인효의 얼굴이 누렇게 변했다.

"서, 서, 설마… 밀종대수인?"

그의 눈에는 다가오는 진고영의 장력이 서장의 절정수공, 밀종대수인으로 보였나 보다.

쌍장을 들어 부딪쳐 가지만, 자신의 쌍장으로 저 커다란 손을 막을 수 있을지 자신이 서질 않는다. 그렇다고 가만있을 수는 없는 일. 있는 힘을 다해 쌍장에 진기를 밀어 넣었다.

콰쾅!

"우욱!"

부딪친 장력의 여파가 사방으로 비산하고, 뒤로 연신 물러나는 탁인효의 입가로 진한 선혈이 흐른다.

그야말로 순식간에 일어난 일이었다.

이를 악물고 부릅뜬 눈으로 앞을 바라보았다.

석 자 앞에 은은한 빛을 발하는 손이 보인다.

"헉!"

몸을 피할 시간도 없다. 하는 수 없이 팔을 들어 막아보지만,

콰쾅!

팔이 가루가 되는 듯한 충격과 함께 일 장 밖으로 튕겨져 날아가 버렸다.

탁인효는 정신을 차릴 틈도 없었다. 뭐가 뭔지도 모르는 사이, 온몸이 물먹은 솜처럼 늘어져 버렸다. 억지로 몸을 일으키려고 기를 쓰지만, 전신 어디에도 힘이 들어가지 않는다.

“우웩!”

한 모금 선혈을 토해내고 망연한 눈으로 진고영이 다가오는 것을 응시하고 있을 때였다. 자신의 뒤에서 일갈이 터져 나왔다.

“이놈! 감히 형님을……!”

동생인 백살마조 탁인수였다.

노도인과 싸우다 말고 자신의 앞으로 나서며 성명절기 백살조를 펼치는 탁인수의 표정이 흉흉하다. 하지만 탁인효는 그를 말리지 못하는 자신이 원망스러울 뿐이었다.

단 세 번의 부딪침이었다. 그 세 번으로 자신이 견디지 못할 정도로 내부가 부서져 버렸다. 결코 동생의 상대가 아니라는 말이다. 믿을 수 없는 일이지만 그게 현실이었다.

“아, 아우… 조심…….”

쥐어짜듯 말하는 순간, 탁인수가 진고영과 부딪치고 있었다.

진고영은 기어서 뒤로 물러나는 탁인효를 넘어 하얀 손가락이 독수리의 발톱처럼 다가오자, 손을 오므리고 상대의 손가락을 잡아갔다.

그걸 보는 탁인수의 입가로 하얀 웃음이 걸렸다. 손가락 싸움이라면 천하의 누구라도 자신이 있었다.

그런데 마침 상대가 손가락을 마주쳐 오는 것이 아닌가?

백살마공을 있는 대로 끌어올리고 상대의 손을 부술 듯이 쪼아갔다.

콱! 스스슥…….

한데 손가락이 부서지기는커녕, 자신의 손가락이 마치 늪 속에 빠진 것같이 아무것도 느껴지지 않는다. 그러더니 옆으로 죽 미끄러져 버리고, 뒤이어 환상처럼 다가오는 손이 마치 저승사자의 손짓처럼 보였다.

“억!”

철판교로 몸을 누이고 피해보지만, 다가오던 손 그림자가 그대로 직각으로 꺾어지며 가슴을 짓눌러온다.

"이익!"

빙글, 몸을 돌리며 혼신을 다해 순간적으로 세 바퀴를 돌아 손 그림자를 피하며 일 장 밖으로 물러났다.

그리고 일어서는 순간,

"으헉!"

허공에… 자신의 두 자 위에 떠 있는 무표정한 얼굴, 끝없이 깊은 두 눈이 보이고, 그리고 은은히 빛나는 손 하나…….

쾅!

"커억!"

양유대력이 가득 담긴 일장이 탁인수의 가슴에 작렬했다.

신음과 함께 튕겨져 나가는 탁인수의 입에서 선홍빛 선혈이 솟구치고, 두 눈의 동공에 절망이 떠오른다. 선천지기마저 깨어진 것인가. 눈앞이 하얗게 부서지는 것을 느끼며 탁인수는 모든 의식이 끊어져 버렸다.

둘이서 차분히 상대했다면 이리 쉽게 무너지지는 않았으련만, 너무 자신을 믿고 쉽게 상대한 것이 순식간에 승부를 갈라 버렸다. 더구나 빨리 끝낼 생각을 한 진고영이 십성의 공력을 한순간에 끌어올렸으니…….

한쪽에서 숨 몇 번 쉴 시간도 되지 않아 탁인수가 무너지자 탁인효마저 진명 진인에게 마혈을 제압당해 버렸다.

너무도 어이없이 기련쌍마가 무너져 버렸다. 믿을 수 없는 상황에 마정문의 수하들이 우왕좌왕했지만 이미 상황은 그들에게 절망적으로 변해 버렸다.

옥구자는 옆으로 다가온 임수행을 힘없이 쳐다보았다.

"세상에……! 정말 염라부에서 밥 먹을 뻔했구만. 허!"

썰물처럼 빠져나가는 마정문의 무사들을 개방과 공동의 제자들이 뒤쫓으려 하지만, 숲은 쫓는 자들이 결코 함부로 들어가서는 안 되는 곳. 결국 상황은 그 정도에서 마무리가 되어버렸다.

한편, 진명 진인은 언제 손을 썼냐는 듯 고요히 서 있는 진고영을 쳐다보다 자신의 사형 진영 진인이 다가옴을 보고 전음으로 상황을 말해 줬다. 진영 진인 역시 탁인수가 신형을 날리기 전까지 손을 나누고 있었기에 어느 정도는 알고 있었지만, 진고영이 옥구자와 알고 있었다는 것까지는 몰랐다.

진고영에게 다가간 진영 진인이 정중히 포권을 취했다. 비록 나이는 어리지만 자신들을 구해준 은인이었다. 충분히 예를 받을 만한 자격이 있었다.

거기다 기련쌍마를 가볍게 물리치다니, 도무지 그 정체가 궁금하지 않을 수 없는 일이다. 당금 천하에서 그 정도의 고수는 손으로 헤아릴 정도일 것이다.

"무량수불. 공동의 진영이라 하오. 진정 고맙소."

"별말씀을. 고영이라 합니다."

처음 들어보는 이름이다. 그렇다고 연이어 물어볼 수도 없는 일. 이름자만을 대며 짧게 말을 맺는 진고영을 바라보던 진영 진인이 잠시 생각하는 듯하더니, 이윽고 다친 다리를 싸매고 앉아 있는 옥구자를 보았다.

"대체 어찌 된 일이냐?"

진영 진인은 아직 정확한 상황을 몰랐다. 하긴 죽어라 도망만 친 옥구자를 만난 것이 이 숲이었으니 알 수 없는 게 당연하기도 했다.

"제가 저들의 물건을 하나 얻었사온데, 아무래도 수상하여 가지고 오다 들켜서 그만……."

"뭐라? 저들의 물건을 가져왔다고? 그럼, 훔쳤단 말이냐?"

소리치는 진영 진인의 얼굴이 붉게 달아오른다. 대공동의 제자가 남의 물건을 훔치다니.

"훔친 것은 아니고, 단지 저들이 하도 중하게 다루기에 호기심에 무언가 보았는데, 알고 보니……."

"이놈! 네놈 호기심 때문에 제자들이 몇이나 죽고 상했는지 아느냐!"

분노한 진영 진인을 보던 옥구자가 벼락이 떨어지기 전에 후다닥 입을 열었다.

"혈정마단(血情魔丹)이었습니다!"

순간 진영 진인이 입을 닫고, 놀란 수십 쌍의 눈들이 옥구자를 향한다.

'휴우…….'

속으로 한숨을 내쉰 옥구자가 천천히 입을 열었다.

"제가 가져온 것이 책에서 보고 사부께 들은 대로라면 혈정마단 같았사옵니다."

"확실… 한 것이냐?"

진영 진인의 말이 가볍게 떨렸다. 만일 사실이라면 옥구자의 모든 행동이 용서될 수 있는 일이었다.

"그러니까……."

옥구자가 도살장에 끌려가는 소처럼 옥상자와 함께 하진을 출발한 지 이틀 후, 위남을 지났을 때였다.

수중에 든 은자가 떨어져 노숙이라도 해야 할 상황이었다. 처음에는 아무 도관이나 찾아갈까 생각도 했지만, 옥구자의 행색이 워낙 지저분해서 눈물을 머금고 노숙을 하기로 한 것이다.

그렇게 노숙할 낡은 사당이나 폐가를 찾던 중, 한 채의 반쯤 부서진 폐찰을 발견할 수 있었다. 그런데 선객이 있는 게 아닌가? 다른 곳을 찾을까 했지만 너무 늦은 시각에다 눈까지 내리니, 두 사람은 어떻게든 양해를 구하고 하룻밤 신세를 질까 해서 폐찰로 다가갔다.

그때였다. 폐찰로 다가가던 옥구자는 뭔가 심상치 않은 기운이 흘러나오는 것을 본능적으로 느끼고 걸음을 멈췄다. 그것은 최소한 자신 이상의 고수들이 뿜어내는 마공의 기운이었다. 그렇다고 그냥 물러서기에는 자존심이 허락하지 않았다. 그래도 명색이 차기 장문까지 넘본다는 공동의 제일기재가 아닌가.

일단 옥상자에게 숨어 대기하라 이르고, 조심스레 다가가 도대체 누가 있기에 이리도 강한 기운이 뻗치나 살펴봤다. 그런데 그런 옥구자의 두 눈에 두 사람이 보이고…… 그들이 꺼내 든 붉은 단함 속에 언젠가 들어본 듯한 섬뜩한 물건이 들어 있는 것이 아닌가! 불길한 색을 띤 피처럼 붉은 단약 한 알이!

그때라도 그는 두 사람의 능력이 결코 자신보다 못하지 않다는 것을 다시 상기했어야 했다. 그랬다면 조금 더 조심했을 것이다. 하지만 그러기에는 눈앞의 물건이 너무 엄청난 물건이었다. 아마 안에 있던 두 사람도 그 물건에 정신이 팔려 미처 옥구자의 접근을 눈치채지 못한 듯했다.

"호호호……. 이것만 제값을 받을 수 있다면 굳이 무림련의 칼밥이 되지 않아도 될 것이야."

"형님, 마정문 놈들이 과연 이것을 살까요?"

"어차피 이판사판이다. 곡에 남아서 개죽음당하느니……. 호호호. 이제 곧 올 것이다."

붉은 단함을 옆의 목함 속에 집어넣은 두 사람은 누군가를 기다리는 듯했다.

숨죽이고 지켜보던 옥구자는 위험하기는 해도 조금 더 접근해 보기로 했다. 그러다 잘하면 빼돌릴 수 있을지도 모르니까.

하지만 그것이 잘못이었다. 옥구자의 지저분한 옷에서 나는 냄새, 그것을 생각하지 못한 것이다.

옥구자가 두 걸음을 옮겼을 때 두 사람 중 청의를 입은 자가 조용히 몸을 일으켰다. 그러더니 느닷없이 옥구자가 숨어 있는 벽 쪽으로 득달같이 달려들었다. 석 자 길이의 면이 넓은 환도를 휘두르며.

"웬 놈이냐!"

'흡!'

속으로 숨을 삼킨 옥구자가 재빨리 뒤로 몸을 날리자 다른 자가 같이 뛰쳐나왔다.

"개방의 잡놈 같다! 잡아!!"

먼저 나온 자가 외치는 소리에 옥구자는 혼신의 힘을 짜내어 몸을 날렸다. 아마 그의 인생에서 가장 빠르게 움직인 날을 꼽으라면 바로 이때일 것이다.

그렇게 번개처럼 도망쳐 나무 위로 올라가 뒤돌아보니, 뛰쳐나온 두 사람이 당황해서 좌우를 살피는 게 보였다. 그들도 미처 옥구자의 움직임을 보지 못한 것이다. 그걸 보자, 옥구자는 순간적으로 도망치려던 생각을 바꾸었다.

"사제, 조심하고 기다려라! 보통 놈들이 아니다!"

한쪽에 숨어 있는 옥상자에게 전음을 보내고는 거꾸로 폐사찰의 지붕을 타넘었다.

위험하긴 하지만 그냥 가기에는 뒤도 찜찜했고, 오기도 생겼다.

지붕을 넘어 사찰 안을 보니 보퉁이에 싸인 목함이 보인다. 이를 지그시 깨문 옥구자는 빗살처럼 목함을 향해 신형을 날렸고, 그 순간 밖으로 나갔던 자들이 들어오는 게 보인다.

손을 내뻗어 목함을 반쯤 열었을 때, 대노한 고함성과 함께 두 사람이 안으로 들어오며 옥구자를 두 쪽 낼 듯이 달려들었다.

"이놈!! 어딜!!"

그야말로 찰나간이었다. 목함 속에서 옥구자의 손에 작은 무언가가 잡혔다.

그게 뭔지 생각할 시간도 없었다. 그대로 튕기듯이 뒤로 신형을 날리자 환도가 머리카락을 자르며 스쳐 지나간다. 그리고 옥구자의 몸은 반쯤 부서진 벽을 완전히 부수며 밖으로 나가떨어졌다. 재빨리 몸을 일으키는 옥구자의 눈에 다급한 표정으로 달려드는 두 사람이 보였다. 급히 옥상자에게 도주하라는 전음을 보내고 전력을 다해 맞부딪쳐 갔다.

쩌정!

전력을 다한 일권이 도면을 때리고 그 충격을 이용해 몸을 날려 폐사찰의 담을 넘었다. 사제가 숨어 있는 곳과 다른 방향으로.

그때부터였다. 처음에는 그 두 사람뿐이었다. 한데 반 각도 지나지 않아 사방에서 몰려드는 자들이 느껴졌다. 아마도 두 사람이 사찰에서 기다리던 자들 같았다. 그리고 나중에는 옥구자로서는 도저히 상대할 수 없는 자들까지 나타났다. 나중에서야 그들의 이름 기련쌍마라는 것을 알 수 있었다.

죽어라고 달렸다. 싸운다는 것은 생각도 못했다. 오직 먼저 보낸 옥상자만 믿을 뿐이었다. 그러다 결국은 이곳에서 포위당한 채 죽음만을 기다렸다.

그렇게 죽는다 생각했을 때, 사부와 사숙 등이 옥상자의 연락으로 개방의 제자들을 데리고 도착했다. 그리고 마지막에는 이름도 모르고 떠나 와 아쉬움을 남겼던 사람까지…….

참으로 옥구자로서는 단 한시도 버틸 수 없는 상황에서 구세주가 나타난 것이었다.

혈정마단, 피를 부르는 금단의 마약을 말함이다. 복용하면 순간적으로 잠재된 본신내력을 극도로 폭주시켜 능력이 몇 갑절 불어난다. 하지만 복용 후 한 시진 후에는 전신혈맥이 오그라져 잘해야 겨우 목숨을 건질 뿐이다. 하여 그 해악이 너무도 크다는 이유로 사용이 금지된 단약이다.

과거 혈왕궁이 멸망하고 그 뒤를 이어 혈왕궁의 후예를 자처하며 마도를 일통하려던 혈교에서 비밀리에 제조한 후, 마치 엄청난 영약인 것처럼 유포하여 강호를 피바다로 만들어 버렸던 마단이다. 그 후 이백여 년, 잊혀진 금지된 마단의 이름이 왜 이 자리에서 나온단 말인가.

옥구자가 품속에서 피처럼 붉은 단함을 꺼냈다. 그리고 천천히 열자 사람들의 시선이 모두 함으로 향했다.

뚜껑이 열리고, 사람들의 입에서 경악이 섞인 탄성이 터졌다.

"맙소사! 진정 혈정마단이란 말인가?"

피처럼 붉은 단약에선 은은히 비릿한 향기가 흘러나오고 있었다. 말로만 듣던 혈정마단이 분명한 듯했다.

모두가 말을 잊고 옥구자의 손만 바라보고 있을 때,

"혈왕궁인가?"

진고영의 중얼거리듯 하는 말에 모두가 그를 쳐다본다.

"고 도우께선 어찌 저것이 혈왕궁에서 나온 거라 생각하시는 게요?"

"혈왕궁의 비전으로 혈교가 만든 것이 혈정마단입니다. 하니 혈왕궁과는 불가분의 관계라 할 수 있지요."

"음… 본도 역시 그러한 이야기를 들은 적이 있는 것 같소만, 진정 혈왕궁이 혈정마단을 만들었단 말이오?"

"제가 아는 한 그것을 만들 수 있는 곳은 그곳밖에……."

그때 한쪽으로 다가와 말없이 서 있던 개방의 장안 분타주 악불개가 나섰다.

"고 소협의 도움에 악불개가 감사드리오. 한데 고 소협의 말대로라면 혈왕궁이 저 마물을 만들었고, 주구들에게 나누어줬다는 것 같은데……."

"저 역시 정확하게 알 수는 없습니다만, 그럴 가능성이 많다는 것만은 분명하다 할 수 있겠지요. 아마 그들 중 몇이 물건을 빼돌린 것 같습니다. 마정문이 어디에 쓸려고 했는지는 모르겠지만."

모두가 침묵에 잠겼다. 또 다른 혈왕궁의 비밀이 드러난 것은 결코 작은 일이 아니었다.

“무림련에 보고를 올려야 할 것 같습니다.”

악불개의 말에 진영 진인이 나섰다.

“기련쌍마 역시 압송해서 새로운 사실이 있나 알아봐야 할 듯하오.”

돌려 말해서 그렇지, 취조를 해야겠단 말일 것이다. 공동의 제자가 십여 명이 죽거나 중상을 입었다. 무림련으로 가기 위해 삼십 명을 이끌고 나왔으니 삼분지 일이 당한 것이다. 그러니 그냥 넘어갈 수 없는 일이 아닌가.

개방의 악불개 역시 도와주러 왔다가 반수 가까이가 죽거나 다쳤다. 분하지만 이미 마정문은 물러갔다. 그렇다면 최선은 마정문의 구린 뒤를 밝혀내는 것이다. 아마도 무림련에 이 사실을 알리면 보다 확실한 복수를 할 수 있을 것이다.

한데 분노의 표정을 짓던 악불개가 무엇이 걸리는지 고개를 갸웃거린다. 그러던 어느 순간, 고개를 천천히 돌리고 도와 곤이 묶여 있는 진고영의 등을 쳐다봤다. 그런 악불개의 눈은 그 어느 때보다 커져 있었다.

“신…….”

미처 한마디를 내뱉기도 전에 전음이 들려온다.

“죄송합니다만 제 이름을 밝히지 마시길.”

하긴 이름도 성을 밝히지 않았고, 곤도 쓰지 않았을 때는 그만한 이유가 있을 터. 눈치 빠른 개방의 분타주가 그걸 모를 리 없었다. 그런 그의 귀에 진고영의 전음이 이어졌다.

“천은산장의 소문에 대해 물어볼 게 있어서 분타주를 찾던 중이었습니다. 혹, 아시는 것이 있으신지요?”

“우리도 소문만 들었소만, 현재 들불처럼 번지고 있다 하오. 아무래도 의도된 냄새가 역력하오."

"부탁 하나 드려도 되겠습니까?"

"뭐든지 말씀만 하시오."

"저희는 형주로 내려갈 생각입니다. 혹시라도 첩검단과 연락이 닿을 수 있다면 저희의 행로를 좀 알려줄 수 있으십니까?"

"알겠소이다. 그 정도야……."

진고영은 악불개에게 가볍게 목례를 올려 예를 표하고 공동의 두 진인을 바라보았다.

"그럼, 저희는 갈 길이 바빠서 그만 가보겠습니다."

"허! 이렇게 그냥 보낼 수야……."

"아닙니다. 지나가던 누구라도 할 수 있었던 일일 뿐입니다."

묵묵히 포권을 취하고 돌아서는 진고영을 바라보는 진영 진인의 눈에 감탄의 빛이 떠올랐다. 당금 천하가 그리 메마르지만은 않았다는 생각조차 들 정도였다. 누가 있어 젊은 나이에 자신을 뽐내지 않으려하겠는가. 한데 지닌 능력을 알 수 없는 저 젊은이는 당연하다는 듯이 말하고 돌아서고 있다.

"고 도우, 언제고 공동을 지날 일이 있거든 한 번 들러주시구려."

"그리하겠습니다."

진영 진인의 말에 뒤돌아서 한마디 말을 남긴 진고영이 숲을 떠나가자 신형묵이 재빨리 쫓아간다. 그걸 본 옥구자가 벌떡 일어서려다 다리를 쥐어 싸잡고 다시 주저앉았다.

"으윽!"

'으으…… 따라가고 싶은데……. 이놈의 다리, 차라리 팔을 다치지…….'

그의 마음을 꿰뚫어 봤다는 듯 진영 진인이 냉소를 흘렸다.

"흥! 네놈은 아직도 정신을 차리지 못하는 것이냐? 너는 어찌 봤을지 몰라도 종남의 제자라는 아이의 공부도 너와 별 차이가 없어 보였다. 한데 너는 언제까지 그러고 있을 것이냐?"

옥구자의 눈이 휘둥그레졌다. 임수행이 자신과 비슷하다니, 미처 느끼지 못했다. 하지만 사부께서 결코 헛소리로 놀리려는 것은 아닐 것이다.

옥구자는 가슴이 서늘해졌다.

그랬던가? 어느새 다른 이들이 자신을 앞서 가기 시작했던가?

충격을 받은 듯한 옥구자의 모습에 진영 진인은 마음 한쪽으로 안도의 한숨이 쉬어졌다. 자신이 가장 아끼던 제자가 이제 제 위치로 돌아올 것 같은 생각이 든 것이다.

사상자들에 대한 처리가 끝나가는지 사람들이 주위로 몰려들었다. 참혹한 광경을 둘러보며 고개를 절레절레 젓던 진영 진인이 악불개를 바라보았다.

"악불 도우는 그 사람을 아는 듯 보이던데……."

전음을 나누는 모습을 얼핏 본 것으로 짚어본 말이지만, 악불개는 벌써부터 입이 근질근질했다.

"험. 그 소협이 이름을 알리기 싫어하니 말해 줄 수는 없습니다만…… 그의 등에 매달린 것만 봤어도 유추하실 수는 있을 것 같습니다."

"등?"

그랬다. 등에 무언가가 매달려 있었다. 도 한 자루하고 곤처럼 보이던……. 곤?

진영 진인의 눈이 크게 뜨였다. 천하에서 기련쌍마를 단신으로 누를
수 있는 젊은 사람이 몇이나 될까. 거기다 곤을 무기로 쓰는 사람은?

"신…… 협?!"

하지만 악불개는 고개를 젓는다.

"허허. 저는 그의 이름을 말하지 않기로 했으니 이름은 묻지 마십시
오."

약속에는 철저한(?) 악불개였다.

4

도교 전진도(全眞道)의 개조 왕중양(王重陽)이 수도를 통하여 도를
얻었다는 곳. 사천 척 높이의 산 이곳저곳에 수많은 도교의 성지가 퍼
져 있고, 또한 수많은 불교의 종파가 일어나고 소멸되니 장안의 종남산
은 가히 종교의 성지라 일컬을 수 있었다. 하지만 무림의 사람들에게
는 그 어떠한 이유보다도 구대문파의 하나인 종남파가 있기에 더 잘
알려진 곳이었다.

진고영이 임수행과 함께 종남산 초입에 있는 구상현에 당도했을 때
는 늦겨울의 석양이 붉게 물든 채 종남의 운제산을 넘어가고 있었다.

감회가 서린 눈으로 종남산을 쳐다보던 임수행의 눈도 석양 탓인지
붉게 물들어 있었다. 그리고 구상현까지 따라온 신형묵의 얼굴도 붉게
달아올라 있었지만, 그것은 그 어떤 이유도 아닌 힘겹게 쫓아오느라 달

아오른 것이다. 그는 여산 남쪽 기슭에서의 싸움을 본 후 조금이라도 더 같이 있고 싶어 악착같이 따라온 것이다.

아무 말 없이 서 있는 임수행을 바라보며 진고영이 물었다.

"수행, 어찌할 테냐. 올라가 볼 테냐?"

그 말에 임수행은 갈등이 일었지만, 사실 종남에 올라간다고 해도 반겨줄 사람이 있을지 확신이 서지 않았다. 다만 자신을 이끌어줬던, 자신이 사부처럼 생각하고 있는 청명자라면 모를까.

"후……. 아닙니다, 형님. 그저 종남을 본 걸로 됐습니다. 청명자 어른도 무림련으로 가셨다 들었으니……."

눈꼬리가 바르르 떨리는 것이 조금 아쉽기는 한가 보다. 고개를 저은 임수행이 억지로 밝은 표정을 지으며 진고영을 쳐다봤다.

"형님! 이곳에 제법 좋은 술집을 알고 있습니다. 그리 가시죠."

"흠. 그거 좋은 생각이다."

고영도 임수행의 마음을 어렴풋이 알 수 있었기에 덩달아 웃음을 지으며 고개를 크게 끄덕였다.

어디 그런 마음을 임수행이 모르랴. 그의 얼굴에 자신도 모르게 빙그레, 웃음이 입가에 걸렸다.

"거, 제법 독한 술이지만 마셔보면 아마 다시 찾고 싶어질 겁니다."

"흠. 저도 소문은 들어봤습니다만 마셔보지는 못했습니다. 오늘 제가 삽니다! 가십시다!"

느닷없이 튀어나온 신형묵의 말에 임수행은 가타부타 말도 없이 길을 잡았다. 그가 그다지 싫지만은 않은 것이다. 거기다 오늘 바라는 것도 없이 도움을 주기도 했고.

하지만 어디 신형묵의 기분만 같을까. 신형묵은 오늘의 일이 자신의 평생에 결코 두 번 다시 오지 않을 날이라는 것을 자신있게 말할 수 있었다.

저 묵청색 장삼을 입은 사람이 누구인지는 몰라도 상관이 없었다. 한없이 깊고 잔잔한 호수와 같으면서도 움직이면 폭풍과 같은 사람, 그러면서도 자신이 한 일을 누구에게도 자랑하지 않는 사람, 자신이 어릴 적 꿈꿔왔던 무인의 표상을 오늘 본 것이다.

거기다 옆에서 보기만 해도 기분이 절로 좋아지는 진한 형제 간의 정.

그는 오늘의 일을 조금이라도 더 마음에 담아놓고 싶었다. 거기다 술이라니……. 그 이상 더 좋은 게 어디 있단 말인가!

반월루(半月樓).

이름만큼이나 자그마한 주루에는 십여 명의 사람이 앉아 있었다. 별다른 음식도 내놓지 않건만, 술을 좋아하는 이들이 석양이 지면 자연스레 모여드는 것이다.

구석진 곳에 자리를 잡자 주인으로 보이는 중년인이 다가오더니 임수행을 보고 무뚝뚝한 표정으로 고개를 끄덕였다.

"오랜만이군."

"예, 이숙. 이 년 만에 뵙는군요."

고개를 두어 번 주억거리던 중년인이 아무 말 없이 뒤돌아 가버리자 신형묵이 황당했나 보다.

"거참, 주문도 안 받고 가버리네."

"술도 한 가지고 안주도 한 가지뿐이다 보니, 기껏해야 사람 수만 확인하면 끝나는 거지요. 그나마 오랜만에 왔다고 얼굴이라도 들이민 것이지, 그렇지 않다면 아마 아는 체도 안 하셨을 겁니다.”

“크!”

신형묵이 어이없다는 듯 목 막힌 소리를 낼 때, 조용히 중년인을 바라보던 진고영이 고개를 끄덕였다.

“아우가 좋은 사람을 사귀었군.”

“예?”

“내 잘은 모르나, 눈이 좋은 사람치고 악한 사람은 없다 들었네. 더구나 이 년이 지나도 잊지 않고 반가워한다는 것은 그만큼 아우에게 관심이 있다고 봐야겠지.”

진고영의 말에 신형묵이 의아한 표정으로 되물었다,

“반가워한다고? 저 무뚝뚝한 표정이 말이오?”

“신 형께선 들어와서 지금껏 주인이 다른 사람에게 먼저 말 거는 것을 보셨소?”

“음? 그러고 보니…….”

안에는 제법 사람이 많았다. 하지만 손님이 말을 걸 뿐 주인은 누구에게도 먼저 말을 걸지 않았다. 참으로 이상한 주루에 이상한 주인이었다.

“저…… 이숙께선 좀 무뚝뚝해서 그렇지 좋은 분임에는 틀림없습니다. 제가 오래전부터 봐왔거든요.”

세 사람이 주인에 대해서 이런 저런 평을 하고 있을 때였다.

주렴이 걷히고, 추레해 보이는 노인이 술에 취한 듯 흐느적거리며 들어왔다. 칠십은 족히 넘어 보이는 노인이었다. 좌우를 훑어보던 노인의 눈이 진고영과 마주치자 잠깐 기광이 스친다. 하지만 그건 순간이었을 뿐, 곧 한쪽 자리를 차지하고 앉더니 주인을 불러댔다.

"이가야! 여기……."

묵묵히 다가온 주인이 아무 말 없이 술병을 가져다 놓자 노인이 투정을 부렸다.

"이놈아! 한 병이 뭐냐? 쩨쩨하게."

"다 마시고도 안 취하면 더 주겠소."

"그거야……. 에잉!"

노인의 투정을 본체만체하던 주인장이 진고영의 탁자에 세 병의 술을 가져다 놓았다. 그걸 본 노인이 소리를 질러댔다.

"이가야! 왜 저 꼬맹이들은 세 병을 주는 거냐?"

쓰윽, 노인을 돌아본 주인이 나직이 입을 열었다.

"내 맘이오."

주인이 주인장 맘대로 한다는데 뭐라 할 건가.

"이……!"

얼굴이 붉어진 노인이 진고영 쪽을 노려봤다. 그러더니 아무런 말도 없이 불쑥 손을 내민다.

"……?"

그러자 진고영이 눈을 빛내며 어리둥절해 있는 임수행을 바라보고 고개를 끄덕였다. '

"드려라."

"예, 형님."

아무런 망설임도 없이 대답하고 술병을 내밀자 오히려 노인의 눈이 조금 커졌다.

이곳의 술은 일인당 한 병씩이다. 그것도 셋이면 일단 두 병이다. 취하면 끝이다. 그런데 한 병 마시고 취하지 않는 이가 열에 한둘이다,

그것도 술꾼 중에서. 그러다 보니 세 명이라도 세 병을 다 사 마시기가 쉽지 않다. 그런데도 별다른 말도 없이 한 병을 건네준다?

노인의 눈이 별놈들 다 본다는 듯 게슴츠레해졌다.

"나중에 무르기 없기다?"

진고영은 아무런 대답도 않고 임수행을 향해 말했다.

"수행."

"예, 형님."

"세상에는 여러 부류의 사람이 있다. 그중에서 조심해야 할 사람들로 노인과 여자, 아이를 꼽는다. 왠지 아느냐?"

"그게… 약한 듯 보여서 방심하다 당할 수 있기 때문이 아닐까요?"

"그것도 훌륭한 이유가 되지. 하지만 나는 또 이렇게도 생각해 본다."

그러한 이유 말고 또 다른 이유라……. 잠시 말을 끊자 더 궁금해진다. 특히 노인을 보라. 자그마한 눈을 빛내며 한 손에는 술잔을 들고 진고영의 입속으로 금방이라도 뛰어들듯이 쳐다보고 있다. 궁금해 미치겠나 보다.

그의 소원을 들어주려는 듯 진고영의 말이 이어졌다.

"아이는 마음이 맑아서 세상의 더러움으로 혼탁해진 어른은 이해할 수 없는 행동을 서슴없이 할 수 있기 때문이고, 여자는 생각이 너무 많아 남자가 도저히 생각할 수 없는 것을 생각하기 때문에 조심을 해야 한다."

"그럼 노인은?"

노인이 더는 못 참겠다는 듯 빽 소리쳐 묻는다. 그러자 진고영이 나지막하고 무거운 목소리로 노인을 쳐다보며 입을 열었다.

“노인은 오랜 경륜과…….”

“옳거니!”

“세월이 차곡차곡 쌓인 무거움이 있어서 이기도 하지만.”

“흠! 제법…….”

“무엇보다 조심해야 할 이유는…….”

“……?”

“젊은 사람은 생각도 못할 변덕을 부린다는 것 때문이다.”

“컥!”

“푸억!”

“쿨럭! 쿨럭!”

“그렇지 않소, 천 노선배?”

먹던 술을 뿜어내고 벌떡 일어나 벌건 얼굴로 진고영을 쳐다보던 노인의 표정이 괴이하게 일그러졌다.

“자네…… 나 아나?”

“잘은 모릅니다만, 아는 분이 그럽디다. 술 달라 해서 안 주면 어떻게든 골탕을 먹이는 괴팍한 노인이 있는데, 비록 변덕은 죽 끓듯 해도 사람은 괜찮다고. 그러니 잘해주라고 말입니다.”

노인의 붉으락푸르락 변하는 얼굴이 천변만화가 따로 없다.

“누, 누가……?”

그러다 말까지 더듬거리며 송곳 같은 눈빛으로 죽이겠다는 듯 노려보지만,

“나귀한테 하수오를 먹이는 황당한 분이 한 분 있지요.”

말을 끝맺는 괘씸한 젊은 놈의 눈빛은 한 점 흐트러짐이 없어 보인다. 하지만 진고영의 말을 듣는 노인의 작은 눈은 보름달처럼 커져

갔다.

"어…… 그 양반을 어떻게……?"

노인의 묻는 말에 진고영은 조용히 일어서 노인에게 예를 표했다.

"진 아무개가 주천괴(酒天怪) 천 노선배를 뵙니다."

"어? …음 ……진?"

어쩔 줄 모르던 노인의 눈이 실처럼 얇아지고, 옆에서 웃음을 짓고 있던 임수행과 신형묵의 눈은 놀람을 담고 동그랗게 커져만 간다. 주천괴라니, 세상에……!

"태원부 근처 화진촌의 진가철방에서 살았습니다. 등 조부께 노선배에 대한 말씀을 귀가 따갑게 들었습니다."

진고영의 말에 노인의 고개가 모로 꼬아진다. 그러다 어느 순간 번쩍 눈이 뜨여지고, 입이 절반쯤 벌어졌다. 아니, 다 벌어졌지만 입이 작다 보니 그렇게 보였다.

"그럼! 자네가……!"

노인의 얼굴이 언제 화를 냈냐는 듯 환하게 밝아졌다.

그것을 본 임수행과 신형묵은 진고영의 말이 결코 틀리지 않았다는 것을 절실히 깨달을 수 있었다. 하지만 그들은 결코 자신들의 마음을 겉으로 표현할 수는 없었다.

주천괴 천우만, 과거에 중원사괴라 불리었던 기인들 중 넷째. 그리고 셋째인 홍괴(紅怪)의 남편.

절대 그에게는 두 번 이상 말대답을 해서는 안 된다고 한다. 하루에도 열두 번 변덕을 부리니, 천하의 누구도 끝까지 그의 기분을 맞춰주기가 힘들기 때문이라고 한다. 게다가 자기 마음에 안 들면 판을 엎어

버리기 일쑤였다고 말하는 자도 있다. 그래서 혼인식에 그가 나타나면 혼인을 뒤로 미뤄도 결코 결례가 되지 않을 정도였다 하니……

하지만 그것은 모두 소문일 뿐이었고, 그를 진실로 아는 자들은 말한다. 그가 워낙 세상의 비밀을 많이 헤치고 다니다 보니 그에게 구린 뒤를 보이지 않은 대문파가 없어 세상으로부터 따돌림을 받고 있다는 것이다.

다만…… 변덕이 심하다는 것에는 모두가 한결같이 고개를 끄덕였다.

천우만은 진고영의 옆으로 다가오더니 고개를 쳐들고 올려다봤다.

"멋대가리 없이 크군. 한데 말이야, 어떻게 나를 알아본 거지?"

다른 사람도 궁금했는지 눈을 깜박거리지도 않고 진고영을 쳐다봤다.

"언젠가 등 조부께서 말씀하시길, 가운데 손가락이 반밖에 안 남고, 걸음을 흐느적거리듯이 까치발로 걷는 사람을 보거든 가슴속에 든 물건을 조심하라 이르시더군요."

"윽! 그 망할 양반이……!"

"크큭!"

신형묵이 도저히 못 참겠다는 듯 큭큭거리자 천우만이 비수 같은 눈길로 스윽, 신형묵의 위아래를 훑어갔다.

"흠. 장안표국의 어린 놈이 간덩이를 장안에다 떼어놓고 왔나 보군."

"헉!"

귀신같은 노인네였다. 한 번 훑어보더니 자신의 신분을 대번에 알아맞힌다. 자칫하면 큰일난다는 생각에 신형묵의 안색이 굳어져 갈 때, 진고영이 조용히 입을 열었다.

"천 노선배께선 벽산에 들어가서 강호에 발을 끊으신 지 오래되셨다는 말씀을 들었습니다만."

다행히도 신형묵의 곤란을 해결해 준 것은 진고영이었다.

'휴, 다행히 진 형 덕분에……'

속으로 안도의 한숨을 내쉬던 신형묵이 눈을 좁혔다.

'응? 가만? 여산에서는 고씨라고……. 그럼 진짜 성이 진씨? 이름이 고영이란 건가? 아하! 합하면 진고영. 진짜 이름은 진고영이었군!'

마치 절대 풀지 못할 수수께끼라도 풀어낸 아이처럼 신형묵의 표정이 환해졌다. 그러다 점점…… 이상하게 변해간다. 고개를 돌려 진고영을 쳐다보는 눈이 튀어나올 것처럼 커져 간다.

'설마?!'

하지만 신형묵의 의문 따위는 아랑곳없이 천우만이 씁쓸한 표정을 지으며 입을 열었다.

"좀 심심하기도 했고, 마누라가 죽으니 혼자 있기가 싫어서……."

"죄송합니다. 공연한 걸……."

"아니야. 아! 그러고 보니… 이가야, 이리 와봐라!"

천우만이 주인장을 부르자 이씨 성을 가진 주인이 역시나 아무런 표정도 없이 탁자로 다가왔다.

"무슨 일입니까?"

"흠. 여기 이가가 누군지는 알겠느냐?"

천우만의 물음에 진고영은 주인을 잠시 쳐다보더니 고개를 끄덕였다.

처음에는 미처 생각지 못했기에 지나쳐 봤지만, 천우만의 말을 듣고 보니 한 가지가 새롭게 보이는 것이다.

이미 숨기고 있는 능력이 적지 않다는 것은 알고 있었다. 하지만 그것은 강호에 숨은 기인이 많다는 것을 생각하고 그러려니 했다.

진고영이 천우만의 말을 듣고 다시 본 것은 주인의 손이었다. 엄지와 검지가 유난히 두텁고 크다. 그리고 소매로 가려진 팔 안쪽이 그물 같은 상처로 뒤덮여져 있다.

천우만이 주인이 누군지 아느냐 물었을 때는 알아볼 수도 있다는 말. 진고영은 문득 사괴 중 한 사람이 생각났다.

암수도괴(暗手刀怪) 황학도. 팔에 도를 감추고, 손가락을 이용해 발출하면 귀신도 피하기 어렵다는 비도술의 대가. 하지만 주인의 나이로 보아 본인은 아니다. 그의 나이는 칠십이 훨씬 넘었으니까. 그렇다면 결론은 그의 아들이나 제자일 거라는 것이 진고영의 생각이었다.

참으로 경악할 일이었다. 이런 허름한 주점에 과거 무림의 괴짜 중 원사괴 중 둘이 있다니…….

진고영이 고개를 끄덕이자 천우만이 약간 얼굴을 찡그리며 주인을 소개했다.

"이수양이라고, 반월루 주인인데 성질 참 드런 놈이다. 둘째 형님도 어쩌다 이런 놈을 제자로 삼으셨는지……. 어른 보기를 아주 우습게……."

"내일부터 술 마시기 싫습니까?"

"응? 어? 내가 무슨 말을 했지? 험! 험!"

헛기침을 하며 째려보는 눈이, 그렇다고 추접스럽게 술 가지고 협박을 하냐는 눈빛이다.

"안에 방 비었냐? 들어가서 이야기하자. 여기는 좀……."

말을 하던 천우만이 입만 달싹거린다. 그러자 이수양이 의외라는 눈으로 진고영을 쳐다보다 고개를 끄덕였다. 아마도 진고영에 대해 전음으로 말을 해준 듯하다.

그런데 고개를 끄덕이던 이수양의 오른팔이 가볍게 앞으로 들린다. 옆 사람들이 무슨 뜻인지 몰라 어리둥절할 때, 천우만의 경호성이 터지고,

"이런!"

동시에 진고영의 왼팔이 무심히 허공을 휘젓자 천우만이 다시 탄성을 터뜨렸다.

"호! 멋지군!"

뭐가 뭔지 몰라 멍하니 쳐다보던 신형묵이 문득 진고영의 왼손을 쳐다봤다.

툭!

그러자 하나의 작은 대나무 젓가락처럼 생긴 송곳이 손에서 떨어졌다. 찰나간에 한 수의 공방이 벌어진 것이다. 이기고 지고는 가늠할 수 없지만, 이수양의 눈에 감탄이라는 원초적인 감정이 스쳐 지나갔다.

워낙 무뚝뚝해, 바위를 깎아 만든 것 같은 사람의 눈에서.

안으로 들어가자 제법 단아하게 꾸며진 내실이 있었다. 원목 탁자 주위로 둘러앉자, 천 노인은 뭐가 그리 좋은지 벙글벙글 웃으며 진고영을 쳐다봤다.

"그래, 소문을 들으니 자네 천은산장과 한창 싸우고 있다며?"

"예, 노선배님. 부모님의 은원이 모두 그자들과 연관이 있습니다."

"호? 그래?"

잠시 놀란 눈으로 진고영을 보던 천 노인이 표정을 심각하니 굳히고 무겁게 입을 열었다.

"내가 천하를 꽤나 싸돌아다녔는데 말이야, 천은산장만큼 괴상하고 무서운 곳을 보지를 못했네. 사람들은 그놈들을 보고 정파가 어쩌네 저쩌네 지랄들 하지만, 나는 말이지… 거기 들어갔던 것을 생각만 해도 살이 떨려."

진짜 떨리기라도 한다는 듯 천 노인의 어깨가 부르르 떨렸다.

그때 이수양이 술과 안주 할 음식을 내왔다. 한데 밖에서 먹던 안주가 아니다. 이수양이 중원사괴 중 한 사람의 제자라는 것 때문에 놀란 마음을 가라앉히지 못하고 있던 임수행은, 어느새 조금 전의 놀람은 다 잊었는지 내온 음식을 보고는 눈을 크게 뜨고 반가워했다.

하긴 그가 누구이면 어떠랴. 그냥 이숙이면 됐지!

"이숙! 언제 화초백장을 만드셨습니까?"

화초백장. 아마도 저 음식의 이름인가 보다. 은은한 향기가 실내에 퍼지자 식욕이 절로 동한다. 그런데 천 노인은 화초백장은 놔두고 잽싸게 술병을 잡아갔다. 그리고,

쪼르르르.

잔에 따라지는 술이 색깔부터 다르다. 게다가 향기는 더 다르다. 한 잔 재빠르게 목구멍으로 넘긴 천 노인의 입에서 탄성이 터진다.

"캬아! 역시 이 맛이야! 이가 놈이 술 하나는 끝내주게 담근단 말이야."

그제야 사람들은 왜 천 노인이 내실로 들어오며 싱글벙글했는지 이해할 수 있었다. 아마도 내실에서만 저 술과 음식을 맛볼 수 있나 보

다. 입가를 쓱 문지른 천 노인이 다시 말을 이어갔다.

"천은산장 뒤에 가면 백령곡(白靈谷)이라는 곳이 있는데 말이야, 그래도 한가락 한다는 내가 들어가기가 겁날 정도로 살기가 흐르더라고. 아니, 마기라고 해야 하나? 어쨌든 머리가 띵해져 오고 숨을 쉬기 힘들 정도로 가슴이 막혀오는데……. 휴우! 결국은 포기하고 돌아 나오고 말았지. 그에 비하면, 전에 소림의 장경각에 들어갔을 때 느꼈던 기운은 잠자기 딱 좋은 봄날의 기운이더라니까."

왠지 스멀스멀 온몸에 개미가 기어다니는 느낌이 들 정도로 심각하던 표정들이 마지막 한마디에 어이없다는 얼굴로 바뀌어 버렸다.

"어때! 자네들도 무섭게 느껴지지?"

"저…… 장경각에 뭐 하러 들어가셨습니까?"

임수행이 궁금했는지 천 노인을 보며 조심스럽게 물었다.

"음… 그건… 달마역근세수경 내용이 좀 궁금했거든. 왜, 자네들도 알고 싶어?"

"그럼… 그, 그걸 훔쳤단……?"

자기가 말하고도 말이 되지 않는다는 생각에 신형묵은 말을 멈췄다. 그러자 뒤에서 답하는 말이 들렸다.

"쳐다보며 삼 일간 머리를 쥐어뜯다가 다시 갖다 줬다고 하더군."

"……."

"이해하긴커녕 읽지도 못할 책을 뭐 하러 훔쳐서……."

기가 막힌 이수양의 말에 웃어야 했지만, 사람들은 웃을 수가 없었다.

세상에! 그 말은 결국 훔쳤다는 말. 만일 이 사실을 소림에서 안다면……?

어이없는 일로 방 안에 묘한 침묵이 감돌 때, 이수양이 진고영을 향해 입을 열었다.

"방금 철없는 사숙의 말씀을 듣자 하니 천은산장과 은원 관계가 있다는 말 같은데……."

"그렇습니다. 정식으로 인사드리겠습니다. 진가 성의 고영이라 합니다."

"음. 말은 많이 들었네. 천하의 신협이 내 가게에 찾아와 주다니 영광이군."

이수양의 말에 신형묵은 자신의 생각이 맞았다는 것을 알 수 있었다.

'정말 신협이라니! 오오오!! 역시 내 판단이 옳았어! 내 인생 최고의 날이 될지도 모른다 생각했는데……. 우하하하!!'

벌겋게 달아오른 신형묵을 천 노인이 이상하다는 듯 쳐다봤다.

"저 신가는 술 마실 줄 모르나? 한 잔 마시고 맛이 가버렸군. 쯔쯔쯔."

천 노인이 혀를 차지만 그래도 기분이 좋았다, 신형묵은. 흐흐흐…….

"좀 전에 사숙이 이야기를 하는 것 같았네만, 천은산장은 무서운 곳이라고 하더군. 아마 혁련유천을 상대하기 위해선 최대한 힘을 모아야 할 거네."

"이미 적지 않은 분들이 도와주고 계십니다. 그런데 최근 그들의 행태가 수상해, 그걸 알아보기 위해서 급히 호북으로 내려가고 있던 중입니다."

"사마중안이 도망치고 있다는 소문 말인가?"

이수양도 그 소문을 들었나 보다. 하긴 주루를 하다 보면 별의별 소문을 다 들을 것이다. 진고영은 고개를 무겁게 끄덕였다.

"아무래도 세인들의 이목을 속이기 위해 속임수를 쓰는 것 같습니다."

"음. 그렇다 해도 많은 사람들이 흔들리고 있을 것이네."

"그래서 직접 확인해 볼까 합니다. 소문대로라면 벌써 오 일은 됐으니 붙잡는 것이 가능할지 어떨지 몰라도, 어쨌든 그냥 두고만 보고 있을 수는 없지요."

말 한마디 한마디가 방을 나직하게 울리는 가운데, 진고영의 두 눈에서는 뇌전이 번쩍이는 듯했다.

"물론 저는 세인들의 평에 상관없이 천은산장을 이대로 놔두지는 않을 생각입니다만."

방 안에서 묵묵히 진고영과 이수양의 대화를 듣고 있던 사람들은 등을 타고 오르는 괴이한 긴장감에 몸을 부르르 떨며, 두 사람의 무거운 어투에 지붕이 내려앉지 않은 것만도 다행이라는 표정을 지었다.

그렇게 거침없이 이야기를 주고받는 모습이 마치 오래전부터 잘 알고 지내온 사이라 오해할 정도다.

의외의 상황에 임수행은 왠지 기분이 좋아졌다. 전부터 따르던 이숙과 이제 형님이 된 진고영. 두 사람을 보니 남자의 의기가 절로 느껴지는 것이다.

두 사람이 한참 천은산장에 대해 이야기를 나누는 사이, 천 노인의 얼굴이 벌게졌다. 혼자서 야금야금 술을 다 따라 마신 것이다. 그런 얼굴로 진고영을 보며 고개를 끄덕였다.

"그래야지! 암! 남자가 칼을 뽑았으면 남들의 평에 좌우돼선 안 되지. 그럼! 꺼억……."

힐끗 천 노인을 쳐다본 이수양이 어쩔 수 없다는 듯 고개를 흔들었다.

"그럼, 오래 있을 수는 없겠군."

"예, 내일 아침 일찍 출발할 생각입니다. 아마 오늘 이후로는 편히 쉬기도 어려울 듯합니다. 정신없이 달려야 할 테니까요."

"음. 수행은?"

"아우 역시 저와 함께 가게 될 겁니다."

그때 고개를 끄덕이며 졸고 있던 천 노인이 번쩍 고개를 들었다.

"나도 가면 안 될까? 아마 천은산장에 대해서 나만큼 잘 아는 사람도 없을 거네!"

"무서워서 다시는 안 간다고 하셨잖습니까?"

이수양이 한마디 내지르자 천 노인의 어깨가 움츠러든다.

"어… 그거야… 내가 거기 가겠다는 것도 아니고, 그냥 멀리서 가르쳐 줄 수는 있잖아?"

"그래도 혼자는 안 됩니다. 음… 제가 같이 가죠."

"응? 가게는?"

모두가 이수양을 바라보았다.

"가게가 문젭니까? 사숙을 강가에 내놓고 제 마음이 편하겠습니까?"

뜻이 묘하다. 그러니까 강가에 내놓은 아이……. 이 말인 것 같다.

천 노인은 얼굴이 일그러졌지만 그래도 갈 수 있다는 것이 더 마음에 와 닿는가 보다.

"뭐… 정 네 뜻이 그렇다면야……. 험……."

"당장 자네와 같이 갈 수는 없지만 장소를 지정해 주면 그리 가 있지."

진고영은 자꾸 사람들이 모여들자 미안한 마음에 그리 달갑지만은 않았다. 하지만 천은산장을 상대하기 위해선 고수들이 더 필요하다는 것을 절감하고 있던 터였다.

"도와주시겠다니 그저 고마울 따름입니다."

"등 형님의 친구인 진 노형의 손자는 나에게 역시 손자나 다름없지. 도와주네 뭐 하네, 말할 건덕지도 없다, 이 말이야."

"그건 천 사숙의 말씀이 맞네. 거기다 자네와 함께 움직이는 거라면 나 역시 마음이 들썩거리는 게 사실이니까."

그랬다. 이수양의 말처럼 남자라면, 그것도 강호의 칼바람을 맞아본 자라면 뜻이 맞는 사람과 함께 어울려 강호를 질타해 보고 싶은 마음이 있는 것이다. 그렇지 않다면 그는 강호인이라 할 수 없을 것이다.

옆에서 바라보는 신형묵의 눈에 안타까움이 배어 있다. 마음은 굴뚝 같지만 그는 자신이 이들과 같이 갈 수 없다는 것을 알고 있는 것이다. 다만 위안이라면, 이런 자리에 자신이 끼어 있다는 것이었다. 감히 상상도 못했던 자리에……

"무창의 철한장에 가시면 제 소식을 들을 수 있을 것입니다. 일단 천 노선배님과 이 선배님은 그곳에 가 계십시오. 사마중안을 쫓는 일이 잘되든, 그렇지 않든 저도 그리 갈 것입니다."

"알았네."

의외의 곳에서 의외의 사람들을 만났다. 사람 사는 세상이 아무리 요지경이라 하지만, 술 한잔 마시려다 중원사괴를 만나리라 어찌 짐작이나 했겠는가. 게다가 주천괴 천우만이 천은산장에 대해 잘 안다 하니 천군만마를 얻은 기분이었다. 진고영은 이 모든 것이 하늘에서 부모님과 조부님이 돌봐주시는 것만 같았다.

날이 밝자 진고영과 임수행이 간단한 인사만을 남기고 반월루를 출발했다.

신형묵은 더 이상 따라갈 수 없는 것이 안타까웠지만, 언제고 다시 만나리라 생각하며 뒤돌아섰다.

孤影　第五章

1

따뜻한 날씨가 계속되자 대별산에도 어느덧 봄기운이 느껴지기 시작했다. 하지만 한 곳만큼은 봄기운이 아닌 여름의 뜨거움보다도 더 뜨겁게 달아올라 있었다. 바로 무림련 대연무장의 한가운데에 마련된 비무대 위였다.

그곳에서는 새롭게 무림련의 중추가 될 사단 중 하나, 무검단의 수뇌를 뽑는 비무가 한창이었던 것이다.

"와! 와! 와!!"

수많은 사람들이 지켜보는 가운데, 비무대 위에서는 두 사람이 한창 자신들의 무위를 뽐내며 격전을 벌이고 있었다.

여덟 명의 조장과 단주를 뽑는 결선이어서 그런지 좀처럼 승부가 나지 않을 정도로 실력들이 비등하다. 게다가 마지막 결선까지 진출해 최선을 다하다 보니 숨겨진 재간들마저 내놓지 않으면 안 될 지경이었고, 그러는 사이 사람들의 열기가 최고조에 달해 있었다.

화산의 젊은 장로 장조익과 남궁세가의 이가주 남궁수의 격전이 일 각째 이어지고 있는 것이다.

화산의 검이 화려하다면 남궁세가의 검은 장중하다.

장조익이 화려함으로 변화의 극을 찾으려 한다면, 남궁수의 검은 무 거움으로 모든 변화를 짓누르려 한다.

누구도 한 치 앞을 장담할 수 없는 형세다. 화산의 자존심을 등에 진 장조익이나, 가문의 영광을 어깨에 짊어진 남궁수나 둘 다 그저 최선을 다할 뿐이다.

형형한 눈빛을 빛내며 장조익이 매화검결에 따라 십여 송이의 매화 를 그려내며 남궁수의 허리에서 머리까지를 훑어 올라가면, 남궁수는 천궁검법의 오의에 따라 한 수에 매화의 환영을 부숴 버렸다.

쩌쩡!

부딪치는 검에서 검기가 사방으로 비산한다. 주위에선 탄성이 터지 고 우레 같은 함성이 뒤따라 울린다.

뒤로 두 걸음 물러선 장조익이 검을 고쳐 잡고 이를 악물었다. 접전 이 계속될수록 힘이 달리는 게 여실히 느껴진다. 아무래도 힘으로 해 서는 남궁가의 검을 이길 수가 없다. 방법은 오직 하나, 상대가 따라오 지 못할 변화를 그려내야 한다.

장조익의 검에서 푸르스름한 검기가 넘실댄다. 그러더니 순식간에 다섯 개의 커다란 매화가 피어오르고, 빗살처럼 뻗어가는 검을 따라 매 화가 춤을 춘다. 화산비전 칠절매화검 중 매화오궁참(梅花五穹斬)의 초 식을 펼치는 장조익의 표정에 자신감이 가득 떠오르고, 그의 검에서 피 어난 매화가 더욱 현란하게 흔들린다.

춤을 추듯 하면서도 빠르게 다가오는 매화가 중부, 거궐, 천추혈을 향하자 남궁수의 안색이 침중하게 굳어져 가고, 들어올린 검에서 은은한 청광이 뿜어져 검을 감싸갔다. 그러자 주위에서 놀람의 탄성이 터진다.

"검강이다!!"

"와! 와!"

무사들의 함성은 갈수록 커져만 가고,

"남궁 대협이 검강을 완성했다니!"

천무전 앞에 앉아 있던 각파의 원로들도 놀람을 감추지 못했다. 비록 약하긴 하지만 분명한 검강의 발현이었다. 검강이란 것은 절정의 고수를 가늠하는 기본 척도라 할 수 있었으니 원로들이 놀라는 것도 무리가 아니었다.

그렇게 사람들이 탄성과 놀람으로 무림련이 떠나가라 소리 지를 때, 남궁수의 검이 갈지자를 그리며 매화를 쪼개 나간다. 은은한 청색 검강이 매화를 으스러뜨릴 때마다 장조익의 안색이 창백하니 굳어져 갔다. 이를 악물어보지만 한 번 밀리기 시작하자 거침없이 밀고 들어온다.

남궁수의 검이 휘돌자 검강이 따라 돌며 매화마저 따라 돈다. 그러다 부서지는 매화가 허공에서 비명을 지르며 사그라진다.

장조익이 더는 밀리지 않겠다는 듯 일성 기합과 함께 신형을 허공으로 띄웠다.

"타앗!!"

이 장을 떠오른 장조익의 신형이 빙글빙글 다섯 바퀴를 돌자 허공에서 검화가 만발한다. 순식간에 수십 송이로 늘어난 검매화가 눈이 내리듯 남궁수를 향해 쏟아져 내린다. 하나하나의 매화마다 강력한 검기가 담겨 있어 스치기만 해도 치명상을 입을 것이다. 그런 허공을 바라보는 남궁수의 입가로 언뜻 스치듯 비릿한 웃음이 떠올랐다.

매화만천(梅花滿天), 칠절매화검 중 가장 화려하면서도 강력한 검결.

남궁수는 이때를 기다려 왔다.

상대는 분명 자신의 무거운 검강을 상대하기 위해 언제고 매화만천을 펼칠 것이다. 승부를 가를 때를 그때로 잡았다. 자신에게는 매화만천을 상대할 검결이 있었기 때문이다. 바로 너무 단순하다는 이유로 남궁세가에서 아무도 익히지 않은, 오직 자신만이 익힌 검결, 단천참마결(斷天斬魔訣).

남궁수가 자세를 잡고 검을 들어올리자 사람들이 의아한 듯 쳐다본다. 하늘에선 매화우가 쏟아지고 있건만 대체 왜?

석 자 가까이 다가온 수십 송이 매화가 금방이라도 남궁수를 덮칠 것만 같다. 그때였다!

"하앗!!"

수많은 사람들이 남궁수의 기합에 숨을 죽였다. 원로들이 앉은 곳에서 한 사람이 벌떡 일어났다. 남궁세가의 당대 가주 남궁환이었다. 그의 얼굴은 놀란 표정이 역력했다. 그걸로 보아 그도 설마 동생이 단천참마결을 익힌 것은 몰랐나 보다.

새파란 검강이 하늘을 가른다.

인중을 향해 날아오던 매화가 일그러지며 사그라진다.

양어깨를 향해 내려앉으려던 두 송이 매화가 검풍에 휘말려 안개처럼 흩어진다. 뒤를 따라 날아 내리던 수많은 매화들이 반쪽으로 쪼개어진 채 허공에서 하나둘 스러져 버린다.

　직선처럼 내려쳐진 일검이었건만, 석 자 주위에 있던 거의 모든 매화가 피어날 때처럼 일순간에 사라져 버렸다. 그러더니 결국은 시퍼런 검이 장조익의 가슴으로 뻗어간다.

“위험!!”

　뒤늦게 정신을 차린 누군가가 소리를 지르자 그제야 사람들의 함성이 뒤를 잇고, 가슴으로 짓쳐 가던 남궁수의 검이 옆으로 미끄러지며 장조익의 어깨를 베어버렸다.

“크읍!”

　장조익의 입에서 억눌린 신음이 터지고 어깨에선 피가 뿜어져 나왔다.

　그리고 검을 회수하기 위해 뒤로 물러선 남궁수의 몸에도, 마저 다 해소시키지 못한 매화가 스쳐 지나갔는지 가느다란 핏줄기가 옷에 배어 나온다. 하지만 그의 표정에는 이겼다는 희열의 감정이 숨김없이 떠오르고 있었다.

　반면, 장조익으로서는 패배를 인정하지 않을 수 없었다. 마지막에 남궁수가 검을 옆으로 미끄러뜨리지 않았다면 자신의 가슴에 검이 꽂혔을 것이다.

“졌소…….”

　패배를 자인하는 말에 다시 우레와 같은 함성이 터져 나왔다.

“와! 와!”

“남궁수! 남궁수! 무검단주 남궁수!!”

　자신을 부르는 사람들의 환호성에 남궁수는 가볍게 고개를 숙이며 마주 인사를 하고 원로석을 쳐다봤다. 거기에는 자신의 형이자 남궁세가의 가주 남궁환이 얼굴 가득 기쁜 표정을 떠올리고 있었다.

　얼마 만인가! 구대문파에 눌려 기를 펴지 못했던 수십 년 세월이었다. 그런데 오늘, 마침내 그 한이 조금은 풀린 것처럼 보인다.

　남궁환에게서 시선을 뗀 남궁수가 원로석을 향해 깊숙이 포권을 취하고 비무대를 내려가자, 오대세가의 무사들이 있던 곳에서 우레와 같은 함성이 울리며 비무장을 뒤흔들었다. 드디어 오대세가가 기지개를 켜기 시작하는 신호탄을 쏘아 올린 것이다.

　천무전의 상단에 앉아 있는 무림련주 위지천목은 아래쪽에서 지그시 반쯤 눈을 감고 있는 동방설리를 내려다보았다. 이미 그녀와는 같은 배를 탔다. 자신은 무림련의 실질적인 련주로서의 위상을 찾기 위해서, 그리고 동방설리는 마도 소탕이라는 자신의 목적을 달성키 위해서.

　본래 점창의 장문 위지천목이 무림련의 련주가 될 거라 생각하고 있던 사람은 아무도 없었다. 세력이 그러했고 실력이 그러했다. 그러나 문제는 엉뚱한 데서 터졌고, 그 바람에 위지천목이 대안으로 부상하게 되었다. 소림과 무당, 화산의 대립. 구대문파 중 가장 강력한 힘을 지니고 있던 세 곳이 서로를 견제하면서 대립하자, 나머지 문파들이 이래선 안 된다며 중원에 가장 영향력이 적은 점창의 장문을 련주로 추대해 버린 것이다.

　그렇게 무림련주가 된 위지천목은 남몰래 이를 갈고 실력을 키웠다. 그러다 마침내 련주 즉위 십 년이 되자 자신의 위상을 세우기로 작심한 것이다. 때마침 동방설리가 그의 손을 들어주었고, 오대세가가 그에게 힘을 보태겠다는 연통을 보내왔다.

　오대세가의 힘과 전통은 결코 구대문파의 아래가 아니다. 심지어 자신의 사문 점창에 비해서 오히려 강하면 강했지 약하지 않은 게 오대세가인 것이다.

양쪽에 날개를 단 위지천목이 동방설리의 의견을 받아들여 처음으로 행한 일이 새로운 무림련의 세력 창출, 구대문파와 오대세가에서 차출된 고수들을 합해 사단 중 하나인 무검단을 조직한 것이다. 그리고 그 모든 것은 동방설리의 머리를 통해 조율되기 시작했다.

"남궁수 대협을 제일대 무검단주로 임명하는 데 불만이 있으신 분은 지금 이 자리에서 말씀해 주시기 바라오."

위지천목의 말에 불만을 제기할 이유가 있을 리 없었다. 모든 건 형식일 뿐.

"없다면 남궁수 대협을 무검단주로 임명하겠소! 무검단주 남궁수는 일어나 원로들께 인사하시기 바라오!"

한쪽에 조용히 앉아 있던 남궁수가 일어나 사방을 향해 깊숙이 예를 취했다.

"무림의 정의를 실현하는 데 한 목숨 바치겠습니다."

"축하하오!"

"하하하!! 남궁세가의 성세가 눈에 보이는 듯하오이다!"

축하의 인사가 여기저기서 나오고, 득의한 표정의 남궁수가 조용히 자리에 앉자 동방설리가 일어나 원로들을 돌아보았다.

"오늘 마침내 무검단의 조직이 완료되었고 단주까지 정해졌으니, 이제는 무림련의 깃발을 높이 내걸고 마도를 소탕할 일만 남았습니다. 하나… 아시는 분은 아시겠지만, 조금 전 한 가지 소식이 전해져 왔습니다."

삼십 명의 평의회 원로 모두가 꽃처럼 아름다운 동방설리를 쳐다보자 그녀의 입이 조용히 열렸다. 하지만 내용만큼은 결코 조용할 수 없는 내용이었다.

"혈왕궁이 자신들의 휘하 세력인 몇몇 문파에 혈정마단을 지급한 것 같다는 정보가 들어왔습니다."

"혈정마단을?!"

경악이 천무전 내를 휩쓸었다. 원로들의 눈이 금방이라도 튀어나올 것처럼 커지고 어떤 자는 벌떡 일어나 부르르 몸을 떨기조차 한다.

"그게 사실이오, 부군사?"

역시나 성질 급한 허광이 눈을 부라리며 소리치자 모두의 눈이 동방설리를 향했다.

"조금 전 공동의 진영 진인이 개방의 소식통을 통해 연락을 취해 왔습니다. 그 일에 연루된 마정곡의 기련쌍마까지 잡아 데려오고 있다고 하니 결코 거짓은 아니리라 생각됩니다."

"기련쌍마? 아니, 그자들이 마정곡에 있었단 말이오? 허……."

곤륜의 영목 진인이 어이없다는 투로 말을 받았다. 다른 사람은 몰라도 곤륜의 사람들은 기련쌍마의 무서움을 익히 알고 있었다. 그들의 주무대가 감숙이니만큼 곤륜과 마찰이 없을 리 없는 것이다. 한데 의문이 일었다. 능히 절정고수라 할 수 있는 그들이 기껏 공동의 제자들에게 잡히다니, 설령 공동에서 두 장로가 나섰다 해도 영목이 아는 기련쌍마는 그들에게 잡힐 정도로 약하지 않았던 것이다. 그때 마치 그의 의문을 안다는 듯 동방설리가 말을 이었다.

"신협 진고영이 마침 장안을 지나다 그들을 사로잡는 데 도움을 주었다 합니다."

"신협이?!"

　조금 떨떠름하긴 하지만, 그렇다면 이해할 수 있는 일이었다. 소문의 절반만 믿어도 그의 능력이라면 기련쌍마 정도는 충분히 상대할 수 있었을 것이다.

　천무전이 놀람의 연속으로 불을 지핀 듯 술렁거렸다.

　혈정마단에 기련쌍마, 그리고 결론은 신협의 출현으로 마무리되었다. 하지만 지금 당장의 문제는 혈정마단이라 할 수 있었다. 혈정마단의 무서운 폐해를 모를 리 없는 원로들이었다. 그러하기에 굳어진 얼굴에는 걱정과 근심이 가득했다.

　무검단이 출발부터 삐걱거릴 수는 없기 때문이기도 했지만, 무검단에 자신들의 제자들이 다수 참여하고 있었기 때문이다.

　“하면 부군사께선 그에 대한 무슨 대책이라도 있으신지…….”

　청성 태인 도장의 말에 동방설리가 고개를 끄덕였다.

　“일단은 그에 대한 사실 파악이 가장 중요하달 수 있겠지요. 해서 이미 영무각의 정보망을 총가동해서 마도십문에 대한 감시를 더욱 강화했습니다. 그리고 이번에 붙잡은 자들이 가지고 있었다는 혈정마단이 어느 곳에서 나온 것인지를 파악하도록 지시했습니다. 현재로선 혈정곡과 흑곡이 가장 유력하게 보입니다만.”

　“그 이유가 있을 텐데……?”

　“설추민 대협의 말씀대로 이유가 있습니다. 혈정마단을 맨 처음 발견하고 그것을 빼돌린 공동 제자의 말에 의하면, 그것을 가지고 있던 자들이 한 말 중에 무슨 곡(谷)이라는 말을 했다 합니다. 한데 혈왕궁의 주구 중 현재 곡이라 칭할 수 있는 곳은 두 군데뿐이지요.”

　동방설리가 눈을 설추민에게 고정시키고 나직이 말을 이어가지만, 그녀의 말을 듣지 못하는 자는 아무도 없었다.

"지금 저희가 가장 신경 써야 할 부분은, 과연 그들이 몇 개 정도의 혈정마단을 지급받았느냐 하는 것입니다. 몰랐다면 몰라도 마단에 대한 것을 안 이상 대책을 수립해야 할 것입니다. 차후에 어느 정도 정보가 모이고 대책이 수립되는 대로 보고를 올리겠습니다. 그때까지라도 원로들께서는 단원들의 힘을 키우는 데 아낌없는 협조를 해주시기 바라겠습니다. 그것만이 각파 제자들의 희생을 줄이는 첩경이라는 점, 능히 이해해 주시리라 믿습니다."

동방설리의 말이 끝나자 원로들의 얼굴에는 각자의 심경을 표현하기라도 하듯 그늘이 지기 시작했다.

그녀의 말이, 내놓을 것 있으면 더 내놓으라는 말로밖에 들리지 않았던 것이다.

2

붉은 전각이 붉게 피어난 홍매화의 빛깔로 인해 더욱 붉게만 보이는 곳. 아무도 없는 것처럼 적막감에 싸여 있던 혈왕궁의 거대한 대전 안에서는 노기에 찬 붉은 폭풍이 몰아치고 있었다.

"이놈!! 그걸 말이라 하느냐!"

"미, 미처… 수하들을 단속치 못하여……. 죽여주시옵소서……."

"네놈을 죽여서 어디다 쓰란 말이냐? 일각의 시간을 주겠다. 생각해 내거라! 네놈의 목숨과 바꿀 만한 계책을 말이다!!"

붉은 안개가 자신의 머리 위에서 넘실댈 때마다 문인호용의 안색은 새파랗게 질려갔다. 그는 아는 것이다. 저 혈무가 머리 위에 내려앉으면 자신의 목숨은 끝이라는 것을. 혼조차 남지 못하고 타 죽는다는 것을.

혈왕의 손에서 혈무가 피어올라 금방이라도 문인호용의 머리를 내려칠 듯하자, 문인호용의 머리는 맹렬히 돌아가기 시작했다. 어떻게든 살아야 한다. 그러려면… 그러려면 무슨 방도든 내놓아야만 한다. 뭐가 있을까? 뭐든 있기는 있을 텐데……. 제발… 제발…….

시간이 다 되어간다. 안 돼! 안 돼! 으으……. 시간이 조금만 더 있어도……. 시간? 시간!!

"아! 시간!!"

느닷없는 문인호용의 탄성에 혈왕을 감싸고 있던 혈무가 출렁였다.

"흐흐흐흐……. 그래, 네놈의 목숨과 바꿀 만한 것이라도 떠올랐느냐?"

"그렇사옵니다, 궁주시여!"

"말해 보아라! 그 가치에 네놈의 생명줄이 달려 있다는 점을 명심해야 할 것이다! 우흐흐."

"시간이옵니다, 시간!"

"흠! 시간이라……."

"혈정마단의 효능에 대해선 이미 무림에 어느 정도 알려져 있는 게 사실입니다. 해서 무림련의 동방 계집은 분명 혈정마단의 약효가 떨어질 시간을 이용하려 할 것입니다."

문인호용의 눈이 날카롭게 빛나기 시작했다.

"이미 혈정마단은 지급되었으니 계획 자체가 변경될 수는 없습니다."

“그래서? 어쨌다는 거냐?”

“문제는 저희가 제조한 혈정마단이 과거 혈교의 혈정마단과는 조금 다르다는 것입니다. 약효는 전의 것에 비해 조금 떨어지지만, 그 지속 시간만큼은 두 배 가까이 됩니다. 바로 그것을 이용하는 것입니다, 궁주시여!”

문인호용의 눈이 번들거릴수록 혈왕의 입가에도 비릿한 웃음이 짙어져 갔다.

“흐흐흐… 약효의 지속 시간이라…….”

만족한 듯한 혈왕의 표정에 가슴을 쓸어 내린 문인호용은 문득 한 가지 더 말해야 할 게 있다는 것을 떠올렸다.

“또 한 가지… 사마중안이 이곳으로 오고 있다 하옵니다.”

“흥! 그 양반이 별 약은 수를 다 쓰는구나. 하긴 그만큼 다급해졌다는 것이겠지. 흐흐흐.”

“어찌해야 할지…….”

“어찌하긴. 죽기 위해서 오는데 죽여줘야지!”

“알겠사옵니다, 궁주시여!”

孤影 第六章

1

봄을 재촉하는 부슬비가 은근히 멈추지 않고 이틀을 이어 내린다. 종남을 떠나 내쳐 달리는 진고영의 발걸음도 날씨만큼이나 무겁기 그지없었다. 간간이 무림련과 혈왕궁의 대회전이 임박했다는 소문들이 떠다니고 있었던 것이다.

순양을 비켜 지나쳐 안강에 이르렀을 때서야 첩검단의 비표를 발견했다. 이미 지나갈 길을 개방에 일러두었기에 남겨놓은 듯, 안강 입구의 큰 나무에 새겨진 비표가 쉽게 눈에 들어왔다.

게다가 안강에 들어가 비표에 남겨진 호(虎) 자가 들어가는 장소를 찾는 것도 그리 어렵지가 않았다. 남북으로 뚫린 대로에 대호객잔이 눈에 들어온 것이다.

객잔 안으로 들어가자 점소이가 달려 나오더니 재빨리 위아래를 훑어봤다.

“손님, 어서 오십시오. 저… 혹시 사마 어른을 찾는 분이 아니신
지……?”

“맞소. 안내해 주시겠소?”

“저를 따라오시지요.”

뒤채에 있는 후원의 방으로 안내되어 들어가자 한 사람이 깊숙이 포
권을 취하며 약간은 떨리는 목소리로 인사를 해온다.

“첩검단 섬서 안강 지부장 장추렴, 이렇게 신협을 뵙게 되어 영광이
오이다.”

“별말씀을, 과분한 별호인지라 쑥스럽기만 하오.”

“신협께서 찾으신다는 연락을 받은 즉시 모든 정보망이 가동되고 있
습니다. 하명하실 일이라도…….”

“사마중안의 도주로에 대해 알고 있는 게 있으십니까?”

“예. 이미 그 일에 대해서 철저히 조사하라는 명이 떨어져 있습니다.
자세한 소식은 의창으로 내려가면 더 정확히 아시겠지만 현재로선 장
가계(張家界)까지 도주한 것만을 알 뿐입니다.”

“음… 알겠습니다. 그럼 저희는 의창으로 갈 테니 철한장에 저희의
행로를 전해주시기 바랍니다.”

“걱정 마십시오. 최대한 빠르게 연락을 취하겠습니다.”

의창이라는 장추렴의 말에 진고영은 새삼 가슴이 아려왔다. 어머니
의 한을 풀기 전에는 가지 않으려 했거늘, 마치 하늘은 그의 마음을 안
다는 듯 의창으로 발걸음을 돌리게 만드는 것이다. 하나 어찌 보면 잘
된 일이기도 했다. 임수행에게 임가장에 대해 알려줄 기회이기도 했으
니.

간단히 식사를 마치자마자 안강을 떠났다. 이제부터는 시간과의 싸

움이다. 사마중안이 혈왕궁으로 들어가기 전에 잡아야 한다. 그가 누구의 사람이든, 그것은 그리 중요한 것이 아니다. 잡을 수만 있다면 모든 걸 밝히는 것은 차후의 문제였다.

*　　　*　　　*

"사유(邪儒), 네 생각은 어떠하냐?"

"죽여야 하옵니다."

"죽인다?"

"그렇사옵니다."

혁련유천의 차가운 눈길이 조용히 엎드려 있는 중년 서생의 등을 떠나 창밖을 바라보았다. 흘러가던 한 점 구름이 살짝 햇살을 가리며 지나간다. 그에 따라 혁련유천의 눈가의 잔주름이 살짝 구겨졌다.

"그래… 천하를 밝히던 태양도 한 점 구름 때문에 빛을 잃을 수 있는 법이지."

"송구하옵니다."

"모든 것을 확실하게 파묻어라!"

"존! 명!"

천은산장의 십은 중 마지막 열 번째이자, 가장 알려지지 않은 신비인 사유 공손곽의 대답이 울리자 혁련유천은 아무런 말도 없이 뒤돌아섰다. 그러자 아직 무언가 할 말이 남은 듯 입을 열던 공손곽은 조용히 말문을 닫고 고개를 숙여야만 했다.

'상교전에 대한 것은 차후에 말씀 드려야겠군.'

사소해 보이는 일. 그랬다. 공손곽에게 삼안도객 상교전의 일은 사

183

소한 일에 불과했다. 그저 무당에 쫓기다 투신한 제법 쓸 만한 고수. 그 정도일 뿐이었다. 하지만…….

*　　　*　　　*

안강에서 백여 리를 내려가면 호북으로 접어들기 전에 평리가 나오고, 거기서부터는 산악 지대가 울울창창 숲과 어울려 지나는 이들의 발길을 잡는다.

진고영이 날듯이 평리를 지나쳐 진령산맥의 험악한 산길로 들어섰을 때는, 이미 석양조차 희미해져 사방이 어둠의 장막에 드리워지는 유시 무렵이었다.

한시가 급한 마음에 어둠을 벗삼아 산길을 재촉해 보지만 생각보다 만만치 않은 게 야간의 산길이었다.

죽죽 나아가던 발걸음이 언제부터인지 조금씩 느려지더니 해시가 다가올 무렵에는 그저 걷는 것보다 조금 빠른 정도의 속도밖에 나오지 않았다. 더구나 옆을 보니 임수행의 달아오른 얼굴이 보인다.

“조금 쉬었다 갈 만한 곳을 찾아보자.”

“예… 형님.”

임수행으로선 반갑기 그지없는 말이었다. 백수십 리를 쉬지 않고 달린다는 것은 무림인이라면 그다지 어렵지 않은 일이었다. 하지만 진고영의 속도에 맞춰 간다는 게 문제였다. 경공이라면 어느 정도 자신있는 임수행이었지만 그것은 자신 혼자 달릴 때의 이야기였던 것이다.

진작부터 숨이 턱까지 차 올라 있었지만 감히 내색을 할 수는 없었다. 자기의 부족함으로 진고영의 발길이 멈춰서는 안 될 일처럼 생각됐던 것이다.

그렇게 백여 장이나 갔을까.

"응?"

앞으로 나아가던 진고영의 입에서 의아한 탄성이 새어 나온다.

"왜 그러십니까?"

임수행의 물음에 아무런 말 없이 손을 들어 앞을 가리키며 진고영이
입을 열었다.

"민가가 있는 것 같다."

"민가요? 이런 깊은 산중에 말입니까?"

의아한 표정으로 답하며 앞을 주시하자 문득 스치듯 나뭇가지 사이
로 불빛이 보인다.

"어? 정말인데요? 혹시……?"

"생각나는 데라도 있느냐?"

"아닙니다. 그게 아니라, 이런 깊은 산중에 집이라면 산적 소굴이나
절밖에 없을 거라는 생각이……."

"흠. 그것도 그렇구나. 어쨌든 일단 가보자. 잠시라도 쉴 거, 기왕이
면 조금 편히 쉴 수 있는 데가 낫겠지."

불빛이 비치는 곳은 생각보다 멀었다. 근 십여 리를 더 가서야 두 사
람은 한 채의 낡은 사찰을 발견할 수 있었다.

정국사(正國寺).

거창한 이름의 사찰은 이름과는 달리 너무 낡아서 금방이라도 허물
어질 것만 같은 건물 두 채만이 남아 있을 뿐, 황폐하기 이를 데 없었

다. 그나마 다행히도 두 채의 건물에는 사람이 기거하고 있는 듯 불빛이 새어 나오고 있었다. 바로 두 사람이 멀리서 보았던 그 불빛이.

"계십니까?"

임수행의 물음에 안에서 노쇠한 목소리의 답이 흘러나왔다.

"뉘시오?"

"지나던 행인입니다만, 하룻밤 유(留)할 수 있을까 해서 왔습니다."

"쿨룩, 쿨룩. 들어오시구려. 비록 누추하긴 하지만 하루 머물렀다가는 데는 그리 불편하지 않을 것이외다."

"감사합니다."

안으로 들어가자 키가 작고 땅딸막하면서도 몸이 단단해 보이는 노인이 돌아서고 있는 것이 보였다. 들어오는 손님을 살피지도 않고 돌아선다는 것이 의외이긴 했지만, 그렇다고 이유를 물을 수도 없는 일이었다.

두 사람이 노인을 따라 안으로 들어갈 때였다. 빼꼼히 방문을 열고 밖을 내다보던 작은 눈망울이 재빨리 안으로 사라지는 게 보인다.

"허허. 내 손주 녀석이오."

"공연히 폐를 끼친 듯싶습니다."

"아니오, 아니오. 이렇듯 사람이 찾아오는 게 워낙 드물다 보니 녀석이 신기한가 보오. 빈방이 있으니 그리 가서 쉬도록 하시구려."

"감사합니다. 그런데 저희들이 무섭지 않으신가 봅니다?"

임수행이 문득 의문이 인다는 투로 묻자, 노인의 입가로 가벼운 웃음이 떠오른다.

"가진 것이라고는 입고 있는 옷과 간단한 밥그릇뿐인데 무엇이 두렵겠소. 게다가 이 늙은이를 핍박할 사람이라면 굳이 예를 차리며 들어올 필요도 없었겠지요. 허허허."

“죄송합니다. 생각이 짧은 제가 공연히 노인장의 마음을 떠보려 한 것 같군요.”

임수행의 진심으로 사죄하는 듯한 표정에 노인이 빙그레 웃음으로 답하며 한쪽의 방문을 열어줬다.

“그럼 편히들 쉬시구려.”

“예.”

두 사람이 그나마 성한 건물의 방으로 들어가 잠시 몸을 누이려 할 때였다. 밖에서 기어들어 가는 어린아이의 목소리가 들렸다.

“저…… 아저씨, 들어가도 돼요?”

“흠! 들어오거라.”

문이 살짝 열리더니 소년이 고개를 비스듬하니 밀어 넣는다.

“무슨 일이지?”

“할아버지가 차를 갖다 드리라고…….”

“호, 그래? 고맙구나.”

진고영이 정말 고맙다는 듯 빙그레 웃으며 말하자 소년의 얼굴이 붉어졌다. 이제 잘해야 열 살이나 되었을까? 소년의 눈이 신기한 듯 두 사람을 번갈아 살피더니 머뭇거리며 입을 열었다.

“저…… 무인이세요?”

“음? 네가 보기에는 어찌 보이느냐?”

대답을 못하고 얼굴만 붉히던 소년이 용기를 낸 듯 어렵게 입을 열었다.

“음. 강호의 멋진 무사 분들 같아요. 꼭 우리 아버지같이…….”

“흠? 아버지가 무사이셨느냐?”

“예…….”

들릴 듯 말듯 기어들어 가는 대답에 슬픔이 배어 있는 게 느껴진다.
어쩌면…….

진고영이 아이의 마음을 짐작하고 쉬이 입을 열지 못할 때였다.

"연아야, 손님들 쉬시게 이리 오너라."

노인이 아이를 부르자,

"예, 할아버지."

마지못해 답하며 방을 나서던 아이가 뒤돌아보더니 소리쳤다.

"저희 아버지도 훌륭한 무인이셨다고 그랬어요!"

아이의 말에는 자부심이 가득했다.

훌륭한 무인이라……. 저 아이의 마음에는 무엇이 그리 훌륭한 아버
지로 보이게 했던 것일까? 나는 과연 아버지를 훌륭한 무인이었다고
자신있게 말한 적이 있던가?

씁쓸한 마음이 가슴을 답답하게 한다. 지금까지 나름대로 길이라 생
각한 것이 진정 옳은 길일까? 아니면 나만의 독선일까…….

진고영의 얼굴에 이런 저런 상념이 스치듯 흘러간다.

"수행."

"예, 형님."

"어쩐지 내가 저 아이만도 못하게 느껴지는구나. 나는… 지금껏 아
버지를 훌륭하다고는 생각해 본 적이 없거든. 후후후."

마음 한구석이 아파온다.

아버지를 사랑했다 생각했건만, 그마저도 그저 어머니를 생각해서
그런 것이 아니었을까 하는 생각이 든다. 어릴 적 두어 번밖에 본 적이
없는 아버지. 하긴 무슨 추억이 있어 아버지에 대해 자신있게 말할 수
있을까.

임수행이 중얼거리듯 말했다.

"형님, 아버지는 그냥 아버지일 뿐입니다. 훌륭해도 아버지고, 그렇지 않아도 아버지이고 말입니다. 그래서 저는 아버지를 생각할 때는 그냥 좋은 생각만 하기로 했습니다. 아버지를 생각하면서까지 이렇게 저렇게 따지고 싶지는 않거든요."

그러자 진고영이 묵묵히 고개를 끄덕인다.

"그래, 아버지는 그냥 아버지지……. 잘났든 못났든."

어쩌면 그래서 아버지를 생각할 때마다 더 가슴이 아픈지도……. 어릴 때는 치기 어린 생각에 아버지가 집에 오지 않아 어머니가 힘들어하신다는 이유로, 아버지를 미워할 때도 있었으니까.

이런 저런 상념으로 잠을 못 이루고 있다 보니 밤은 깊어져만 가고, 구름도 걷히는지 달빛이 창문 틈 사이로 비춰 들어온다.

조용히 정좌하고 내력을 돌려보았다. 하단전의 대연일기공부터 상단전의 수천제마력까지 한 바퀴 대주천을 돌리자 마음이 가라앉기 시작했다.

시간이 얼마나 흐르는지도 모르게 운기에만 몰두하다 보니 온 세상이 내 것만 같다. 아니, 내 자신이 세상과 하나가 된 것만 같다. 그제야 진고영은 상념의 고리가 쓸려 나가고 모든 것이 깨끗해진 것을 느끼며 눈을 떴다.

아마 두 시진 이상을 운기만 한 것 같다. 온몸이 날아갈 듯 가벼워졌다. 옆을 돌아보자 때마침 임수행이 운기를 마치고 숨을 내쉬는 게 보였다. 그가 눈을 뜨더니 조용히 자신을 쳐다보는 진고영을 보고는 무안한 듯 얼굴이 붉어진다.

"혀, 형님."

“괜찮다면 지금 떠났으면 싶다만……”

“예, 저야 괜찮습니다.”

“음. 그럼 가자.”

두 사람이 방을 나서자, 그때까지 잠을 안 자고 있었는지 아니면 벌써 일어난 것인지 건너편 방문이 열리더니 노인이 고개를 내밀었다.

“가시려고?”

“예. 잘 쉬었다 갑니다, 노선배.”

진고영의 인사에 노인의 눈빛이 가볍게 흔들린다. 하지만 그뿐, 푸근한 웃음을 지으며 고개를 끄덕였다.

“허! 날이나 밝으면 가실 것이지……. 하긴 바쁜 걸음이라면 내 어찌 말리겠소. 잘들 가시구려.”

한밤중인데도 바쁘다 보면 그럴 수도 있다는 대답이다. 모르는 사람이 보았다면 조금은 섭섭하게 들릴 정도로 무심한 태도였다. 하지만 진고영은 노인의 그런 태도가 오히려 더 편하게 느껴졌다.

“그럼.”

정국사를 나와 방향을 동으로 잡고 신형을 날렸다. 얼마를 달렸을까. 달리던 임수행이 무엇이 그리 궁금한지 머뭇거리며 입을 열었다.

“저… 형님. 좀 전에 그 노인장에게 노선배라 칭하시던데 혹시……?”

“음, 네 생각이 맞다. 그 노인장은 적어도 절정의 경지를 밟아본 고수다. 굳이 드러내려 하지 않기에 물어보지는 않았다만.”

“아!”

임수행은 새삼 자기가 가야 할 길이 아직 멀고도 멀었다는 것을 실감해야 했다.

차가운 새벽바람을 맞으며 길을 재촉하자 가슴속까지 시원하게 씻기는 것만 같다. 진고영은 정국사에서 만난 노인이 비록 이름도 모르고 헤어진 사람이지만, 어쩐지 다시 만날 것 같은 기분이 든다.

'연이라 했던가?'

꼬마 아이의 해맑은 표정도 떠오른다. 그래, 인연이 있다면 또 만나는 게 인생이겠지.

2

천은산장의 후원 중에서도 가장 깊숙한 곳. 흔히 산장 사람들이 봉공원이라 부르는 곳에도 하얀 백매화가 꽃망울을 달고 흐드러지게 필 날만을 기다리고 있었다.

세상의 혼탁함 따위는 아랑곳없는 정원의 풍경은 새삼 인간이 자연에 비해 얼마나 못나 보이는가를 보여주는 것만 같았다. 그런 정원의 한쪽, 정성스럽게 화초를 가다듬고 있는 중년인이 보였다. 이제 사십 후반이나 되었을까. 어찌 보면 세월의 나이를 알 수 없는 고요함이 묻어 있는 중년인이었다.

그는 봉공원의 화원지기이자 봉공원에서 삼봉공을 제외하면 출입이 자유로운 몇 사람 중에 한 사람이었다.

가볍게 스치는 자그마한 화도에 새가 쪼아 먹은 듯 막 피어나려 고개를 내밀다 끝이 문드러진 난화가 잘려 나간다. 몇 개의 꽃을 손보고 도를 갈무리한 중년인이 거름을 주기 위해 꽃나무들의 주변을 파헤치고 있을 때였다.

"화인(花人), 거기 있는가?"

자그마한 창문이 열리고, 나이를 짐작키 힘든 한 명의 노인이 중년인을 불렀다. 아무런 대답도 없이 창가로 다가가자, 노인이 손짓으로 안을 가리킨다. 들어오라는 소린가 보다.

역시나 아무런 말도 없이 들어간 방 안은 검소한 정도를 넘어 너무 썰렁할 정도였다.

한 잔 무이차(武夷茶)를 따라놓고, 들어온 중년인을 지그시 응시하던 노인이 손짓으로 마시라는 시늉을 하고는 자신의 잔을 입으로 가져간다.

근래 가끔씩 있는 일이었다. 심심하면 한 번씩 불러 차를 대접하는 게 노인의 일상생활 중 하나였기에 누구도 신경 쓰지 않을 정도가 되었다. 오늘의 일 역시 그러할 뿐이었다.

"그래, 이제 꽃이 제법 망울을 많이 달았구먼."

"봄이 되어가질 않습니까."

노인의 말투에 비해 상당히 딱딱하게 느껴지는 말투다. 하지만 이곳에 기거하는 사람들은 안다. 저러한 말이라도 하루에 서너 번밖에는 내뱉지 않는 게 화인이라는 사람이란 것을.

"흠… 그렇군."

그때였다.

묵묵히 고개를 끄덕이며 당연한 말을 괜히 물어봤다는 듯 답하던 노인의 왼손이 다탁을 쓸어간다. 그러자 몇 개의 글자가 나타나는 듯하더니 사라져 버린다.

사마중안에 대한 것은?

"죽이라는 명령이 떨어진 것 같습니다."

귓전을 울리는 화인의 전음에 노인은 조용히 차만을 들이켰다. 그러면서 왼손은 쉬지 않고 움직였다.

마음의 결정을 내렸다는 것인가?

"아마도 어른의 생각대로인 듯싶습니다."

처음으로 노인의 미간이 살짝 좁아졌다. 하지만 그것은 찰나의 일일 뿐이었다.

"요즘 차는 어째 전보다 더 쓰게 느껴진단 말이야. 에잉……."

무혼을 그에게 보내게. 생각보다 진행이 빠를 것 같군.

"알겠습니다, 어르신. 한데… 아가씨는?"

화인의 물음에 노인의 눈이 깊이 가라앉았다. 그렇게 얼마의 시간이 지났을까. 천천히 노인의 눈빛이 원래대로 돌아왔다. 그리고 왼손이 다탁을 쓰다듬는다.

그 아이에게는… 아직 말해선 안 되네. 나중에 내가 말할 것이야.

노인의 노안이 붉게 물들어가는 것처럼 느껴진 것은 화인만의 착각이었을까. 언뜻 황량한 사막처럼 말라 버렸을 듯한 노안에 습기가 어린 듯 보였다.

"흠! 다음에는 이 무이차 말고 철관음을 마셔봐야 할 것 같구만. 어째 영……."

한 잔의 차를 두고 너스레처럼 쏘아붙이는 말이 어린아이의 투정 같이만 들렸고, 그런 노인을 바라보던 화인이 조용히 일어났다.

"잘 마셨습니다. 바빠서 이만."

"음? 그래, 다음에는 내 철관음을 맛보여주지."

들어올 때와 마찬가지로 대답없이 돌아서 나가는 화인을 바라보던 노인의 두 눈이 가볍게 흔들렸다.

자신의 생각보다 혁련유천의 움직임이 빠르게 진행되고 있는 게 느껴진다. 그것이 진고영이라는 사람 하나로 인해 유발된 것이기는 하지만, 노인은 결코 그를 원망할 생각은 없었다. 오히려 그로 인해 자신의 손녀가 이곳을 떠나야 할 날이 가까워졌다는 것이 다행으로 생각되기도 했으니까.

지금껏 굴욕적으로 살아온 이십 년 세월은 오직 손녀를 위한 세월이었다. 한 가지 비밀을 안 이십 년 전부터. 그리고 이제는 더 늦기 전에 모든 것을 결정해야 한다. 무공을 잃은 장무담은 결코 도제가 아니다. 그렇기에 할 수 없이 다른 사람의 손을 빌려야만 한다. 그리고 그는 이미 노인에게 약속을 했었다. 물론 조금 억지스럽긴 하지만, 그렇다고 나 몰라라 할 사람도 아니니까.

문득 나이를 짐작키 힘들 정도로 늙어버린 노인, 장무담의 입가에 고소가 물렸다.

'허허허……. 남자의 약속은 만금보다 더 중요하다네. 그리고 그때, 자네의 눈빛을 봤다네. 노인의 경륜이란 게 그리 만만하지가 않은 것이라네. 허허허.'

3

진고영과 임수행이 호북으로 들어가 방현을 내려갈 때쯤 한 마리의 전서구가 무창의 철한장으로 날아들었다. 그리고 일각 정도가 지나자 철한장이 난리라도 난 듯 들썩거리기 시작했다.

"아! 뭐 하는 거야? 동작이 그렇게 굼떠가지고 언제 의창에 간단 말이냐? 늦으면 아우 혼자 떠날 텐데 책임질 거야?!"

아니나 다를까, 위경리의 목소리가 제일 먼저 울리고,

"아, 글쎄, 그냥 놔두고 출발하자니까요! 육 노선배는 뒤따라오시라 하고 먼저 가잔 말입니다!"

우형욱이 엉덩이를 들썩거리며 철한장이 떠나가라 소리 질렀다.

"그럴까? 에라이! 가자! 가!!"

"그러는 법 아닙니다! 형님은 뒷간도 안 가시는 분입니까? 조금만 기다리라구요. 지금 나가니까!"

뒤채 안쪽, 자그마한 쪽문이 열리며 육정기가 소리치자 몇 사람은 그 말이 맞다는 듯 고개를 끄덕인다.

특히나 그동안 육정기와 죽이 맞아 자주 술자리를 가졌던 악대헌이 묵묵히 고개를 끄덕이며 입을 열고,

"그 일 볼 때 칼 쓰는 놈은 살수(殺手)밖에 없는 걸로 알고 있습니다만."

"또 있습니다. 동영의 쪽바리들도 그렇다고 합니다."

조용히 무게 잡고 한마디 하는 예의 범절의 사나이 백리웅천의 말에

일단은 출발을 미루기로 했다.

어쨌든 부산한 움직임 속에 일각이 더 지나서야 철한장의 문이 열리고 십여 필의 말이 쏟아져 나왔다. 그리고 맨 뒤에서는 두 거대한 덩치가 마차에 올라타 실실거리며 뒤따라가고 있었다.

"작은 숙부 만나면 인사 잘해야 돼."

"오호호호! 걱정 말아요! 천하의 신협을 볼 수 있다니……. 정말 당신을 따라 나오길 잘했다는 생각이 드는군요."

"움하하하! 아마 작은 숙부도 당신을 귀엽게 봐주실 거야!"

다른 사람보다 전체적으로 조금(?) 많이 클 뿐, 귀여워 보이는 얼굴에 밝은 웃음을 짓던 여인이 사랑이 가득 담긴 눈으로 방거산을 쳐다보았다.

호난연, 패력문주 호공탁의 딸이자 제일 강력한 적수, 그리고 이제는 방거산의 부인이 되어 천하를 질타하고 싶다는 천하 여장부.

어쨌든 호난연과 만난 지 보름 만에 강서를 떠나 백리웅천과 함께 도망치듯 철한장으로 온 후 많은 사람들의 시기(?) 어린 눈총 속에 깨가 쏟아지게 지내더니, 이번 행로에도 같이 가겠단다. 위경리가 너희들이 탈 말이 없으니 안 된다며 노발대발하며 소리쳤지만, 결국은 소귀에 경 읽기. 그럼 따로라도 가겠다며 마차를 사들이자 하는 수 없이 뒤따라오라고 했다.

물론 따라오는 건 따라오는 사람이 알아서 할 일이고.

그렇게 서쪽을 향해 달리는 사람들의 마음은 천차만별, 가지각색이었다. 하지만 모두가 일심(一心)으로 같은 것이 있었으니, 그것은 진고영을 만날 수 있다는 반가움이었다.

4

　남쪽으로 내려갈수록 하루하루가 다르게 햇볕의 따스함이 절로 느껴진다. 세월이 흐르는 것을 누가 막을 수 있으랴마는 막상 흐르고 나면 아쉬움이 남는 게 세상사가 아니던가.

　곰곰이 뒤돌아 생각해 보니, 일 년도 안 되는 시간에 참으로 많은 일이 벌어졌다.

　많은 사람을 만난 것도 그렇고, 몇 번에 걸친 천하를 위진시킨 싸움도 그렇다. 다만 아쉬움이라면 아직도 천은산장의 기둥이 건재하다는 것이다. 그래서인지 사마중안을 잡는 일에 더 집착이 간다. 천은산장을 뿌리째 뒤흔들 절호의 기회가 될 거라는 생각이 머리를 떠나지 않는 것이다.

　방현을 지나치면서 남쪽으로 방향을 꺾었다.

　임수행도 새롭게 익히고 있는 심법에 적응이 되는지 이전보다 운신이 훨씬 자유롭다는 게 느껴진다.

　행여 마음이 들떠 평정심이 깨질까 봐 자세한 것을 일러주진 않았지만, 천하의 수왕(水王)이 익혔던 심법이다. 반쪽짜리 유운심법에 비할 바가 아닌 것이다.

　외조부 임후명은 그의 아버지 수왕에게서 두 가지 무공을 전해 받았다. 그중 하나가 유천행심공(流天行心功). 그리고 적자가 아닌데다 숨겨진 아들이란 이유로 천하오대수공 중 하나인 천지혼원(天地混原)의

197

수법은 익히지 못하고, 대신 한 가지 검을 얻었다.

단혈(丹血)이라는 팔초의 검법. 그 검으로 단혈검이라는 외호를 얻었으니, 강호 활동을 한 시기는 짧아도 그를 아는 자들은 단혈검을 절정고수로 평하는 데 주저하지 않았다.

임수행을 바라보던 진고영의 입가에 가느다란 웃음이 걸렸다. 생각보다 진도가 빠르다. 저 정도면 곧 두 번째 책자의 단혈팔검을 전해줄 수 있을 것 같다. 이미 기본적인 검식의 운용결은 나름대로 시간이 날 때마다 조금씩 전해주고 있으니, 본 검결과 유천행심공과의 조화결만 익히면 될 것이다. 하지만 그것도 적지 않은 시간이 필요할 터, 너무 급하게 서두를 필요는 없었다.

세 번째 책자⋯ 임후명의 사십 년 결실, 단심(丹心)을 익히기 위해선 좀 더 완벽히 다듬는 게 좋을 테니까.

그렇게 방현을 지나쳐 이십여 리를 남하하고 있을 때였다. 누군가가 남쪽에서 거칠게 말을 몰아 달려온다. 관도가 모두 제집 앞마당이라도 되는 것처럼 옆으로 퍼져 달려오는 것이, 지나는 사람들은 안중에도 없는 듯하다.

걸음을 멈추고 그들을 바라보던 진고영의 미간이 찌푸려지자 임수행이 한 걸음 나섰다.

"형님, 저런 망나니들을 형님이 상대하실 필요는 없습니다."

"누군지 아는가?"

"잘은 몰라도 이곳에서 저런 위세를 부릴 만한 곳을 하나 알고는 있습니다."

말을 탄 자들을 보아하니 하나같이 이십 세 정도 되어 보이는 청년들이었다. 그중 하나, 앞에서 뽐내듯이 말을 잡아 돌리던 백의청년이 소리친다.

"하하하! 금 형! 글쎄 다른 건 몰라도, 내 말타는 기술 하나만큼은 금 형에게 지지 않을 것이네!"

"누가 뭐라 했나? 하지만 그렇다고 너무 자신해서도 안 된다네!"

"하하하! 그렇다면 내기를 하세! 아! 마침 저기 사람이 하나 오는군! 저 사람을 누가 멋지게 뛰어넘나 내기를 하자구. 오늘 술값은 물론, 기루의 화대까지 책임지기야!"

백의청년의 말에 황의를 입은 청년이 잠시 망설이더니, 이를 악물고 고개를 끄덕인다. 오기가 생기는가 보다.

"그거 좋지! 다른 사람들도 돈을 걸라구! 그래야 더 재미있지 않겠나?"

"좋습니다! 나는 은 형에게 오십 냥을 걸지요!"

"그럼, 나는 백 냥을 걸겠습니다! 금 형에게 말입니다!"

구경만 하던 청년 둘이 서로 나누어 돈을 걸자 백의청년이 말고삐를 움켜잡았다. 그러더니 말 머리를 남쪽으로 돌리고 냅다 달려간다.

"이랴! 하! 가자!"

두두두두……

말이 달려가는 곳, 그곳에는 챙이 넓은 모자를 쓴 홍의인이 걸어오고 있었다. 날렵한 몸매에 조용한 걸음걸이로 보아 그저 평범한 양민은 아닌 듯 보였다. 하지만 이미 술을 한잔 걸친 데다 호기가 솟은 청년들의 눈에는 그런 것이 보일 리 없었다.

"하필……."

달려가는 청년을 보던 진고영이 저 앞에서 걸어오는 자를 보더니 중얼거리듯 말문을 열고,

"사신을 향해 달려가는 것 같군요."

임수행이 약간 떨리는 목소리로 말을 받았다.

그 후의 일은 마치 한 장 한 장 그림을 보는 것만 같았다.

"타앗!"

시원한 기합성과 함께 말이 뛰어오르자 홍의인의 가느다란 손가락이 허리를 쓸어 내렸다.

순간, 어디서 튀어나왔는지 한 자루 얇은 연검이 하얗게 빛을 발하고, 번쩍!

허공에 하나의 빛살이 걸린다.

그와 함께 붉은 그림자가 말의 허리를 휘어 감더니, 어느 순간 영롱한 빛무리만 남긴 채 사라져 버렸다.

그리고……

취리릭!

할 일을 다했다는 듯 허리를 휘돌아 가는 하얀 검날이 햇살에 반사되어 눈부시게 빛을 발할 때 그를 뛰어넘었던 말은 점점이 빨간 핏방울을 뿌리며 몇 걸음 움직이더니 털썩 쓰러져 버렸다.

그러자 그 위에 타고 있던 백의청년 역시 말에서 튕겨져 나가더니 죽은 듯 쓰러져 아무런 움직임을 보이지 않는다.

그야말로 일순간에 벌어진 일이었다.

의외의 사태에 멍하니 쳐다만 보고 있던 청년들은 말이 움찔거림에 따라 선지피가 분수처럼 솟구치자, 정신을 차리고 백의청년에게 달려갔다. 그제야 그들의 눈에 이마를 가른 한줄기 붉은 혈선이 들어온다.

"은 형!"

"맙소사! 죽었다! 은 형이 죽다니……!"

우르르 달려간 청년들이 분분히 검을 빼 들고 홍의인을 에워쌌다.

하지만 그들을 대하는 홍의인의 표정에선 한 치의 흐트러짐도 찾아볼 수 없었다.

그때였다. 조용히 청년들을 둘러보던 홍의인, 아니, 홍의여인의 입에서 한겨울 북풍처럼 차가운 한마디가 새어 나왔다.

"막으면 죽는다! 그래도 막고 싶다면 막아라!"

"우, 우리는… 당신은… 아니, 낭자는…… 저 사람이 누군지 아시오?"

가까이 가서 보고서야 여인이란 걸 알았다. 그것도 팔팔한 이십대의. 하지만 여인이라는 걸 알았다고 두려움마저 사라진 것은 아니었다.

그나마 그중에서 금 형이라 불리던 황의청년이 용기를 내어 물어보지만, 홍의여인의 표정을 바꾸기에는 역부족이었다. 세상에! 여인의 검이 이리도 사납다니…….

"그가 누구든 내 앞을 막는다면 내가 죽든 상대가 죽든 죽는다!"

"그, 그럼… 우리도 죽이겠다는…… 말이오?"

"막는다면 당연히!"

황의청년을 제외한 두 사람이 비칠비칠 옆으로 물러섰다. 이미 자신들이 감당할 사람이 아니란 것을 충분하고도 넘치도록 알 수 있었다. 그렇다면 괜한 죽음을 당할 필요는 없는 것이다.

두 사람이 물러서자 황의청년만이 남았다. 갈등을 느끼는지 황의청년의 눈이 거세게 흔들린다. 그러다가 뭔가를 결심한 듯, 이를 지그시 깨물고는 검을 들었다.

"내 비록 은 형과 죽마고우는 아니지만 그래도 친구로서 지낸 사이요. 죽더라도 그냥 물러설 수는 없소!"

마음을 정하자 오히려 모든 것이 초탈해지나 보다. 검을 든 황의청년 금철군의 눈에서 흔들림이 사라지고 가늘게 떨리던 손도 점차 떨림이 멈춰졌다.

그걸 본 홍의여인의 눈이 의외라는 듯 반짝인다.

"홋! 쓸데없는 우정으로 목숨을 버리겠단 말이군. 굳이 필요없는 목숨이라면……."

비릿한 조소와 함께 여인의 손이 허리를 잡아갈 때였다.

"우정이란 결코 쓸데없는 것이 아니오."

나직하면서도 무거운 음성이 홍의여인의 말을 중간에서 끊어버렸다. 그러자 기분이 상한 듯 홍의여인의 고개가 한쪽으로 홱 돌아가고, 한순간 어리둥절한 표정을 지었다. 두 눈에 비친 것은, 저 멀리 이십여 장 떨어진 곳에서 다가오고 있는 두 사람이었던 것이다.

그러다 무엇을 느꼈는지 홍의여인, 홍이지의 눈이 크게 뜨여졌다.

이십여 장 사이에 사람이 없다. 그런데 조금 전 들린 음성은 바로 옆에서라도 속삭이는 듯한 목소리였다.

전음도 아니다. 분명 단순하게 중얼거린 소리였다. 자신더러 그렇게 하라면 절대 자신이 없다.

전문적으로 음공만 익혔다면 모를까, 자신의 나이 대에 목소리를 응축시켜서 바로 옆에서 듣는 것처럼 할 만큼 높은 공력을 지닌 자가 몇이나 될까.

홍이지의 눈이 새파랗게 빛났다.

"홍! 말만 앞세울 게 아니라 직접 나서시지!"

자신도 모르게 목소리에 날이 서 있다. 사천의 집을 떠나온 후 처음 있는 일이다. 차라리 검을 나누고 패배감을 느꼈다면 이 정도까지 마음이 상하지는 않았을 것이다.

"때로는 목숨을 버릴 만큼 값진 것이 우정이란 말을 하고 싶었을 뿐이오. 당신이 그것을 모른다면, 나는 당신에게 그런 우정을 한 번쯤 나누어볼 기회를 가져 보라 권하고 싶소.”

“이익! 지금 나에게 설교를 하겠단 말인가요!”

홍이지의 입에서 자신도 모르게 존대어가 튀어나왔지만 그녀는 미처 그걸 느끼지 못하고 있었다.

“그리 느꼈다면 미안하오. 내가 여인을 이해시키는 말이 서툴러서 그러니 이해하시오.”

“지금 나를… 감히…… 놀리겠단…….”

진고영은 자신이 말을 할수록 홍이지가 화를 내자 난감한 마음이 들었다. 대체 왜 그런지를 알아야 하는데 그걸 모르겠는 거다. 어느덧 거리가 삼 장으로 가까워졌다. 어떻게든 이해시키고 싶어 입을 열려 할 때였다.

“나는 낭자를 놀리려…….”

“죽엇!”

말이 끝나기도 전에 홍이지의 연검이 삼 장을 격하고 떨쳐진다.

한 마리 제비가 물 위를 스치듯 날아오르더니, 하얀 검광이 아래에서 위로 베어온다. 가히 하나의 빛살이 땅을 스치며 솟아오르는 것만 같다.

파밧!

그야말로 찰나간의 일이었다.

다섯 자 앞에 올 때까지 흔들리던 연검이 꼿꼿이 선 채 번개처럼 목을 찔러온다. 순간, 진고영의 어깨가 가볍게 흔들리는 것처럼 보이더니 한 자를 비켜서고, 목을 스치듯 지나가는 검 위로 손 그림자가 빨리듯 딸려간다.

옆에서 보던 사람들이 뭐가 어떻게 된 건지 느끼기도 전에 두 사람의 동작이 멈춰졌다. 심지어 이 장여 떨어져 있던 임수행은 놀라서 소리를 지르려다 반쯤 입이 열린 상태로 굳어져 버렸다.

하지만 어찌 본인의 놀람만 하랴!

우수에 잡힌 검날은 바르르 떨고 있고, 홍이지의 안색은 창백하다 못해 파랗게 질려 있었다.

그녀는 자신이 지금 꿈을 꾸고 있다고 생각했다. 그렇지 않다면 분명 목을 찔렀는데 왜 저자의 손에 자신의 백아(白牙)가 잡혀 있단 말인가. 이건 아버지가 살아 돌아온다 해도 불가능한 일일 것이다.

"이잇!"

힘을 주어 검을 빼려 하지만 만 근 바위에 눌리기라도 한 듯 꿈쩍을 않는다. 그때, 다시 진고영의 목소리가 그녀의 귓전을 울렸다.

"음. 내 말재주가 없어 실례를 한 것 같소만, 그렇다 해도 낭자의 검은 너무 살기가 짙은 것 같소."

남자의 입에서 어이없는 소리가 나온다. 자신은 죽이려 검을 뻗었는데 저 웃기지도 않는 남자는 그저 살기가 짙단다. 말도 안 되는 말을 어찌 저리 태연하게 할 수 있는지…….

홍이지의 눈빛이 기이하게 빛나더니 얼굴색도 점점 제 색깔을 찾기 시작했다.

"죽이지 않을 거면 이거 좀 놓아줘요."

"아!"

한데 미처 몰랐다는 표정을 짓던 진고영이 검날을 놓고도 물러서지 않자, 두어 걸음 물러서던 홍이지가 싸늘한 표정으로 쏘아붙였다.

"홍! 한 번 이겼다고 내가 만만해 보인다, 이건가요?"

"내 어찌 혈섬휴(血閃休)의 후인을 우습게 보겠소."

홍이지의 두 눈이 가늘어지고, 옆에서 아직도 놀란 가슴을 쓰다듬고 있던 임수행의 입이 쩍 벌어졌다.

"혈섬객(血閃客) 홍동후의 혈섬휴 말입니까?"

임수행이 소리치듯 말하자 홍이지의 싸늘한 눈이 임수행을 향한다.

"협!"

"홍! 아버지의 이름이 당신이 함부로 부를 정도로 가벼운 줄은 몰랐군. 그렇다면 어디 내 검을 받아보고 다시 말해 보시지."

"그만! 됐소. 내 아우가 낭자의 부친 이름을 함부로 부른 것은 잘못이라 하나, 그것이 검을 들이밀 정도는 아니라 보오. 이해하시오. 홍대협의 위명이 하도 유명해서 그런 것이니."

"홍! 좋아요. 이번은 참죠."

아마 홍이지의 이 말을 홍동후가 들었다면 '저것이 검을 빼 들고 참는다는 소리를……? 이라며 턱이 빠지게 입을 벌렸을 것이지만, 진고영으로서는 알 수 없는 일이었다.

"고맙소. 그런데……."

진고영이 문득 고개를 돌려 아직도 검을 들고 서 있는 금철군을 쳐다보았다.

"귀하께선 어찌 생각하시오. 귀하의 친구가 저지른 일과 지금의 결과를 말이오."

"그, 그건……."

이를 악다문 금철군의 눈이 죽어 있는 백의청년을 향했다.

"저 친구는 방현 은가장주의 둘째 아들이오."

본인보다 그의 배경이 문제라는 말일 것이다. 그리고 그의 말을 임수행이 뒷받침했다.

“그리고 은가장은 무당과 매우 가까운 사이라 할 수 있습니다, 형님.”

“무당이라……”

골치 아픈 일이었다. 무당이라면 쉽게 넘어가기 힘든 곳이다. 하지만 홍이지에게 그런 것은 관심 밖인 것 같다.

“무당이든 뭐든, 할 말 있으면 직접 와서 하라고 해! 나는 무당의 말코들도 내가 말을 타고 자기들 머리 위로 넘어가는데 가만히 있는지 한번 볼 테니까!”

말인즉슨 틀린 말은 아니다. 그리고 문제 해결의 당사자는 홍이지였지 진고영이 아니었다.

“그럼 간단하군. 당신은 오늘 본 일을 사실 그대로만 말하면 되는 것이오. 당신이 진정 저 사람을 친구로서 대할 정도라면 그 역시 사실대로 말할 수 있다고 보오.”

“알겠소. 나 역시 거짓을 말하고 싶지는 않소. 한순간의 오기로 내기를 허락했으니 나에게도 어느 정도의 책임이 있는 일이오. 나는… 이 일에 대한 책임을 회피하지 않겠소.”

금철군의 말이 떨려 나오자 진고영이 고개를 끄덕였다.

“그럼 됐군. 가자, 수행.”

“예, 형님.”

일이 간단히 해결된 것 같아 마음 편히 십여 리를 더 달려가고 있을 때였다. 임수행이 힐끗 뒤를 돌아보더니 진고영에게 속삭인다.

“저…… 형님, 계속 따라오는데요?”

“후우. 나도 말만 들었다만 사실일 줄은 몰랐다.”

“예?”

“혈섬객은 자신을 패배시킨 사람을 이길 때까지 쫓아다녔다고 하더군.”

"헉! 그럼 저 홍 낭자도……?"
"아무래도 그런 것 같다."

혈섬객 홍동후. 십수 년 전, 소리 소문 없이 사라지기 전까지 강호 최고의 승부사로 불렸던 인물. 사람들은 그를 육기 칠절과 같은 선상에 놓기를 주저하지 않는다. 그리고 무엇보다 그를 유명하게 했던 것은 극쾌의 검과 끈질긴 승부욕이었다. 그렇게 승부에 목말라 하던 그가 어느 날 갑자기 행방을 감추자 수많은 억측이 나돌았다. 그런데 십여 년 후, 그의 친우 한 사람에 의해 그의 행방이 알려졌고, 그를 좋아했던 사람들은 승부사를 잃은 것에 대해 한탄을 해야만 했다.

사라진 이유가 사랑을 위해서 승부를 포기했다는 것이었으니…….

그런 그의 무공을 그대로 이어받은 것 같은 홍이지의 성격이 누굴 닮았는지는 알 수 없지만, 승부욕만큼은 홍동후를 닮은 게 틀림없었다.

진고영과 임수행은 뒤에 혹을 달고 다닌다는 것이 마음에 걸렸지만, 그렇다고 어찌할 수도 없었다.

임수행이 조금만 더 강했다면 좋은 상대가 될 수 있을 것도 같은데, 아직은 부족한 점이 많다. 그리고 홍이지의 검은 그런 부족한 상태에서는 상대할 수 없는 검이었다. 한 번의 패배가 곧 목숨이니까.

다만 철한장 사람들과 만난다면 그들 중 홍이지의 승부욕을 채워줄 만한 사람이 있을 것이다.

어쩌면 거꾸로 반길 사람이 한둘이 아닐지도.

문득 걸음을 옮기던 진고영이 임수행에게 물었다.

"아우, 조금 전 내가 뭘 실수했기에 홍 소저가 그렇게 화를 냈을까?"

"음… 글쎄요. 아마 자기에게 그런 친구 하나 없냐고… 형님이 약을 올린다 생각했을 수도…….”

“그렇게 되나?”

곤혹스런 진고영이었다.

그리고 홍이지는 홍이지대로 저 웃기는 작자가 끝까지 자신을 웃기는지 보고 싶었다.

‘뭐? 검을 목에 들이대는 데도, 살기가 짙소? 웃기고 있네. 가만, 그런데 아직 이름도 못 물어봤잖아? 하긴 나도 아직 안 가르쳐 줬으니까.’

5

“헉헉헉!!”

거친 숨소리가 이름 모를 깊은 산중 계곡의 새들을 긴장시키며 바위 사이를 누비고, 소리없이 흐르는 몇 줄기 그림자가 어두운 달빛 아래를 바람처럼 스쳐 간다.

사마중안은 얼마나 달렸는지 숨이 턱에 닿았다. 한데 가슴에서 올라온 단물이 목구멍을 넘을 때마다 의문이 쌓인다.

주군께선 분명히 열흘만 도망치면 살 거라 하셨다. 이제 팔 일째, 이틀만 넘기면 되는 것이다. 그런데…….

문제는 자신을 쫓는 자들의 행동이 변하기 시작했다는 것이다. 처음에는 공격은 하되 그다지 심하지는 않았다. 그러기에 오혈마인이라 이름 붙여진 이들을 데리고 도망치는 것이 힘은 들어도 그다지 절망적이지는 않았다.

그런데 어젯밤부터는 뻗어지는 검에서, 휘둘러지는 도에서 강한 살기가 느껴졌다. 아무래도 이상하게 생각되어 강하게 맞섰기에 망정이지 그렇지 않았다면 이미 땅에 얼굴을 처박았을 것이다.

'그렇다면…… 설마? 계획이 바뀌었다는 말인가?'

사마중안의 얼굴이 일그러졌다. 어느 정도 예상은 하고 있었지만, 그래도 마음이 상하는 것은 어쩔 수 없는 일이다. 아마도 사유 공손곽, 그놈이 주군을 부추겼을 것이다. 내 자리를 확실히 빼앗기 위해서.

'공손곽, 이놈!'

그의 마음을 읽었는지 오혈마인 중 한 명인 귀혈마가 얼굴을 찡그리며 사마중안을 쳐다봤다.

"흥! 처음부터 믿지 않았었다. 네놈들이 마도보다 더 추악한 놈들이라는 것을 알고도 여기까지 따라온 우리가 멍청한 것이겠지. 이제 어찌하겠느냐. 사마중안, 내놔라!"

그가 원하는 게 무엇인지 안다. 하지만 지금은 아니다.

"당신들은 아직 십 일을 버티지 못했소. 우리의 약속은 십 일이지 팔 일이 아니오."

"크크크. 아직도 감언이설로 우리를 속이겠다는 게냐?"

"속이고 안 속이고는 열흘이 지난 이후에 할 이야기요."

"크크크크. 그럼 다시 약속하자! 네가 지금 해독단을 먼저 넘겨준다면 우리는 네가 안전해질 때까지 보호해 주겠다. 어떠냐?"

"나보고 당신들의 약속을 믿으란 말이오?"

"아니면 너를 죽이고 네가 가지고 있는 해약을 다 뺏을 수밖에."

부혈마가 나서며 살기 넘치는 말을 하지만 사마중안은 조금도 흔들리지 않은 채 냉랭히 웃었다.

"후후! 그리 쉽게 자신들에게 맞는 해약을 가릴 수 있게 해놨다면 내가 사마중안이 아니지 않겠소?"

"으으으… 네놈이……."

"그만!"

말싸움으로는 안 된다는 것을 안다. 오혈마인 중 첫째인 시혈마가 소리치며 얼음장 같은 표정으로 사마중안을 노려보았다.

"네가 원하는 것이 무엇이냐?"

"후후후. 새로운 약속! 이십 일간의 새로운 약속이오!"

"지금 장난하자는 것이냐? 독약은 복용 후 보름 이내에 해독단을 먹어야 한다고 했다. 한데 이십 일이라고?"

"물론 보름 이내에 먹어야 하오. 하지만 내가 가지고 있는 약 중에는 해독은 못해도 독의 발작을 늦출 수 있는 것이 있소. 그러니 이십 일을 계약한다 해도 당신들은 결코 죽지 않는다 이 말이오."

진의를 파악하겠다는 듯 사마중안을 뚫어지게 노려보던 시혈마가 이를 갈며 천천히 고개를 끄덕였다.

으드득!

"좋다! 하나 이것 하나만은 알아야 할 것이다! 네가 만약 우리를 속이려 한다면 죽지도, 살지도 못하게 하고 천하의 고통이란 고통은 모조리 느끼게 해줄 것이다!"

6

석양이 붉은 장막처럼 동령산을 덮어갈 무렵, 의창 서북쪽 향원이라는 작은 마을로 세 사람이 들어섰다. 그런데 이상하게도 두 남자와 한 여자는 이십여 장의 거리를 두고 있었다. 그것도 향원을 들어설 때부터 동령산 자락의, 이제는 사라져 버린 장원 터에 도착할 때까지. 하지만 사실 본인들로서는 근 삼 일을 그래 왔기에 이상할 것도 없었다.

이전에 왔을 때보다 훨씬 깨끗해진 임가장 장원 터에는 예전에 이곳이 장원 터였다는 흔적만을 보여주는 초석 몇 개만이 여기저기 뒹굴고 있었다.

감회가 깊은지 진고영은 잠시 사방을 살펴보다 임수행을 데리고 무덤이 있는 곳으로 갔다. 마을 사람들이 약속대로 청소를 자주 했는지 무덤 주위는 깨끗이 치워져 있었고, 전보다 더 높이 흙이 올려져 있었다.

"이곳이 외조부모님의 묘지다. 함께 합장되어 계시지. 인사를 올려라."

임수행은 자세를 바로 하고 마치 친조부라도 되는 양 엄숙하게 절을 올렸다. 그런 모습을 뒤에서 바라보던 진고영은 자신도 모르게 눈시울이 뜨거워지는 것.같아 얼른 고개를 들었다.

자신의 마음대로 의손을 맺었지만 외조부모님께서도 기꺼워하시리라.

마음이 편안해진 진고영이 인사를 마친 임수행을 보며 가벼운 웃음을 짓고 있을 때였다.

"흠! 경치 좋은 데 살았었군. 그것도 제법 잘살았겠는데?"

느닷없이 뒤에서 비아냥거리는 듯한 소리가 들린다. 고개를 돌려보니 홍이지가 주위를 둘러보며 자신을 그동안 따돌리듯이 대한 것에 앙갚음이라도 하겠다는 듯 통통거리고 있었다. 하지만 진고영도 이곳에서만큼은 그녀가 마음대로 하도록 놔두고 싶지 않았다.

"이곳은 나의 외조부모님께서 잠들어 계신 곳이오. 낭자가 함부로 입을 놀릴 곳이 아니니 자중해 주시오.”

“흥! 내 입 가지고 내 맘대로 한다는데 당신이 무슨 상관이죠?”

툭 쏘아대던 홍이지의 고개가 돌아가 눈이 진고영과 마주치는 순간
이었다. 홍이지는 가슴이 만 장 절벽으로 내려앉는 듯한 충격에 하마
터면 자신도 모르게 주저앉을 뻔했다.

‘헉! 맙소사! 무슨 눈이……’

“분명히 말하겠소. 이곳에서는 어떤 누구의 경거망동도 용서치 않을
것이오. 어떤, 누구라도 말이오.”

나직하면서도 으르렁거리는 듯한 말에 홍이지의 안색이 창백하니
질려가자 보다 못한 임수행이 조용히 입을 열었다.

“형님, 오늘은 의조부님과 첫 대면하는 날이니 그만 용서해 주시지요.”

“으음. 후…… 미안하네, 아우.”

진고영이 몸을 돌리자 홍이지가 입술을 깨물며 진고영의 등을 쏘아
보았다.

“칫! 자기가 무슨 육기 칠절이라도 되나 보지? 아무도 용서하지 않
는다고 하게?”

끝까지 기가 죽지 않는 홍이지의 말에 임수행이 어이없다는 듯 고개
를 저었다.

“그럼 당신은 몰랐단 말이오?”

“뭘?”

“어휴! 그만 합시다. 어차피 따로 떨어질 것 아니면 나중에 알게 될
테니.”

임수행이 말을 하다 말자 더욱 궁금해지는 홍이지였다. 하지만 어쩌
랴. 진고영의 무서운 눈을 다시는 보고 싶지 않으니 참을 수밖에.

임수행은 고개를 갸웃거리는 홍이지를 놔두고 진고영을 쳐다봤다.

"형님, 다른 분들은 어디서 만나기로 하셨습니까?"

"따로 장소는 안 정했다만, 의창으로 들어가면 첩검단을 통해 약속 장소를 알 수 있을 것이다."

"그분들이 조금 늦으실 텐데요?"

진고영도 그것이 걱정되기는 하였다. 하지만 그렇다고 무작정 기다릴 수만은 없는 일.

"일단 기다려 보고 시간이 너무 지체되면 우리가 먼저 움직여야겠지."

향원의 임가장 터를 떠난 진고영과 임수행이 첩검단원을 만난 것은 의창에 들어가기도 전이었다.

어둑어둑한 밤이 되었는데도 벌써부터 소식을 받고 기다리고 있었는지, 의창의 성문에 들어가려 하자 누군가가 다가왔다.

"사마 어른을 만나러 오셨다면 저를 따라오시지요."

진고영이 아무 말 없이 고개를 끄덕이자, 삼십 정도 되어 보이는 사내는 앞장서서 현판도 걸려 있지 않은 장원으로 그들을 데려갔다. 그런데 사내가 장원으로 다가가다 말고 뒤를 향해 묻는다.

"누군가가 따라오고 있습니다. 혹 아는 분이신지?"

"신경 안 써도 되오, 사흘째 따라오고 있으니."

"예?"

장한의 의문에 임수행이 고개를 저으며 대답했다.

"떼어놓는 걸 포기했단 말이지요."

"그럼 저희가……?"

"혈섬객의 딸이라고 하면 이해가 빠를 것입니다."

“혈섬객? 승부사 혈섬객 말입니까?”

그 역시 혈섬객에 대해선 들어봤나 보다. 하긴 무사로서 그의 이름을 안 들어봤다면 그게 이상한 일일 것이다.

“아! 그리고 저 여인이 한 말이 있습니다. 혹시라도 막으려거든 잘 생각해 보고 막으라 전하십시오.”

“무슨……?”

“막으면 죽는다, 나든 너든! 뭐 대충 그런 말입니다.”

장원의 안으로 들어가는 임수행의 등을 멍하니 보던 장한이 휙 고개를 돌리고 한쪽을 바라보며 입을 달싹거렸다.

“들었나? 자네가 알아서 판단하게.”

장한을 따라 방으로 들어가자 한 사람이 일어서서 맞이했다.

이제 사십이나 되었을까. 호목에 잘생긴 얼굴이 언뜻 사마정을 생각나게 한다. 다만 사마정이 너무 미끈하니 잘생긴 얼굴이라면 이자는 남자답게 선이 굵은 얼굴이라는 점이 달랐다. 게다가 지닌바 기도가 보통이 아니다. 결코 일개 첩검단원이 아니라는 소리다.

진고영의 마음을 알아챘는지 중년인이 먼저 인사를 건네온다.

“나는 사마충인이라 하오. 첩검단을 맡고 있소이다.”

첩검단주 사마충인. 사마양휘의 배다른 동생이자 철검산장의 숨겨진 핵심 중 한 사람. 그동안 암중으로 첩검단을 움직이며 자기와 사마정에게 정보를 보냈던 사람, 어찌 보면 이제야 얼굴을 마주 본다는 게 이상할 정도였다.

“진고영이라 합니다. 이렇게 직접 뵙게 돼서 반갑습니다. 그동안의 도움 참으로 감사했습니다.”

“별말씀을. 아버님께서 진 공자을 돕는 데 모든 전력을 아끼지 말라 하셨소이다. 게다가 신협의 움직임을 따라간다 해서 첩검단원들이 모두 신이나 있으니 혹여라도 도움이 필요없단 말이나 하지 마시구려. 하하하하!”

역시나 호탕한 면이 있는 자였다.

“혹, 무창 쪽에서 연락 온 것은 없으신지⋯⋯.”

“왜 없겠소이까? 벌써 몇 통이나 왔소.”

사마충인이 웃음을 머금으며 내어놓는 것은 무려 다섯 통의 서신이었다. 그중 세 통은 연락용 서신이었고, 두 통은 일반 서신이라는 것을 한눈에 봐도 알 수 있었다.

진고영이 가만히 있자 사마충인이 두 통의 일반 서신을 건네주었다.

“이건 진 공자에게 온 것이오. 읽어보시구려.”

“감사합니다.”

그 자리에서 봉인을 뜯고 서신을 펼쳐 봤다.

그것은 위경리가 보낸 서신이었다. 한데 간단하게 한 줄뿐이다. 세상에⋯⋯.

우형 속 타 죽는 꼴 보려거든 아우 혼자 가라구!

이걸 서신이라고⋯⋯. 하지만 내용에 비해 그 효과만큼은 확실했다.

‘후우. 먼저 가기는 틀린 것 같군.’

다른 하나도 마저 펼쳐 봤다. 다른 하나는 유지화가 보낸 것이었다.

정체를 짐작키 힘든 자가 진 공자를 찾소. 꼭 직접 봐야만 말을 한다 하오. 다만 그가 말하길, 동정호 황등진에서 약조한 사람이 보냈다 하오.

동정호…… 약조?
진고영의 눈이 깊숙이 가라앉았다.
'약조라면 장 노선배밖에 없다. 그나마도 손녀를 살려달라는. 대체 무슨 일이기에… 혹 그녀에게 무슨 일이?'
"그리고 본 단의 수하들이 전해온 바에 의하면 철한장을 출발한 일행이 내일 오후 정도면 도착한다 합디다."
"알겠습니다. 전해주셔서 감사합니다."
사마충인의 말에 진고영이 가볍게 포권하며 인사하자 사마충인의 눈이 묘하게 번뜩였다. 그것은 무인으로서의 본능, 한 번쯤 겨뤄보고 싶은 마음, 그런 것이었다.
'언제고 기회가 된다면……'

다음날 날이 밝고, 아침 식사를 하는 자리에 한 명의 홍의여인이 합석했다. 한데 진고영과 임수행은 하마터면 그녀가 누군지 못 알아볼 뻔했다.
모자를 벗고 깨끗하게 씻은 얼굴은 약간의 도화빛마저 흐르고 있어, 며칠간 본 홍의와 싸늘한 눈빛이 아니었다면 그녀가 홍이지라고는 꿈에도 생각 못했을 것이다.
멍한 얼굴의 임수행이 한참을 바라보고 있자 어김없이 그녀의 입에서 특유의 싸늘한 목소리가 튀어나왔다.
"뭘 봐! 사람 얼굴 처음 보나?"
"음? 음… 아니오. 그게 아니고……"

"아니고는 무슨."

차마 얼굴이 붉어진 임수행에게 더는 심한 말을 하기가 그런지 홍이지는 눈을 돌려 진고영을 쳐다보았다. 하지만 다행히 진고영은 눈을 재빨리 돌렸기에 그녀의 험악한 말을 듣지 않아도 되었다.

'쳇! 저 인간한테 먼저 한마디 쏘아줬어야 했는데……'

자리가 약간 어색해지자 사마충인이 웃으며 분위기를 이끌었다.

"하하하! 이렇게 혈섬객 홍 대협의 아름다운 여식께서 자리를 함께하니 어째 자리가 더욱 빛나는 것 같소이다그려."

사마충인의 인사를 홍이지도 마냥 무시할 수는 없었다. 그래도 수선을 떤 자신에게 잠자리와 식사까지 챙겨줬으니.

"고마워요, 사마 대협. 대협께선 누구와 달리 참 친절하시네요."

"예?"

"며칠간 뒤를 따라가는데도 같이 밥 먹자는 말 한마디 않는 사람도 있는데, 밤에 수선을 피운 저에게 이리도 잘해주시니 하는 말이에요."

"하! 하! 하!"

어색한 웃음을 흘리던 사마충인은 문득 어젯밤의 소란이 생각났다.

그녀가 혈섬객의 딸이라는 말을 들었음에도, 까짓것 여자가 강하면 얼마나 강하랴 하는 마음으로 수하 둘이 그녀의 앞을 막았다고 한다.

그리고 잠시 후 앞마당에서 비명이 울리고 피가 튀었다. 그때서야 처음의 장한이 튀어나와 서둘러 그녀를 말리고, 장한의 말을 들은 사마충인이 직접 그녀의 검을 시험해 보았다. 수하들이 피를 봤는데 그냥 물러설 수는 없었던 것이다.

혈섬객의 장기는 극쾌의 검. 하지만 혈섬객 본인이 아닌 이상 사마충인은 자신 정도면 충분히 그녀의 검을 무력화시킬 수 있으리라 생각했다. 그리고 그의 생각은 어느 정도는 맞았다. 어느 정도는.

뻗어오는 검을 옆으로 흘리고 무겁게 짓누르면 용수철처럼 튀어 옆으로 흐르고, 흐른다 싶던 연검이 휘어 감듯 자신의 검을 타고 오르면 강한 힘을 실어 떨쳐 냈다. 그러면 떨어져 나간 검이 물러난 만큼 탄력을 받아 더욱 빠르게 찔러온다. 한줄기 번개가 치듯이.

대경한 사마충인이 급히 뒤로 주욱 물러나며 창천검결의 분자결로 팔검을 휘둘러 번개를 소멸시키고, 점자결로 홍이지의 검세가 흐를 방위를 차단하면 그녀는 어느새 자신이 펼친 검의 세력권 밖으로 빠져나가 있다.

사마충인은 진퇴가 순식간에 이루어지는 그녀의 검을 보고 나서야 공력을 배가(倍加)시키고, 지금까지의 방심을 모조리 거두었다.

그렇게 순식간에 벌어진 공방이 십여 초를 흐르자 사마충인은 홍이지의 검이 결코 함부로 대할 만큼 가볍지 않다는 것을 절감했다. 또 등에 땀이 맺히는 것만 같았다. 무인이 절대 금기해야 할 것이 방심이거늘, 자신이 그런 잘못을 했다는 것을 통렬히 느낀 것이다.

결국 십성 이상의 공력을 창천검결에 담아내고서야 겨우 그녀의 검세를 누른 사마충인은 정중히 그녀에게 이곳에 머무를 것을 권했다. 최선의 대접을 약속하고.

진고영을 보자 고개를 돌리고 있는 것이 조금은 난감해하고 있는 것 같다. 하기는 자신도 조금 그런 걸 느끼고 있는 판국이니 본인은 더할 것이다.

"진 공자께서 그럴 분이 아니십니다. 아마 홍 소저를 대하기 난처해서 그랬을 것 같군요."

"칫! 삼 일이에요, 삼 일. 더구나 폐장원 터에선 인상까지 썼는데 아니긴. 뭐? 누구라도 거기서 난리치면 가만 안 둔다던가? 자기가 무슨 천하고수라도 된다고……."

"…몰랐습니까?"

사마충인까지 전날 임수행과 똑같은 말을 하자 홍이지의 쌍심지가 확 올라갔다.

"뭐예요! 어제 저 사람도 그러더니! 그럼, 이름을 알려주지 않는데 내가 저 사람이 누군지 어떻게 안단 말이에요!"

세 남자가 아무런 말도 없이 조용히 있자 그제야 홍이지의 쌍심지도 제자리로 돌아왔다.

"당신, 이름 뭐야! 난! 홍이지야!"

목마른 사람이 우물을 팠다. 그러자 물이 솟아오른다.

"진고영이오."

"진고영? 키도 멋대가리없이 큰 데다 이름도 별로 안 좋구만, 뭐."

"……."

"큽."

벙찐 남자들의 표정이 가관이다. 하지만 그들이 미처 모르는 것이 있었다. 홍이지가 사천 구석에서 강호에 나온 지 이제 보름이고, 누구와 어울려 잡담할 정도로 붙임성있는 것도 아닌데다, 그럴 시간에 검을 나누는 것을 더 좋아했으니…….

그녀는 한 번도 진고영이라는 이름을 들어본 적이 없는 것이다.

옆에서 안 되겠는지 임수행이 보충 설명을 해준다.

"저… 그럼 신협이라는 별호는 들어봤습니까?"

“신협? 그게 누군데?”

“…….”

어색한 가운데 그럭저럭 식사를 끝내고 방으로 들어간 진고영은 임수행이 멍하니 창밖을 바라보고 있자 의아한 생각이 들었다. 지금껏 시간만 나면 무공 삼매경에 빠져 있던 임수행이었는데, 오늘은 전혀 다른 사람이 되어 있는 것이다.

“무슨 고민이라도 있나?”

“예? 아, 아닙니다, 형님.”

말해 봐야 천하제일쑥맥인 형님이 해결해 줄 것도 아니고…….

“괜찮다니 다행이군. 그건 그렇고, 오늘부터 단혈팔검을 본격적으로 알려줄 테니 부단히 연마하도록 하게. 열심히 한다면 머지않은 날에는 적어도 홍 소저 정도는 상대할 수 있을 것이네.”

“예…… 예? 예! 알겠습니다, 형님! 열심히 하겠습니다!”

임수행의 이랬다저랬다 하는 대답에 진고영의 표정이 기이하게 변했다. 분명 뭔가가 있는 것 같기는 한데 알 수가 없다는 표정이다. 그가 어찌 알까, 임수행이 힘차게 대답하는 의미를.

사실 맥이 빠져 있던 임수행은 진고영의 마지막 말에 힘이 솟는 것만 같았던 것이다.

‘홍 소저와 대등할 수 있다고? 열심히 한다면 머지않아 말이지? 형님이 하신 말씀이라면야……. 좋았어! 해보자고, 임수행!’

마음속으로 소리치는 임수행의 두 눈에 희망의 열기가 떠올랐다.

화창하던 날씨가 변덕을 부리더니 정오가 넘어갈 때쯤에는 파란 하늘이 짙은 구름으로 가려져 버렸다.

비 소식이 느껴지는지 창공을 날던 새들이 부랴부랴 자기들의 보금자리로 돌아가느라 정신이 없을 때, 장원의 문이 덜컥 열리더니 우르르 사람들이 밀려들어 왔다.

마침내 무창을 떠난 위경리 일행이 도착한 것이다.

"우하! 드디어 도착했군! 진 아우, 어디 있는가?"

어딘지 모르게 살짝 떨리는 목소리가 위경리의 심경을 보여주고 있었고.

"오랜만입니다, 노형님."

밖으로 나서던 진고영도 위경리를 보자 울컥, 가슴에서 뜨거운 무언가가 올라오는 것만 같았다.

"그래… 좋아 보이는구먼."

"예……."

두 사람이 미처 말을 못 잇고 있을 때였다.

"거참! 형님, 나도 진 아우 얼굴 좀 봅시다!"

육정기가 기다리지를 못하고 빽 소리치자, 여기저기서 동조의 목소리가 마당을 울리고.

"그럼요."

"어디 위 선배님만 보고 싶었답니까?"

"허허허. 나야 뭐……."

“진 공자가 없으니 영…….”

“수행, 자네도 오랜만이군! 이제 제법 실력이 늘었겠는데?”

“뭘요, 아직 멀었죠. 저보다는 우 형님이…….”

그때부터 이 사람 저 사람 정신없이 진고영 등과 인사를 나누기 시작했다.

정신없이 인사를 나누다 보니 하늘에서 빗방울이 떨어지기 시작한다.

“이러실 게 아니라 안으로 들어가시지요?”

도저히 안 되겠는지 사마충인이 나서서 말을 해보지만, 발걸음은 안으로 옮기면서도 입은 쉬지를 않는다.

“아! 글쎄, 저놈이…….”

“너무 그러지 마십시오. 그러는 거 아닙니다. 그래도…….”

“내가 뭘?”

“너, 정말 그럴래?”

웅성웅성…….

겨우겨우 방으로 들어가자 어느 정도 소란이 진정되었다. 그러자 진고영이 입을 열었다.

“이렇게 와주셔서 감사합니다.”

“진 아우가 부르는데 당연히 와야지. 안 그래?”

위경리가 뒤돌아보며 소리치자 모두의 고개가 동시다발로 끄덕여진다.

“다 그렇다는군.”

행여나 딴소리가 나올까 위경리가 말을 끊어버리자 진고영이 주위를 둘러보며 바로 본론으로 들어갔다.

“아시겠지만 천은산장의 사마중안을 잡으려 합니다. 그자의 정확한 위치가 문제이긴 합니다만, 첩검단에서 추적을 하고 있으니 곧 밝혀지리라 생각합니다."

"그자를 잡는 것은 현재로선 무엇보다 중요합니다. 하나 천은산장과 어쩌면 혈왕궁까지 그자를 추적하고 있다는 점을 잊어서는 안 될 것입니다."

사마정의 말에 백리웅천이 나섰다.

"진 공자께선 그들이 어느 정도 선까지 사마중안을 몰아붙일 거라 생각하시는지……."

모두가 궁금한 표정으로 진고영을 바라본다.

"제 개인적인 생각으로는, 혁련유천은 사마중안을 죽이려 할 겁니다."

"죽인다? 단순히 속임수를 쓰는 게 아니고?"

위경리가 의문을 제기했다.

"속임수를 완벽히 하기 위해선 아까워도 버려야 합니다. 게다가 천은산장에 그 못지않은 모사가 또 있다 가정한다면 얼마든지 가능한 일입니다. 문제는 그럴 경우 그만큼 일이 급박하게 돌아갈 거라는 점입니다."

"하면 이미 늦었을 수도 있지 않겠나?"

"사마중안은 그동안 천은산장을 이끌어온 자입니다. 게다가 혁련유천을 가장 가까이서 대해온 자이기도 하지요. 그자라면 최악의 경우를 생각하지 않을 리 없습니다."

"그럼, 지금 가장 중요한 것이 무엇이라 생각하는 건가?"

연부경이 조용히 입을 열자, 진고영이 모두를 둘러보았다.

"죽이기로 작정했다면, 적의 힘이 처음 생각했던 것보다 적어도 두 배 이상은 될 거라는 점입니다. 거기다 혈왕궁마저 그 일에 끼어든다면 상황은 더 복잡해지겠지요."

진고영의 말에 모두가 생각에 잠겼다. 상황이 생각처럼 쉽지 않게 흘러가고 있는 것이다. 그저 사마중안을 때려잡는 것만 생각했는데, 자칫 일이 일파만파로 커질 가능성이 농후해진 것이다.

그렇게 침중한 분위기가 이어질 때였다.

덜컹! 와락!

방문이 거칠게 열리고 거대한 그림자가 방문을 막아섰다.

"작은 숙부!"

범종이 울리는 것 같은 소리와 함께 거대한 그림자 중 하나가 진고영에게 달려들었다.

"음? 아니, 자네는?"

"음하하하! 예! 거산입니다!!"

"반갑군."

"참! 연 매, 이리 와 인사드려!"

한마디 한마디가 사람들의 혼이 빠질 만큼 커다랗게 울리는 중에 한 마리, 조금 큰 꾀꼬리가 우지진다.

"안녕하세요, 작은 숙부님."

"와하하하! 제 부인입니다, 숙부!"

"아!"

그제야 생각났다. 방거산이 대풍운보로 간 목적이…….

"반갑소. 한데… 어쩐 일로 이곳까지?"

"호호호! 서방님이 가시는데 제가 안 따를 수가 없잖아요."

"어찌 위험한 일에…….."

"작은 숙부! 제 각시가 저리 약해 보여도 장인어른하고 호적수라 할 만큼 고숩니다."

“크읍!”

“음…….”

약해 보인다는 호난연과 방거산을 쳐다보던 진고영은 이미 둘을 떼어놓기는 틀렸다는 것을 깨달을 수 있었다. 그나마 약한(?) 호난연이 방거산 못지않은 고수인 것 같아 마음이 놓일 뿐이다.

한바탕 소란스럽던 실내가 조용히 가라앉자 한쪽에서 지켜만 보고 있던 사마충인이 입을 열었다.

“이렇든 강호의 영웅들을 한자리에서 뵙게 되어 영광입니다. 사마충인이라 합니다.”

그러고 보니 인사도 하지 못했다. 얼마나 정신들이 없었으면…….

“간단히 지금의 상황을 말씀 드리고자 합니다. 사마중안의 도주로는 현재 산줄기를 타고 사천으로 향하고 있으나 언제 변할지 몰라 오십여 명의 첩검단원이 따라붙고 있습니다. 그리고 쫓는 자들의 수가 백여 명, 하나같이 일류 이상의 고수들로 추정됩니다. 또한 추가되는 자들까지 합류한다면, 그 배쯤 되지 않을까 생각합니다. 거기다 혈왕곡의 움직임이 문제이긴 합니다만… 솔직히 말씀 드려 아직 들어온 정보가 없다시피 하니…….”

사마충인의 설명을 들은 사람들의 표정이 어두워졌다. 두려움 때문이라기보다는 천은산장의 저력이 생각보다 크다는 것이 느껴졌기 때문이다. 수백의 고수들을 추적대로 보내다니, 그럼 남아 있는 힘은…….

“설마 그들이 다 천은산장에서 나온 고수들이란 소리는 아니겠지요?”

백리웅천의 말에 사마충인이 고개를 끄덕였다.

“반수 정도는 천은산장과 연계된 곳에서 나온 자들이라 추정하고 있습니다.”

“그럼 사마중안을 잡을 계획은 서 있습니까?”

사마정이 침중히 입을 열자 한쪽에서 육정기가 대뜸 소리쳤다.

“계획은 무슨, 그냥 쫓아가서 무조건 패고 들고 오면 되지!”

차라리 말을 말지 왜 나서냐는 듯 사람들의 눈길이 육정기를 쏘아보자, 진고영이 무겁게 입을 열고,

“지금은 그 방법밖에 없을 것 같습니다. 상황을 정확히 모르는 상태인지라…….”

사람들의 눈총에 어깨가 움츠러들었던 육정기가 거 보란 듯이 어깨를 쭉 폈다.

“차후에 바뀔 수는 있습니다만, 일단은 가장 빠른 길로 쫓아가 치고 빠질 생각입니다. 안내는 첩검단에서 맡아주십시오.”

“알겠소이다.”

사마충인도 밤새 생각해 봤지만 마땅한 방법이 없었다. 어쩌면 진고영의 방법이 최선일지도…….

“출발은 한 시진 후로 하겠습니다. 그때까지 장거리를 위한 준비를 나름대로 갖추시기 바랍니다.”

8

무창성 외곽.

사람들이 떠나간 철한장은 오랜만에 한가롭고 조용한 며칠이 지나고 있었다. 얼마 전 의문의 인물 한 사람이 와서 후원에 머물고는 있지

만, 그 역시 그다지 출입을 하지 않으니 이제는 오히려 쓸쓸함이 느껴질 정도였다.

유지화는 유옥하가 따라주는 한 잔의 차를 마시다 문득 안타까운 마음에 그녀의 눈을 쳐다보았다.

"조금 서운하지는 않느냐?"

"아니에요. 갔으면 아버지에게 걱정만 끼쳤을 텐데요."

"녀석, 이 아비도 가고는 싶었다만, 아무래도 여기서 해야 할 일도 적지 않을 것 같아 차마 같이 갈 수가 없었다. 그리고 지금은 가지 않은 게 천만다행이라는 생각이 든다."

"왜요? 후원에 있는 분 때문에요?"

"그도 있지만 자칫 전체를 보지 못할 뻔했거든. 작은 것을 얻기 위해서 큰 것을 놓치면 훗날 더 큰 피해가 오는 법이다. 전체를 조망하며 미리 훗날을 대비하는 게 내가 해야 할 일이지, 당장 나가서 싸우는 게 문제가 아니다."

"그래도 고수 한 사람이라도 아쉬울 텐데……."

"그래, 그럴 수도 있지. 하지만 진 공자라면 나 하나쯤은 그다지 공백이라 할 수도 없다. 게다가 머리 쓰는 것도 결코 나보다 못하지 않으니 잘해 나갈 것이다."

두 부녀가 담소를 나누며 차를 마시고 있을 때, 한 명의 무사가 안으로 들어왔다.

"유 대협께 보고 드릴 일이 있습니다."

"뭔가?"

"개방을 통해서 서신이 하나 접수되었습니다."

"개방에서? 음. 줘보게."

무사가 건넨 서신은 상당히 더럽혀져 있었지만 안의 내용물이 상할 정도는 아니었다.

"무슨 일로……."

유지화는 천천히 봉인을 뜯고 서신을 펴서 읽어갔다. 그러다 어느 순간, 그의 표정이 서서히 굳어져 가는 게 유옥하의 눈에 들어온다.

"아버지."

"이런이런……."

서신을 다 읽고 나서는 무엇 때문인지 유지화의 눈이 허공을 향하자, 유옥하는 공연히 마음이 불안해졌다.

"왜 그러세요?"

"으음. 태원부에서 온 서신이다. 진 공자의 친구인 운 공자가 행방을 감췄다는구나."

"예?"

"부인도 놔두고 어디론가 사라져서 사방으로 찾아봤지만 어디에서고 그의 행방을 찾을 수 없었다고 한다."

"아! 그럼? 그들이 또?"

"천은산장의 짓은 아닐 것이다. 그들은 지금 그런 짓을 할 겨를이 없을 테니까. 아마 스스로 행방을 감춘 것 같다. 이유는 몰라도. 다만, 위험한 생각을 갖지는 않아야 할 텐데……."

孤影 第七章

1

첩검단의 임시 지부인 장원을 출발하려 하자, 때마침 방울방울 떨어지던 비가 멈추고 햇살이 구름 사이로 내리비춘다. 그것은 마치 어두운 길을 비추는 횃불 같아, 사람들은 상쾌한 기분으로 출발을 할 수 있었다. 돌아올 때도 지금 같은 기분으로 돌아오기를 염원하며…….

기분 좋게 의창성을 나서 서쪽으로 발길을 옮기던 우형욱이 도저히 못 참겠다는 듯 진고영을 쳐다보며 고갯짓을 한다.

"대형, 저 여자 누굽니까?"

우형욱의 물음에 차마 묻지 못하고 있던 사람들이 시선을 모아 자신을 바라보자, 진고영은 별것 아니라는 표정으로 말문을 열었다.

"이름이 홍이지라고 하더군요. 혈섬객의 딸이오."

"아! 혈섬객 홍동후!"

우형욱은 알았다는 듯 소리를 지르다 뒷머리가 써늘한 느낌에 뒤돌아보았다. 그리고 그는 금방이라도 덤벼들 듯이 써늘한 눈으로 쏘아보는 홍이지의 눈길에 흠칫 어깨를 떨었다.

그러자 임수행이 재빨리 나서서 보충 설명을 해주었다.

"홍 소저는 자기 부친의 이름을 함부로 부르는 사람을 좋아하지 않습니다. 정확히 말한다면……. 죽든, 살든 싸울 생각이 아니라면 홍 소저 앞에서 부친 이름을 부르면 안 된다 하더군요."

"컥! 그런……."

진고영 일행을 뒤따라가는 홍이지는 머리가 지끈거릴 정도로 혼란스러웠다.

대낮에 느닷없이 들이닥친 사람들 하나하나, 조목조목 뜯어봐도 자기보다 약한 자가 없다. 심지어 아버지 정도의 기세를 지닌 자도 몇이나 된다. 게다가 젊어 보이는 자들도 자기보다 강할 것 같다.

뭐야? 대체 무슨 놈의 고수들이 이렇게 많아?

그것이 홍이지의 솔직한 심정이었다.

아버지께 사기당한 것 같은 생각이 든다. 강호에 나가면 자기 적수가 될 만한 젊은 놈이 거의 없을 거라 했는데 이게 뭐냐 말이다!

한바탕 난리를 피우고 싶어도 엄두가 나지 않는다.

젊은 놈들 중 키 큰 놈은 그렇다 치고, 조금 전에 그 옆에서 촐랑거리던 놈도 제법 할 것 같다. 칼 든 놈도 그렇고.

어? 우아! 뭐 저렇게 잘생긴 놈이 있냐? 저거 계집 아냐? 그런데……
저것도 제법 하겠는데?

응? 저건 또 뭐야? 생긴 것은 그런 대로 봐줄 만한데 드럽게 무게 잡네. 쳇!

아무리 둘러봐도 만만한 자가 없다. 나이 먹은 사람들은 아예 계산에 넣지도 않았다. 차이가 너무 날 것만 같은 것이다. 들어보니까 아버지가 말해 준 이름이 줄줄이 나왔다. 젠장!

가만… 그럼 좋은 거잖아? 신나게 싸울 놈들이 저렇게 많으니까 말이지. 너무 강한 자들이 많다 보니 미처 그 생각을 못했다.

지끈거리던 머리가 서서히 상쾌하게 돌아가기 시작했다.

어떤 놈부터 고를까……. 음…….

"어이! 임씨!"

아름다운 목소리가 임수행을 부른다. 여기에 임씨는 그밖에 없으니까. 하지만 그 내용이 문제다. 하마터면 빠르게 길을 걷던 사람들이 앞으로 꼬꾸라질 뻔했다.

"불렀소?"

한데 당사자인 임수행은 아무렇지도 않다는 듯 홍이지를 쳐다본다.

"응. 잠깐 이리 와봐."

쪼르르 달려가는 임수행의 표정에는 한 점 불만도 없다. 하지만 다른 사람들은 그게 아니다.

"무슨 일이오?"

"뭔 일은. 저 중에 말이지… 제일 만만한 놈이 누구야?"

홍이지의 말에 표정들이 괴상하게 변하기 시작하더니, 마침내는 썩은 밤이라도 깨문 마냥 일그러져 버렸다.

홍이지가 가리키는 사람들은 보다 젊은 사람들. 임수행은 얼굴이 굳어졌다.

"왜? 맘에 드는 사람이라도 있수?"

툭 쏘는 말투. 하지만 말이 끝나기도 전에 홍이지의 비수 같은 눈길이 가슴을 찌른다.

"임씨 말고 젤루 약한 놈이 누구냐구! 응?"

머리를 내밀며 똑똑 끊어서 말하는 홍이지를 바라보는 임수행의 눈이 살짝 풀린다.

"뭐 잘못 먹었어? 내 말 이해가 안 돼?"

"그, 그게… 흠!"

헛기침으로 눈동자를 제 위치로 가져다 놓은 임수행이 앞서 가는 사람들의 등을 바라보았다. 한데 기이하게도 그의 눈길이 머무는 곳마다 사람들의 어깨가 흠칫흠칫 떨린다.

언제부터 내가 안공을 터득했지? 설마 그건 아닐 테고…….

그제야 임수행은 홍이지의 말에 큰 문제가 있다는 것이 알아챘다. 제일 약한…….

'하마터면 큰일날 뻔했다. 후우…….'

"저… 그렇게 말하면 이상하고… 그냥 나이 젊은 사람부터 알려주면 안 되겠소?"

"응? 하긴 그것도 괜찮겠네."

그렇게 해서 사마중안을 잡으러 가는 동안 쉴 때마다 보다 젊다는 이유로 홍이지의 혈섬휴를 받아야 하는 사람들이 정해졌다.

2

장강을 건너 형문산 서쪽 줄기를 타고 넘어갈 때 첩검단에서 첫 번째 연락이 왔다.

사마중안 일행이 아직 사천까지 들어가지 못했는지 천은산장의 추적대가 무릉산 일대를 이 잡듯이 뒤지고 있다는 것이다. 아마도 사마중안이 무작정 도주하는 것보다는 숨어서 시간을 벌며 은밀하게 움직일 생각을 한 것 같다. 너구리 같은 자가 몸을 드러내는 것이 얼마나 위험한 것인지 모르진 않으리라.

첩검단원의 인솔을 받아 무릉산 쪽으로 방향을 잡고 빠른 속도로 이동하기 시작했다.

깊은 계곡, 울창한 숲, 그들의 발걸음을 막는 최대의 적은 사람이 아닌 대자연이었다. 일행 중 대자연이 적이 될 거라 생각한 사람은 아무도 없었을 것이다. 그 바람에 대자연의 위대함을 새삼 깨닫게 됐으니 오히려 전화위복이랄까? 하지만 당장은 적일뿐이다.

나뭇등걸을 차고 올라 높은 가지 위에서 쳐다보면 끝없는 숲이 펼쳐져 있다. 어디가 어딘지조차 가늠하기 힘들 정도다. 첩검단원이 아니었다면 추적을 포기하든지 다른 방법을 찾았어야 할 정도다.

나무를 박차고 사오 장 떨어진 다른 나무로 이동하고, 다시 내려갔다가 다시 나무를 오른다.

혹, 모르는 사람은 경공으로 십 장이나 날아갈 수 있는 사람이 뭐 하는 거냐고 할지 모른다. 하긴 일행 역시 처음엔 그러했으니까. 하지만 그것은 생각일 뿐, 앞이 온통 나뭇가지와 굵은 넝쿨로 막혀 있는데 어찌 십 장을 날아간단 말인가.

나무 꼭대기로 이동해 볼까도 생각해 봤다. 하지만 그것 역시 가능한 일이 아니었다. 나무의 높이가 다 다르니까. 설령 가능한 장소가 되어도 반수 이상을 놔두고 갈 수도 없는 일 아닌가.

어렵게 어렵게 이십 리에 걸친 숲을 통과하는 데 한 시진이 걸렸다. 첩검단원의 말에 의하면 그것도 엄청나게 빠르게 통과한 것이라고 한다. 숲을 돌아가는 길이 있기는 하나 한나절은 족히 걸린다 했다. 그렇다면 그만큼 시간이 단축된 셈이다.

숲이 끝나자 엄청난 크기의 바위들이 위용을 자랑하며 가로막는다. 또다시 적이다. 거대한 암벽. 그래도 울창한 숲보다는 나았다, 날아서 오를 수라도 있으니까.

그 후, 두 시진 만에 두 개의 산을 더 넘고 첩검단이 지정해 준 장소에 도착했을 때, 마침내 석양이 지기 시작했다.

그리고 그곳에서 두 번째 연락을 받을 수 있었다.

천은의 무리들이 급박하게 이동 중, 아무래도 사마중안이 발견된 것 같음. 아침에 정확한 장소를 연락하겠음.

모닥불을 중심으로 둘러앉은 사람들의 눈이 타오르는 불길 속에 온몸을 내맡긴 멧돼지에게로 향했다. 특히나 방거산 부부는 침이 흐르지 않는 게 다행일 정도로 뚫어지게 바라보고 있다. 어이없게도 배가 고프다며 홍이지가 멧돼지를 잡아온 것이다.

감탄, 놀라움, 어이없는 빛이 어우러진 눈들이 멧돼지와 홍이지를 번갈아 볼 때, 진고영이 두 번째 연락 서신을 읽은 후 생각에 잠겼다가 고개를 들었다.

그도 들었다, 홍이지가 잡아온 멧돼지를 보며 떠드는 소리를. 그중 홍이지가 한 말이 마음에 걸린다.

"엄마가 돌아가시고 아버지랑 둘이 산에서 살았거든. 근데 내가 열일곱 살 때인가? 아버지가 다친 후부터는 내가 사냥을 해서 먹고살았는데 뭐. 이 까짓 것은 아무것도 아니라구."

"그럼, 홍 소저가 나왔으면 아버지는……?"

"아버지? …돌아가셨어……. 에이, 물어보지 마, 그런 건."

임수행과 홍이지가 나란히 앉아서 나누던 이야기의 한 토막이었다.

그런데 그 이야기를 진고영뿐이 아니고 모두가 들었는지, 홍이지를 바라보는 눈이 전보다 훨씬 부드럽게 변해 있었다. 그리고 개중에는 눈가가 붉게 물들어 있는 사람도 있었다. 특히나 임수행은 곧 무언가가 눈에서 떨어질 것 같아 하늘의 별을 세기도 했다.

스물네 살 처녀가 살아온 세월 치고는 너무 삭막한 것이다. 그나마 나이 차이가 많은 사람에게는 존댓말을 하는 것이 다행일 정도다. 아마 어머니, 아버지 때문이 아닐까 싶은 생각이 든다.

게다가 자기 자신을 지키기 위해선 좀 독하기도 해야겠지…….

별을 세던 중에 하나의 유성이 흘러가고, 유성을 따라 한 가지 결심이 임수행의 가슴에 스며들었다.

어둠이 걷히자 어김없이 해가 떠오른다.

부산하게 자리를 털고 일어난 사람들이 출발 준비를 갖추자, 나무 꼭대기에 올라가 있던 첩검단원이 내려왔다.

"진 대협! 신호가 왔습니다. 어젯밤, 칠호가 은신해 있는 곳에 다수의 천은산장 무리가 나타났다 합니다."

첩검단원의 보고에 위경리가 먼저 고개를 내밀고 물었다.

"칠호면……?"

"이곳에서 서남쪽 이백 리 정도 됩니다."

"이, 이백 리?"

이미 자연이라는 적의 무서움을 알기에 위경리는 이백 리라는 말이 천 리보다 더 멀게 느껴졌다.

"이곳부터는 내리막길이 많아서 빠르면 석양이 지기 전에 칠호가 있는 곳에 도착할 수 있을 것입니다."

첩검단원의 이어지는 말에 위경리는 안도의 한숨을 내쉬었다. 그러자 진고영이 빙그레 웃으며 걸음을 옮겼다.

"가시죠, 노형님."

그사이, 한쪽에선 연락 방법에 대해 설왕설래 말들이 많았다.

"대단하군. 단지 동경하고 불빛만 가지고 이백 리 떨어진 곳의 소식을 이리 빨리 전하다니!"

백리웅천이 진심으로 감탄했다는 듯 탄성을 터뜨리자 사마정이 빙긋 미소를 지었다.

"풍이의 바람을 타는 방법보다야……."

서로 간의 방법에 칭찬이 오가자,

"자랑들 그만 하고 가자구!"

두 사람을 흘겨본 위경리는 말하기 무섭게 진고영의 뒤를 좇아 달렸다.

산 넘고 물 건너 정신없이 달렸다. 처지면 낙오라는 생각으로, 낙오되면 앞으로 얼굴을 들 수 없을 거란 생각으로 그야말로 무식하게 전진 또 전진이었다. 방거산 부부와 임수행이 조금 처지기는 했지만 그렇다고 못 쫓아갈 정도는 아니었다.

그렇게 산길 이백 리를 달려 마침내 목적지에 이르렀다. 신시가 반쯤 흐른 시각, 첩검단원이 예상했던 시간보다 한 시진을 앞당겨서.

첩검단 칠호에게 연락받은 장소로 이동한 후, 처음으로 천은산장의 무사들을 마주친 것은 사냥꾼들의 마을인 용촌이라는 곳에서였다.

연락을 받고 급히 가는 중이었던 듯 열 명의 무사가 우르르 마을로 들어와 마을 사람들에게 이것저것 필요한 물품들을 단돈 몇 푼에 강제로 뺏다시피 하고 있을 때였다.

"안 된다니까, 이 도둑놈들아!"

한 나이 먹은 여인이 절규하듯 보따리를 품에 안고 내놓지를 않자 무사 하나가 나선다.

"누가 공짜로 가져간다 했나? 돈 준다잖아!"

"흥! 열 냥은 받을 수 있는 것을 두 냥이라니, 이건 우리 가족이 봄내내 먹을 양식을 구할 물건이란 말이야!"

차마 보기 그랬는지 옆에서 한 사람이 나섰다.

"조 형, 그냥 갑시다. 까짓것 추워봐야 얼마나 더 춥겠소? 지금까지도 잘 지내왔는데."

"나는 추위가 싫단 말이오. 이놈의 산에서 얼마나 더 지내야 할지도 모르는데 털가죽 옷이라도 속에 껴입어야지 도저히 안 되겠소."

고개를 저으며 말하던 조 형이라는 자가 허리의 장검을 빼 들었다.

"정말 안 내놓을 거냐?"

막상 검을 보자 겁이 나는지 여인의 눈이 부르르 떨린다.

"이… 이…… 도둑놈들이……."

뒷걸음치는 여인의 발이 심한 두려움에 제대로 움직여지지를 않는다.

그때였다.

"이봐! 길 좀 비킬래?"

느닷없이 뒤에서 들리는 소리에 검을 들고 여인에게 다가가던 무사가 휙 돌아섰다.

"어떤 놈…… 켁!"

하지만 그는 말을 끝맺는 대신 허우적대며 숨넘어가는 소리를 질러대야 했다. 목줄을 잡힌 채 허공에 대롱거리며 매달려 버린 것이다.

"뭐? 어떤 놈……?"

방거산은 그렇잖아도 제일 늦은 것 같아서 열받아 있던 차에 욕을 듣자 돌기 직전이었다.

"너, 맞고 죽을래? 아니면 그냥 죽을래?"

자신이 생각해도 말이 안 되었지만 지금 방거산의 심정으로는 반쯤 죽여 버리고 싶었다. 자신들이 제일 뒤처진 게 꼭 이놈들 때문인 듯했던 것이다.

"큭! 큭!"

목줄이 잡힌 사람이 무슨 말을 하랴. 한데,

"웃어?"

퍽!

머리통만한 주먹이 그대로 안면을 가격하자 흰자위만 남은 조씨라

는 무사의 고개가 반쯤 뒤로 꺾어지더니 다시 앞으로 툭 떨어진다. 그러자,

"진작 그렇게 공손히 대답할 것이지……."

옆에서 보따리를 쥔 여인이 넋이 반쯤 빠진 얼굴로 자신을 쳐다보자 씩 웃은 방거산.

"여보, 뭐 해요! 다들 저만큼 갔단 말이에요! 그거 대충 버리고 빨리 와욧!"

멍하니 있던 다른 무사의 등을 그대로 밟고 지나가는 큰 꾀꼬리의 말에 후다닥 손을 털고 부리나케 뛰어갔다.

방거산마저 떠나고, 보따리를 가슴에 꼭 끌어안고 있던 여인이 대충 버려진 그것(?)을 보자 입이 달싹거리는 게 보인다.

"내, 내…… 언제…… 웃어……."

퍽!

있는 힘껏 발을 들어 그것의 얼굴을 후려찬 여인은 행여 누가 볼세라, 후다닥 집 안으로 뛰어들어 갔다. 그런 그녀의 얼굴은 통쾌함으로 가늘게 떨리고 있었다.

한편, 임수행이 용촌의 가운데에 있는 공터에 도착했을 때는 이미 몇몇 사람이 널브러져 있었고, 한쪽에서는 한창 싸움이 진행 중이었다. 대충 싸움이 벌어지고 있는 전장을 훑어봤다.

이미 천은산장의 무사들로 보이는 자들은 대부분이 쓰러져 있었다. 하지만 그들은 대부분이 하위 무사들이었다. 들었던 정보와는 다른 상황이다. 일류고수들이라 했는데 이들은 잘해봐야 이류들이다.

하지만 지금 백리웅천이나 우형욱과 싸우는 자들은 능히 일류라 할 수 있는 자들.

그렇다고 해도 두 사람의 상대는 아니었다.

 백리웅천의 검이 찔러 들어갈 때마다 상처를 입고 물러나기 급급하고, 우형욱의 창이 휘둘러질 때마다 검결이 흐트러져 제정신을 차리지 못하고 있다.
 한쪽에서 구경하고 있는 홍이지는 틈만 나면 뛰어들 태세를 갖추고 있었고, 진고영이나 위경리 등 다른 사람들은 싸움에 신경도 쓰지 않고 무언가 생각에 잠겨 있다.
 "형님, 이게⋯⋯?"
 "음⋯⋯. 너도 이상한가 보구나."
 "예, 아무래도 정보에 이상이⋯⋯."
 "정보는 틀리지 않았다. 단지 상황이 생각했던 거와 다를 뿐이다."
 "예?"
 "몰이꾼이란 말이다."
 임수행이 의문을 표하자 위경리가 입을 열었다.
 "아무리 생각해 봐도 그 답밖에는 안 나온다."
 "대체 그 차이가 뭐냐 이겁니다!"
 답답한지 육정기가 가슴을 치며 소리쳤다.
 "처음 예상했던 것보다 사람이 더 많이 퍼져 있다는 것이네. 결국은 그 핵심을 집어내는 데 적은 인원으로는 한계가 있다는 말이지."
 연부경이 느릿느릿 나직하니 말하는 소리에 이번에는 모두의 가슴이 답답해졌다.
 "그럼 방법이 없는 겁니까?"
 염이상이 참지 못하고 입을 열자, 지금껏 입을 열지 않던 궁무진이 걸끄러운 목소리로 말했다.

"몰이꾼이 있으면 사냥꾼도 있단 말이겠지. 그리고 몰이꾼은 사냥꾼을 중심으로 움직이는 거고."

"그건 그렇지. 그런데 문제는 그게 너무 넓단 말이네."

위경리의 말에 궁무진이 위경리를 쳐다봤다.

"그런 일은 전문가에게 맡기는 게 제일이지요."

"전문가?"

"여기가 어딥니까?"

"그거야……."

"사냥은 사냥꾼들이 제일 잘 압니다, 천하제일의 모사만큼이나."

위경리가 휘둥그런 눈으로 궁무진을 쳐다보았다.

"자네 사냥꾼이었나?"

어이없는 질문이었지만,

"옛날에 아버지가……."

소 발에 쥐도 잡히는 법이다.

"그럼 뭐 해? 가서 사냥에 대해 제일 잘 아는 사람 하나 잡아… 아니, 데려오지 않고."

오십이 넘은 초로의 사냥꾼을 데려온 것은 이각이 조금 넘어서였다. 그사이, 싸움 같지도 않던 싸움은 이미 끝나 무릎 꿇려진 세 명의 무사만이 온전할 뿐 나머지는 정신을 차리지 못하고 있었다.

"일단 저들의 움직임을 최대한 많이 알아야 합니다."

사냥꾼의 말에 씨익 웃은 육정기가 일어서더니, 무릎을 꿇고 있는 세 명 중 한 명을 들쳐 메고 한쪽 숲 속으로 들어갔다. 그러자 위경리도 주섬주섬 일어나 한 명을 끌고 반대편으로 들어갔다.

그리고 남은 한 명.

"어떻소? 당신이 알고 있는 것만 이야기해 준다면 순순히 풀어주겠소."

이를 악물고 두려움과 싸우고 있던 자가 고개를 들더니 빙 둘러선 사람들을 둘러본다.

"하, 하, 하지만… 그랬다가는……."

"진고영이라는 내 이름을 걸고 당신에게 피해가 없도록 하겠소."

"지, 지, 진고영? 신협?!'

더할 수 없이 커지는 눈. 떨려서 제대로 말이 안 나오는지 무사의 입이 벌어진 채 굳어졌다.

"남들이 과분하게 그렇게 불러주고 있소."

"말씀 드리겠습니다, 진 대협!"

철푸덕 몸을 숙이는 무사의 어깨가 가늘게 떨리고 있었다.

'세상에! 신협이라니……!'

반 시진 후, 사냥꾼의 집 안 탁자에 산세를 그린 듯한 선들이 가득한 넓은 가죽이 올려졌다. 어지럽게 보이기도 하지만 어찌 보면 너무 상세히 그리다 보니 그런 것도 같았다.

초로의 사냥꾼이 하나하나 선들을 짚어가며 설명하기 시작했다.

"보면 아시겠지만……."

아무리 봐도 모르는 사람이 있기 마련. 사냥꾼은 뚱한 표정의 육정기를 본체만체 설명을 계속했다.

"영우산, 진각산, 장명산. 이 세 곳의 산을 중심으로 몰이꾼들이 분포되어 있습니다. 물론 다른 곳도 있겠지만 이 세 곳에 비하면 그다지 큰 산도 아니고 계곡도 깊지 않습니다. 결국 그들이 향하는 곳은… 동운산 쪽 같습니다.”

실컷 세 산을 설명하더니 느닷없이 엉뚱한 산을 가리키자, 사람들의 어리둥절한 눈이 사냥꾼을 향한다. 그러자 사냥꾼은 왜 그런지 안다는 듯 설명을 이어갔다.

“세 산은 몰이꾼이 있는 곳이지 사냥감이 있는 곳이 아닙니다. 여러분들은 몰이꾼을 찾으시는 겁니까, 아니면 사냥감을 찾으시는 겁니까?”

그제야 이해가 간다는 듯 사람들의 고개가 끄덕여졌고, 몇몇 사람의 눈에선 신광이 번뜩였다.

“만일 사냥감이 이동한다면 어디로 갈 가능성이 많겠습니까?”

진고영의 나직한 물음에 사냥꾼이 의외라는 눈으로 진고영을 쳐다보았다.

“어떤 사냥감이냐가 다를 거외다.”

“힘있고 노련한 여우라면…….”

“그렇다면…….”

모두의 눈이 집중되고,

“이곳일 거라는 게 제 생각이올시다.”

어이가 없는지 눈들이 커진다.

한참 만에 그가 가리키는 곳, 그곳은 모두에게 의외의 장소였던 것이다. 그러자 사냥꾼이 진고영을 빤히 쳐다보며 말한다.

“힘까지 있는 여우라면 말입니다.”

“그렇군요. 여우는 굴을 하나만 파지 않지요.”

진고영의 답변에 위경리가 절레절레 고개를 젓는다.

"그렇다고 몰이꾼들 뒤로 가나?"

간단히 식사를 하고는 또다시 정신없이 달린다.

어두워지기 전에 한 걸음이라도 가까워지기 위해서다.

이제 저녁에 불을 피울 수가 없기에 마을에서 약간의 은자를 지불하고 음식을 구했다.

힘들게 길을 재촉하기는 했지만, 그래도 이번에는 전보다 훨씬 나았다. 몰이꾼들이 제법 길을 닦아놓았던 것이다. 넝쿨을 치고, 가지를 쳐서 닦아놓은 길이라면 이들 같은 고수들이 이동하기에는 일반 길이나 큰 차이가 없다.

그런데 조금 기이한 일행이 있었다. 방거산의 등에 한 사람이 매달려 있는 것이다. 마치 곰 새끼처럼.

사냥꾼이 자신의 아들을 이들 일행에 끼워 넣었다. 마을의 위난을 구해준 보답으로 길 안내인을 붙여준 것이다. 하지만 걸음이 이들처럼 빠를 수 없기에 방거산의 등에 매달리게 되었다.

첩검단이 아무리 이 부근에 있다 하지만 사냥꾼들보다 더 산을 잘 알 순 없기에 거절하지 않았다. 그리고 그 덕분에 일행은 보다 더 편하고, 보다 더 정확한 길을 갈 수 있었다.

몰이꾼들과 부딪치지 않고 인간 사냥꾼들에게로.

한 시진을 달리자 사방으로 어둠이 몰려왔다. 더 가고 싶어도 숲 속은 달빛조차 들어오지 않는다. 하는 수 없이 계곡의 움푹 들어간 곳에 자리잡고 쉬기로 했다.

밤이 지나고 새벽이 어스름하게 밝아오자, 가져온 음식으로 식사를 하고는 간단히 앞으로의 행로를 짚어보았다. 그리고 나중에 혹여 흩어질 경우를 대비해서 이 부근의 지리에 대해 사냥꾼의 아들로부터 간단한 설명을 들었다.

한쪽에서 홍이지도 임수행과 나란히 앉아 열심히 설명을 듣는다. 그런 두 사람을 바라보는 진고영의 입가에 살짝 웃음이 걸렸다.

언제부턴가 두 사람이 자주 나란히 앉아 있는 모습이 보인다. 그런데 그럴 때는 묘하게도 두 사람의 얼굴에서 외로움이 느껴지던 표정이 보이지 않는 것이다. 물론 홍이지의 구박은 여전하지만.

새벽의 햇살이 숲 속으로 들어오기도 전에 일행은 일어섰다. 또 길을 가야 하는 것이다.

3

동천의 해가 남쪽으로 반쯤 올라왔을 때, 세 개의 산과 세 개의 계곡을 지나자 흔적이 보인다. 고수들의 싸움이 벌어졌던 흔적이.

바위가 깨지고 아름드리 나무들이 허리째 부러져 있다. 간혹 시체도 눈에 띈다. 아직 누군지 알아볼 정도로 유명한 자들은 없지만, 곧 그런 고수들도 볼 수 있으리라.

다시 하나의 산을 넘자 음울한 계곡이 모습을 드러낸다. 그러자 진고영의 신형이 한순간에 도약도 없이 허공으로 쑤욱 딸려 올라가더니 십 장이 훨씬 넘는 절벽 위에서 모습을 보인다.

'허! 굉장하군.'

단 한 수의 경공신법이지만 사람들의 경탄을 자아내기에 충분한 광경이었다. 심지어는 홍이지도 박속같이 하얀 이를 드러내며 입을 벌렸다.

진고영은 절벽 위에서 눈을 반개한 채 사방을 쓸어보았다.

사마중안이 마인들을 데리고 다닌다면 마기가 느껴질 것이다. 너무 멀다면 몰라도 그리 멀지 않다면 이보다 더 정확히 그들의 위치를 알아낼 방법이 없을 것이라는 게 그의 생각이었다.

음울하게 안개가 깔린 계곡 안에서 상당한 기운들이 잡힌다. 하지만 자신이 원하는 기운은 느껴지지 않는다. 조금 더 상단전을 개방하고 수천제마력을 끌어올려 보았다. 그래도 폭이 백여 장이 되는 계곡 안에서는 마기가 느껴지지 않는다. 여기에는 없는가?

약간의 실망을 안고 수천제마력을 거두어들이려 할 때였다.

삐이이이…….

날카로운 피리 소리가 길게 울리더니, 잠시 후에는 처음에 느꼈던 기운들의 상당수가 급속히 움직이고 있다. 일단 그들이 움직이는 경로를 머리 속에 새기고 신형을 날려 아래로 내려왔다.

“아우, 뭐 느껴지는 게 있는가? 놈들이 무슨 신호를 보내는 것 같던데.”

위경리가 궁금한지 급히 물어온다.

“아직 사마중안 일행의 기운은 느껴지지 않습니다만 천은산장의 무리로 보이는 고수들의 움직임은 알 것 같습니다.”

손으로 서쪽에 있는 봉우리를 가리키며 사냥꾼의 아들 어윤을 돌아봤다.

“저 산이 장명산 맞습니까?”

어윤은 하늘을 마음대로 날아다니는 진고영이 신처럼 보였다. 그러다 보니 말이 떨려 나오지 않을 수 없었다.

"그, 그렇습니다요……."

"그럼 그 뒤가 동운산이겠군요."

"예… 맞습니다……."

진고영이 위경리를 비롯해 사람들을 돌아보았다.

"놈들의 움직임은 장명산 쪽입니다만, 목적지는 사냥꾼이 말한 동운산 같습니다."

"그럼 동운산으로 가야 합니까? 아니면 옆으로 돌아 영우산 쪽으로 가야 합니까?"

진정 갈등이 이는 상황이다. 미리 가서 대기해야 하느냐, 아니면 따라가야 하느냐인 것이다.

"사냥꾼의 말은 틀리지 않을 것입니다."

"그럼 영우산으로 가야겠군."

육정기의 당연하다는 투의 말이다.

"하지만 사람의 일은 알 수가 없지요, 더구나 천은산장이라는 곳의 일은. 해서 저는 따라갔으면 합니다. 혁련유천은 사마중안을 너무나 잘 알고 있으니 여우를 잡을 방법도 알고 있을 겁니다. 그렇다면… 사마중안은 또 다른 굴로 가지 못하고 잡힐 가능성이 많습니다."

진고영의 뒤집는 말에 사람들은 뭐가 그리 복잡하냐는 듯 혀를 내둘렀다.

"뭐 해! 그럼 가자구!"

위경리에게는 진고영의 말이 절대적이었다. 그리고 잠시 혼란이 왔지만 다른 사람이라 해서 그리 다르지는 않았다.

계곡을 내려가자, 짙게 내리 깔린 안개를 뚫고 진고영이 선두로 내

달린다. 적들이 지나간 길을 그가 제일 잘 아는 것이다. 최소한 여기서 만큼은.

더 이상은 위험했기에 어윤을 돌려보냈다. 그러자 방거산의 행동도 물 찬 제비가 따로 없었다. 거기다 산에서 생활했던 홍이지의 운신도 결코 그들 못지않았다. 신법에 자신있다는 임수행이 제대로 못 따라갈 지경이다.

첩검단원들 중 연락을 위해 한 명 데려오기는 했지만, 이미 마을을 떠나면서부터 보조 기능밖에 할 수가 없는 상황이다. 그만큼 상황이 급박해지고 있었기 때문이다. 그를 맨 뒤에 남겨놓았다, 혹시 모를 일을 대비하기 위해.

능선을 넘으면서 저들의 행적이 더욱 뚜렷이 잡힌다. 사방에 흔적이 남은 것이다.

동명산으로 들어서자 핏자국과 시신들이 보이기 시작했다.

안개 긴 계곡을 내려와 세 시진 만의 일이었다. 하나둘 보이던 시신이 점점 늘어난다. 이미 십여 구의 시신을 보았다. 그러자 쫓는 일행의 표정도 점점 굳어져 간다. 시신이 많아진다는 것은 이제 적들의 위치가 가까워졌다는 반증인 것이다.

다시 반 시진을 서진하며 동명산을 돌아가자 어디선가 비명과 함께 무기 부딪치는 소리가 들린다.

메아리치며 들리는 비명 소리는 사람들의 가슴을 싸늘히 식히기에 충분했다. 그것은 진고영 일행뿐 아니라 어느 누구에게나 마찬가지일 것이다. 그러다 한순간, 죽죽 미끄러지던 진고영의 신형이 우뚝 멈춰 섰다.

그때였다.

오른편 숲 속에서 몇 개의 인영이 폭사되어 온다. 손에는 검, 도를 들고 누군지 확인도 안 한 채 도검을 휘둘러온다. 그러자 멈추어 섰던 진고영의 손이 등 뒤로 돌아갔다. 순간 날아오는 자들의 가운데로 그림자가 늘어지더니 겹겹이 합쳐진다.

쾅!

제일 먼저 앞장서 날아오던 자가 어떻게 당한지도 모르고 반대쪽으로 튕겨져 간다. 손에 들렸던 칼은 산산이 부서져 사방으로 날리더니 뒤따라오던 자의 얼굴을 스치고 지나간다.

"헛!"

느닷없는 상황에 놀란 소리를 내뱉을 사이도 없이 진고영의 뒤를 바짝 따라오며 날린 위경리의 장력이 검면을 때린다. 강한 반진력에 청강장검이 울음을 터뜨리고,

우웅…….

"크읍!"

검 주인의 입에선 괴로움에 찬 신음이 토해진다.

하지만 그것도 잠시, 뒤이어 한 자루, 검집도 벗겨지지 않은 검이 어깨를 내려쳐 오고,

콰직!

어깨뼈가 부서지는 소리와 함께 눈을 뒤집어 까는 그의 가슴으로 하나의 거대한 그림자가 몰려간다.

쾅!

그리고 그는 삼 장 밖으로 훌훌 나가떨어졌다.

"그러게 누가 앞을 막으래?"

웅웅거리는 방거산의 목소리가 끝나기도 전에 뒤에서 큰 꾀꼬리의 음성이 이어진다.

"빨리 가요. 남들은 벌써 저만치 갔다구요!"

오랜만에 관천곤을 손에 쥔 진고영은 처음 덮치던 자를 날려 보내고 뒤이어 오는 자를 스쳐 보낸 후, 세 번째 마주친 자의 검을 곤으로 휘어감아 버렸다. 시커먼 묵기가 서린 곤이 한 바퀴 원을 그리자 검날이 부서질 듯이 요동친다.

검을 든 장한이 일그러진 얼굴로 검을 떨치려 하지만 손에 힘이 들어가지 않는다. 일순간 묵기가 손을 타고 오르더니 우두둑, 손목이 낫처럼 꺾어져 버리고, 극심한 통증에 비명을 지를 사이도 없이 눈앞에 커다란 곤의 끝이 들어온다.

콰우…….

한 자 이상이 떨어져 있건만, 마치 철퇴가 가슴을 때리는 것 같은 충격이 전해져 온다.

"커윽!"

입에서 피가 품어져 나오는 사이 곤을 든 자는 어디로 갔는지 사라져 버렸다. 그리고 보이는 것은 구불구불한 새하얀 검날.

"막으면 죽는다니까."

픽!

비명을 지르고 싶어도 나오지가 않는다.

'도대체 이자들은 누구…….'

생각은 거기까지다. 목울대를 뚫고 지나간 검이 빠져나가자마자 이마가 화끈 달아오르더니, 세상이 하얗게 변해 버렸다. 백리웅천의 검이 허공을 격하고 그의 이마를 짚어버린 것이다.

폭풍이 스치고 지나가자, 덮치던 다섯 명이 뭐가 뭔지도 모르고 쓰러져 버렸다.

연환공격을 받은 셋을 빼고도 옆으로 지나가던 연부경의 아지랑이 피어난 손이 한 명의 가슴을 짚고, 뒤이어 가던 궁무진이 마지막 하나의 이마를 베어버렸다. 그리고 계속된 질주!

맨 뒤에 처져 따라가던 첩검단원은 부릅뜬 눈을 한시도 뗄 수가 없었다. 고수가, 그것도 일류고수들이 힘 한 번 못 쓰고 쓰러져 가는 광경이 그의 온 신경을 흥분으로 전율케 하고 있는 것이다.

천은산장에서 파견된 고수 다섯으로 만들어진 덫을 순식간에 무너뜨린 일행의 질주는 이백 장을 더 가서야 멈춰졌다. 하늘의 도끼가 대지를 쪼개 버린 듯 거대한 협곡이 입을 벌리고 있는 곳, 가파른 내리막 언덕이 나온 것이다.

고요히 서 있는 일행의 머릿결을 흩날리며 거센 바람이 아래쪽에서 불어온다. 은은하게 섞여 있는 비릿한 피 냄새가 저 아래쪽의 상황을 간접적으로 말해 주고 있는 것만 같다.

우르르……. 차창!

메아리치며 아련하게 울리는 소리는 자연의 소리가 아니다. 사람들이, 찌든 때에 가득히 더러워진 인간들이 대자연의 위대함 앞에서 몸부림을 치고 있는 것이다.

이곳이다. 드디어 기운의 끝자락을 잡았다. 삼백여 장에 이르는 거대한 협곡. 저 끝에서 비록 약하게 느껴지기는 하지만 틀림없는 마의 기운이다. 그 기운을 향해 수많은 사람들이 다가가고 있었다. 마치 불을 보고 뛰어드는 불나방처럼.

이제부터는 빨리 가는 게 중요한 것이 아니다. 조심, 또 조심을 해야한다. 한순간의 방심도 허용되지 않는다, 금강불괴의 몸을 가지고 있지 않는 한.

어디서 날아올지 모르는 검에는 눈이 없는 것이다.

바람을 가슴에 안고 협곡을 내려가는 일행의 눈에서 긴장의 빛이 흐른다. 굳은 결의가 느껴진다. 단호한 의지가 불타오른다.

협곡을 내려와 거대한 아름드리 나무 사이로 유성이 흐르듯 나아가던 사람들의 눈에 피로 범벅이 된 시신 한 구가 보인다.

"추령검위!"

백리웅천의 말에 사방을 쓸어봤다. 여기저기 대여섯 구의 처참한 시신이 널려 있었다. 대부분이 추령검위의 시신들이다. 미처 거둘 사이도 없이 추적에 나선 듯하다.

"조심! 사방 경계를 철저히 하며 전진하십시오."

진고영의 나직한 음성이 귓전을 울리자 사람들의 표정이 더욱 굳어져 간다. 아무리 절정의 고수들이라 해도 이곳에선 내일을 장담할 수 없다는 것쯤은 모두 알고 있다. 최선은 각자가 알아서 조심하는 길뿐.

오십여 장을 전진하자 추적하던 자들의 후미가 보인다. 나무 사이로 몸을 숨기며 가까이 다가가지만 앞선 자들은 미처 눈치를 채지 못하고 있었다.

그렇게 따라가기를 이백여 장. 마침내 넓은 공터가 보이고, 삼십여 장의 깎아지른 절벽을 등에 진, 세 명의 낡은 장포를 입은 자들을 이십여 명이 에워싼 채 대치 상태를 이루고 있었다. 대부분 추령검위들, 그리고 몇 명의 통일되지 않은 장삼의 중년인들. 아마도 천은산장을 돕기 위해 나선 고수들같이 보인다.

앞서 가던 자들마저 합류하자 순식간에 공터는 천은산장의 무리로 가득 차버렸다.

"엇? 구산삼검이?"

악대헌의 작은 외침에 의외라는 의문이 묻어 나오자, 옆에 있던 연부경이 악대헌을 돌아본다.

"아는 자인가?"

"구산(龜山) 일대에서 적수가 없다는 자들입니다. 둘이면 몰라도 셋이면 자신이 없습니다."

악대헌을 세 명이서 상대한다면 별거 아닌 것같이 들려도 연부경은 그리 생각하지 않았다. 악바리로 불리는 악대헌이 자신이 없다 할 정도면, 자신이라도 가볍게 상대할 수 없는 자들이라는 말이다. 천하의 천중일기가.

한편, 나무 꼭대기에 올라선 진고영은 천천히 사방을 둘러봤다.

절벽을 등지고 대치하고 있는 자들은 사마중안이 데리고 나온 마인들로 보인다. 그런데 사마중안은 이곳에 없다. 그렇다면 나누어졌다는 말. 역시 몰래 다른 굴을 찾아가는 건가?

그렇게 진고영이 사마중안의 행방에 대해 고심하고 있을 때였다. 조용히 상황에 맞춰서 움직이려던 계획이 엉뚱한 데서 틀어져 버렸다.

우지끈!!

"어엇?!"

"여봇!"

나뭇가지가 방거산의 무게를 이기지 못하고 부러져 버리고, 뒤따라 호난연의 놀란 소리가 계곡에 메아리친 것이다.

"웬 놈이냐!!"

대갈이 터지며 구산삼검 중의 한 명이 방거산을 향해 신형을 날려왔다. 하지만 그가 미처 생각을 못한 게 있었다. 방거산이 어떻게 여기까지 왔을까 하는 의문을 먼저 생각했어야 했다.

나무에서 떨어지던 방거산이 바닥을 일 장 남겨놓고 빙글 재주를 부리고, 커다란 손 하나가 땅을 짚더니 그대로 튕기듯 옆으로 이 장을 물러선다.

나무에서 떨어지던 거대한 덩치가 마치 한 마리 날랜 원숭이처럼 재주를 부리자 검을 치켜들고 신형을 날렸던 구산삼검 중 둘째 교호정은 미처 검을 회수할 시간도 없이 나무를 박차고 방향을 틀었다.

"어딜!!"

가히 빠르기 그지없는 운신이었다. 과연 악대헌의 말대로 보통 솜씨가 아니었다. 하지만 그는 상대를 골라도 너무 잘못 골랐다.

"어디서 감히!"

계곡을 울리는 날카로운 목소리와 함께 뒤따라 나무를 내려오던 호난연이 교호정의 머리를 향해 떨어져 내린 것이다.

교호정은 방거산을 향해 회심의 일격을 날리려다 하늘에서 광풍 같은 기세가 몰아쳐 오자 대경실색했다. 고개를 들어 볼 시간도 없다는 것을 느끼자 몸을 그대로 뒤집으며 앞으로 향했던 검을 허공에 대고 휘둘렀다. 하지만 호난연의 권세는 그의 생각보다 훨씬 더 강했다.

쩌정! 후웅…….

그녀의 주먹에서 발경된 기운이 검신을 휘어 감자, 마치 오랏줄에

묶인 것처럼 움직일 수가 없다.

'이런!'

놀랄 시간도 없이, 호난연이 떨어져 내리던 기세 그대로 교호정의 가슴을 향해 오른발을 내찬다.

"헉!"

빙글 몸을 돌리며 회피해 보려 할 때였다.

"위험해!"

구산삼걸 중 둘이 동시에 외치며 몸을 날리고, 차오던 발이 비켜나간다 느껴졌을 때, 덥석! 누군가가 그의 뒷덜미를 낚아챘다.

"이놈!!"

교호정의 눈에 형님과 동생이 동시에 몸을 날려 오는 게 보인다. 하지만 그 순간,

쾅!

눈앞이 노랗게 변하고 뱃속이 마치 불덩이로 채워진 듯 감각조차 사라져 간다. 호난연의 왼 주먹이 뱃가죽을 뚫을 듯이 깊게 파묻혀 버린 것이다.

방거산은 오른손에 잡힌 교호정을 그대로 메다꽂아 버리고, 날아오는 두 사람을 향해 하얗게 웃으며 달려들었다. 그 뒤를 호난연이 거대한 나비가 되어 따라갔다.

교호상과 교호진의 눈에는 저 거대한 두 남녀가 야차처럼 보였다. 검을 꼬나 쥔 손에 힘을 싣고 마주쳐 가지만 이미 기세에서 밀리고 있다. 하지만 전장에는 그들만 있는 게 아니었다.

교호정이 뜻밖의 적에게 거동 불능이 되어버리자 멍하니 구경만 하

던 자들도 그제야 정신을 차리고 방거산 부부를 향해 신경을 쓰기 시작한 것이다.

순식간에 긴장감이 흐르던 전장이 아수라장이 되어버리자, 세 마인의 눈이 번뜩이기 시작했다. 절망적인 상태에서 한줄기 희망이 보이는 것이다. 서로를 쳐다보며 눈빛을 맞춘 세 사람이 귀혈마를 시작으로 에워싸고 있던 추령검위들을 덮쳐 갔다.

"크크크. 죽어라!!"

뒤를 따라 부혈마가 머리통만큼 넓은 도끼를 휘두르며 몸을 날리고, 도혈마가 귀두도를 휘두르며 막아서는 자의 허리를 쓸어간다.

따다당!

강한 역도가 담긴 도끼에 검을 쥔 무사 하나가 뒤로 주르륵 물러났다. 그 사이를 뚫고 귀혈마가 유령처럼 빠져나갔다. 그 같은 고수에게 한순간의 틈은 빠져나갈 절호의 기회다. 이미 방거산 등으로 인해 흐트러질 대로 흐트러진 포위망이었다.

세 마인은 기세를 살려 모든 내공을 끌어올리고, 자신들을 향해 덮쳐 오는 자들에게 돌진했다. 마지막 기회, 이판사판이다!

"진세를 흩뜨리지 말고 침착하게 대응하라!"

추령검위를 이끌고 온 삼향주 유군혁이 이를 악물고 수하들을 독려하지만, 세 마인의 기세는 이미 욱일승천이었다.

이미 놈들에게 십수 명의 수하를 잃었다. 그런데 사마중안은 보이지 않는다. 하지만 그것은 뒤에서 은밀히 움직이는 고수들이 해결할 일이었다. 자신은 변죽만 울리면 될 일. 한데 일이 이상하게 꼬인다. 어디선가 알지도 못할 괴물 같은 놈들이 끼어든 것이다.

하지만 그는 미처 모르고 있었다. 아직도 끼어들지 않은 사람이 더 있고, 그들은 결코 자신들이 상대할 수 없는 사람들이라는 것을.

콰쾅!

거센 충돌로 폭음이 인다. 세 마인이 추령검위를 몰아치는 사이, 방거산 부부가 구산삼검 중 둘과 부딪친 것이다. 교호정이 당하자 잠시 흥분을 했지만, 상대가 생각보다 고수라는 것을 생각하자 곧바로 마음을 가다듬고 자신들의 실력을 발휘하기 시작했다. 그러자 방거산과 호난연도 둘을 쉽게 어쩌지 못하고 있었다.

방거산의 쇠몽둥이와 교호상의 검이 부딪치며 굉음이 일고, 호난연의 수갑을 피해 사이사이를 파고드는 교호진의 검이 한순간의 방심도 허용하지 않는다. 하지만 드러난 실력의 차는 어쩔 수 없는 것.

구산삼검의 두 사람이 점차 수세로 몰리자 구경만 하던 자들까지 합세하며 달려든다. 그들 모두가 구산삼검에 비해 그다지 못하지 않은 자들이다. 그러자 나무 위에서 상황을 지켜보던 몇 사람이 더 이상 지켜볼 수만은 없는지 장내로 날아들었다.

"이봐! 너희들은 나하고 싸우자고!"

날카로운 여인의 음성이 들리더니 붉은 그림자가 교호상을 구원하러 달려오는 청색 비단 장삼을 입은 장한 앞으로 뚝 떨어졌다. 그리고 번쩍! 하얀 빛줄기 한 가닥이 장한의 목을 꿰뚫어간다.

"으헉!"

대경한 장한이 손에 들린 석 자 첨도로 빛줄기를 쳐내며 급히 철판교로 몸을 눕혀보지만, 한쪽 어깨를 불로 지지는 통증만은 어쩔 수 없었다.

세 바퀴를 굴러 몸을 세우고 앞을 보자 홍의를 입은 여인이 흐느적
거리는 연검을 앞세우고 달려드는 것이 보인다.

그렇게 사방의 난리통 속에 전장 한가운데로 육정기가 청망검을 뽑
아 들고 뛰어들었다.

"타아!!"

장내를 쩌렁, 기합 소리가 울리고 휘둘러지는 청망검에 서너 자루의
도검이 사방으로 튕겨 나간다.

역시나 무식한 공격이다. 그에 비하면 아무 소리도 없이 상대의 허
점만 찾아 베어가는 염이상의 진혼도나, 온몸을 내던져 상대의 빈틈을
가차없이 파고드는 궁무진의 도법은 얌전한 편이었다.

콰쾅!

츠츠츠……. 사삭!

그야말로 아수라장이다.

느닷없는 고수들의 출현에 천은산장의 무리뿐 아니라 세 마인도 당
황스럽기는 마찬가지였다. 단순히 천은산장만 상대한다면 고마워할
일이지만, 소리도 없이 자신들 옆에 나타나 씨익 웃으며 멱살을 잡아오
는 위경리의 묵색 장영은 귀혈마의 가슴을 철렁이게 만들고도 남았던
것이다.

"뭐, 뭐야?"

"뭐긴! 이리 와!"

"이…… 미, 미친놈!"

뒤로 급급히 물러나는 귀혈마를 두 자의 간격을 두고 따라붙는 위경
리의 신법에 귀혈마의 안색이 창백히 굳어져 갔다. 그렇다고 손 놓고
있을 수는 없는 일.

물러서며 귀혈조의 날카로운 손톱날을 열십자로 그어댔다. 순간, 귀혈마는 눈앞으로 다가오던 손 그림자에서 시커먼 묵광이 번쩍!

자신의 귀혈조를 그대로 움켜잡고 부숴 버리는 위경리를 귀신 보듯 쳐다봤다.

와드득!

"수, 수, 수강?!"

와직!

수수깡처럼 귀혈조가 부러지고, 씨익 웃으며 좌수가 그대로 멱살을 잡아온다. 그러자 귀혈마는 대항할 엄두도 내지 못한 채 바닥을 뒹굴었다. 귀혈마 오십 평생 가장 치욕스런 순간이었다. 하지만 그렇다고 봐줄 위경리도 아니었다.

"어딜!"

이미 전력을 다하기로 마음먹은 위경리였다. 한순간의 틈만 줘도 잡기가 쉽지 않은 게 귀혈마인 것이다. 그나마 그간의 도주로 내력이 많이 소모되었기에 이리 쉽게 상대할 수 있거늘 이런 기회를 놓친다면 장절이라는 이름을 떼어놓고 다녀야 한다는 게 위경리의 생각이었다.

두 손에 현고기령의 강기를 잔뜩 끌어올려 귀혈조를 바스러뜨린 위경리가 미끄러지듯 귀혈마를 따라잡았다. 그리고 휘둘러지는 현고회단.

묵광이 사방을 감싸며 귀혈마의 쳐오는 손을 걷어내고, 가슴으로 하나의 묵빛 광채가 박혀 들어간다.

"아, 아, 안 돼!"

콰직!

가슴뼈가 으스러지는 소리와 함께 위경리의 우수가 가슴에 박히자,

귀혈마의 입에서 억눌린 신음이 새어 나왔다. 그걸로 일단 귀혈마를 잡았다 생각한 위경리는 안도의 숨을 쉬기 전에 일단 주위를 쓸어보았다.

주위로 모였던 자들이 어쩔 줄 모르는 놀란 눈으로 자신을 쳐다보고 있다. 왠지 으쓱한 기분에 씨익 웃어보지만…… 자세히 보니 그들이 보고 있는 것은 자신이 아니다.

'잉? 그럼 누굴……?

고개를 돌려봤다.

귀혈마가 위경리에게 몰리자 부혈마와 도혈마가 그를 구하기 위해 신형을 날렸다. 그러나 그들은 단 두 걸음도 옮기지 못하고 가던 것보다 두 배는 더 빠르게 물러서야 했다. 느닷없이 자신들과 천은산장의 무사들 사이로 환영처럼 한 사람이 나타난 것이다.

그 후, 그들이 본 것은 느닷없이 허공에 떠 있는 몇 개의 시커먼 달.

한데 그 묵월들이 자신들을 향해 날아온다!

"어헉!"

"쳐!!"

도끼를 들어 묵월을 찍어보고, 귀두도를 휘둘러 묵월을 베어갔다. 순간,

쩌저적!

"크어억!!"

둘이 동시에, 마치 뇌전에 맞은 멧돼지처럼 신음을 토하며 튕겨져 버렸다.

뭐가 어떻게 된지도 모르고 튕겨 나가는 두 사람 앞에 여전히 키가

큰 자가 석 자 크기의 묵기가 넘실거리는 몽둥이를 내밀고 있었다.

　진고영은 본래 이들의 뒤를 쫓을 생각이었다. 그런데 한쪽에서 귀혈마와 싸우고 있는 위경리의 등을 공격하려 하질 않는가. 아무리 저들이 가지고 있는 정보가 필요하다 해도 위경리의 안전보다 우선일 수는 없었다.

　일원첩수로 허공에 묵월을 띄워 연이어 내치고, 자신의 곤영에 무기를 휘두르다 탄자결에 튕겨져 나가는 두 마인을 쫓아 들어갔다. 마치 얼음판을 지치듯 미끄러진 신형이 두 마인과 석 자 거리를 두고 멈추자, 오른손의 관천곤을 들어 허공에 점을 찍어버렸다.

　피하고 자시고 할 틈도 없었다.

　중부가 찍히자 두 팔을 늘어뜨리고, 기문을 찍히자 눈을 까뒤집고 혼절해 버렸다. 두 마인은 쓰러져 가면서도 조금 전의 상황을 믿을 수 없다는 눈빛이다. 하물며 그들에게 시달림을 당했던 천은산장 무리의 놀라움이야 무슨 말을 하랴.

　그때, 추령검위 중 누군가가 진고영을 알아보고 떨리는 소리로 더듬거리더니 끝내는 미친 듯이 소리쳤다.

　"마, 마, 맙소사……. 시, 신협 진고영이다!!"

　장내가 갑자기 조용해졌다. 몇몇 싸우던 자들도 천은산장의 무리들이 주르륵 뒤로 물러나 버리니 그저 바라만 볼 뿐이다.

　"뭐야? 왜 도망가는 거야? 한참 신나는데!"

　홍이지가 어이없다는 듯 두리번거리지만, 여기저기 상처를 입고 이미 기세가 죽어 있는 이십여 명의 무사는 두려운 눈으로 진고영만을 바라볼 뿐이다.

하늘을 차례차례 무너뜨린 사람.

도제를 주저앉히고, 빙혼마령수와 귀왕을 죽인 사람. 추령검위들은 자신들 백 명이 덤벼도 어쩔 수 없는 사람이 진고영이라는 것을 잘 알고 있었다. 죽고 싶어 환장하지 않고서야 신협과 그 일행에 대한 소문을 듣고, 직접 보고도 어찌 물러서지 않을 건가.

"신협 진 대협께서 이곳은 무슨 일이시오."

자신도 모르게 떨리려는 목소리에 힘을 잔뜩 주고 유군혁은 진고영을 쳐다보았다. 하지만 대답은 진고영이 아닌, 한쪽에서 귀혈마의 뒷덜미를 잡고 있는 위경리에게서 나왔다.

"진 아우가 신협이라는 것을 안다면 내가 누군지도 알겠구나?"

그제야 유군혁은 위경리를 바라보았다. 그리고 그는 방금 말한 사람이 누군지를 짐작할 수 있었다.

"다, 당신은… 장절 위 선배?"

"흠. 그래, 나를 안다면 우리가 왜 왔는지도 알겠군. 어디 있느냐?"

"누가……?"

"너 따위와 말장난하러 온 것이 아니다. 사마중안이 도망쳤으면 그의 앞을 막으러 기다리고 있던 자들도 있을 것이다. 어디냐? 동운산에 있느냐?"

싸늘한 위경리의 말이 유군혁의 귓전을 파고들자 그의 몸이 부르르 떨린다. 마치 다 알고 온 것처럼 말하고 있다. 진정 이들이 다 알고 있을까? 하긴 모른다 해도 곧 알게 될 것이다.

"그, 그, 그게… 그들은……."

유군혁이 막 입을 열려 할 때였다.

조용히 위경리의 추궁을 듣고 있던 진고영의 신형이 죽 늘어지더니 찰나간에 남쪽의 숲 앞쪽에서 모습을 보인다. 그러더니 시커먼 곤영이 사방을 휩쓴다.

따다당!

빛살처럼 날아들던 수리도가 곤벽에 막혀 튕겨져 나가고, 들어올린 진고영의 왼손에서 붉은 빛줄기가 허공을 아름답게 수놓자 짧은 단말마가 숲 속에서 울렸다.

"큭!"

그러자 뒤이어 신형을 날린 육정기가 허공에서 떨어져 내리며 검을 내려친다.

쩌저적!

나무들이 세로로 쪼개지며 비명을 지를 때, 숲 속에서 한 사람이 딩굴듯이 튀어나왔다.

진고영이 다시 한걸음을 내딛자 거센 기세가 밀려간다. 튀어나오던 자는 눈을 크게 뜨고 바라보다가 어느새 다가온 진고영의 우수에서 시커먼 곤영이 몰려나오자, 나올 때보다 두 배는 더 빠르게 뒤로 물러났다.

순간, 죽 늘어난 진고영의 신형이 물러서는 자의 석 자 허공에 모습을 드러내고, 오른손의 관천곤이 허공을 격하고 그의 목덜미를 찍어버렸다. 그때!

"위에!!"

위경리의 음성이 다급히 울리고, 검을 내리고 서 있던 육정기가 신형을 튕겼다. 아니, 튕겨 쫓아가려 했다.

진고영의 위에 두 개의 검은 그림자가 아무런 소리도 없이, 진짜 그림자마냥 내려앉고 있었던 것이다. 하지만 그는 그림자에게 향하던 신형을 멈추고 눈을 휘둥그렇게 떠야만 했고, 사람들은 자신들의 눈을 의심해야만 했다.

그림자들이 휘두르는 무기가 검인지 도인지조차 판가름할 수 없을 정도로 빠르게 내려쳐지자, 영락없이 진고영의 몸이 난도질당할 것만 같았다. 순간적으로 느꼈을 때는.

그 생각은 위에서 공격해 들어가던 두 사람도 마찬가지였다.

그들은 이번 일을 위해 투입된 무양단의 살귀 여섯 명 중 둘이었다. 넷이 사마중안을 쫓고, 둘은 세 마인의 입을 막기 위해서 오던 중이었다. 추령검위나 일반 무사들로는 완전한 끝맺음이 불안했으니까.

한데 자신들의 앞을 인도하던 자가 수리도를 빼어 들더니 번개가 무색한 속도로 날렸다.

하지만 뒤이은 상황은 자신들의 눈으로도 믿기가 힘든 일이 벌어진 것이다. 시커먼 안개와 같은 벽이 수리도를 튕기고, 자신들조차 이해되지 않는 몸놀림으로 앞선 자의 머리 위에 나타나더니 한 수에 그를 제압해 버린 것이 아닌가.

자신들에 비해 뒤떨어지지 않는 고수를.

한순간, 두 살귀의 눈이 마주쳤다. 살(殺)! 무언의 동의.

나무의 그림자에 모습을 숨기고, 빛살처럼 떨어져 내렸다. 그리고 베어버렸다, 수십 조각으로. 하지만 그것은 모두가 느꼈던 신기루였다. 꿈같은 환상이었다.

베어졌으리라 생각했던 진고영의 몸이 안개처럼 흩어져 버린 것이다.

"헛!"

그럼 자신들이 벤 자는?

수리도를 날린 자를 제압한 진고영은 머리 위에서 느껴지는 음울한 기운에 모든 감각을 개방했다. 거리는 일 장 정도. 관천곤에 기를 뿜어 내 제압했던 자의 등을 치고, 그 탄력을 이용해 구절미보의 환자결을 응용, 순식간에 여덟 방위를 짚어 그림자를 만들며 몸을 솟구쳤다. 내려오던 자들보다 더 빠르게, 찰나의 순간이었다.

팅기듯이 올라가는 진고영의 양옆으로 두 개의 그림자가 빛살처럼 내리 꽂힌다. 이제는 거꾸로 자신이 위다.

번! 쩌저적!!

군마벽파(群馬霹破)에 이은 낙뢰절지(落雷切地)! 뇌전이 구름을 뚫고 대지를 찢어발길 듯이 내려쳐진다, 시커먼 뇌전이!

땅에 내려선 두 살귀는 하늘에서 느닷없이 항거할 수 없는 가공할 기세가 머리를 짓누르자 두 발이 굳어버렸다.

어디로 피해야 한단 말인가?

사방의 나무들이 괴로워 비명을 지르고 있는데!

전신이 찢어질 듯한 고통으로 굳어져 버리는데!

하지만 그들은 생각을 그리 길게 할 수가 없었다.

콰쾅!!

"크어억!"

위로 쳐들린 두 자의 첨검이 산산이 부서지더니 머리 속이 새하얗게 비어버리는 충격과 함께 이 장 밖으로 팅겨져 나가 버린 것이다.

그야말로 숨 한 번 쉴 시간도 지나지 않아 벌어진 일이었다.

숲 밖에서 쳐다보던 사람들은 얼이 빠진 듯 멍해져 있다. 사실 절정 고수들끼리의 싸움보다 이런 싸움이 그들에겐 더 충격적으로 보이는 것이다. 게다가 적들에게 충격을 줄 목적으로 약간은 의도적인 과장된 공격, 군마벽파를 더해 사방을 쓸어버리기까지 했으니…….

진고영이 쓰러져 있던, 수리도를 던진 자의 목덜미를 끌고 밖으로 나오자, 전마도 궁무진의 입에서 가볍게 놀라는 소리가 나왔다.

"수리천살(袖裏天煞) 강후종?"

놀람은 잠시, 위경리가 유군혁을 쳐다보았다.

"어쩔 것이냐? 저들은 너의 목숨까지 뺏으려 했다. 그래도 더 비호하겠다는 것이냐?"

이미 기세는 말할 것도 없고, 그나마 목숨이 붙어 있다는 것이 감사할 지경이다.

"그, 그들은… 동운산……."

역시 동운산 쪽이다. 하지만 사마중안은 그곳까지 가지 못했으리라는 게 유군혁의 말이었다. 중간중간 은밀하게 움직인 고수들이 진을 치고 있다는 것이다. 그리고 자신이 알 수 없는 고수까지.

젠장, 그럼 더 지체할 시간이 없다.

"아우, 아무래도 급할 것 같은데?"

"할 수 없지요."

나직이 말을 내뱉은 진고영이 유군혁과 온몸이 엉망이 된 교호상을 바라보았다.

"당신들이 어디로 가는지는 상관하지 않겠소만, 그만 되돌아가는 것이 목숨이나마 붙일 수 있는 기회일 것이오."

"알겠습니다, 진 대협."

이미 철저히 깨달았다, 죽지 않은 게 다행이라는 것을.

유군혁의 눈이 다 죽어가는 수리천살을 향했다.

“염치없는 부탁입니다만, 저자는 저희가 처리하게 넘겨주십시오.”

묵묵히 고개를 끄덕인 진고영이 숲 속으로 발길을 돌리자, 위경리도 다급히 손에 잡고 있던 귀혈마를 유군혁에게 던졌다. 이제는 필요없어진 물건인 것이다.

“이놈들도 너희들이 맡아라.”

그리고는 신형을 날려 진고영의 뒤를 따르고, 다른 일행들도, 조금은 아쉬운 듯한 눈빛을 하고 있는 방거산 부부까지 미련을 버리고 위경리의 뒤를 따라 숲 속으로 들어가 버렸다.

“거 왜, 원수지간이라는 천은산장 놈들을 그냥 놔두는 겁니까?”

몸을 날리던 중에 방거산이 위경리에게 물었다.

“그럼, 무릎을 꿇은 쫄따구들까지 다 때려죽이랴?”

“그건 아니지만……..”

“진 아우는 대가리들하고 겁도 없이 대드는 놈들은 몰라도, 뭣도 모르고 따라온 놈들까지 다 죽이는 것을 원치 않는다. 너도 그건 잘 알고 있어야 한다. 그렇지 않으면 우리와 함께 다니지 못할 테니까.”

“누가 뭐라 했수? 알았수, 위 숙부.”

그 둘과 다르게 홍이지가 임수행에게 귓속말을 하듯 물었다.

“햐! 굉장한데? 그건 그렇고, 손가락에서 빨간 것이 쏘아지던데……
그거 진짜 마음에 들던걸?”

“홍루지라고 하는 지법인데, 홍 소저도 마음에 드나 보군. 아마 더 다니다 보면 기가 막힌 것을 많이 볼 수 있을걸?”

어쭈? 언제부터인지 말을 트고 있는 두 사람이었다. 어젯밤이 지나면서부터 그랬다. 스물넷 동갑내기들이 말을 트기로 한 것이다. 물론 홍이지의 강권에 의한 것이긴 하지만, 임수행도 싫지는 않았다.

"내가 말 놓는데 네가 말 높이면 남들이 나더러 뭐라 하겠냐?"

싫기는커녕, 가슴에 바람이 잔뜩 들어가 날아갈 것만 같았다.

4

그 시각, 사마중안은 자신이 계획했던 일이 이미 틀어지고 있다는 것을 절감했다. 쫓아온 놈들이 너무나 많은 것이다. 아무리 자신의 신병이 중요하다지만 이 정도까지는 아닐 것이다. 그럼 이유가 뭘까?
곰곰이 생각해 봐도 이유는 하나뿐, 공손곽이 머리를 쓴 것이다. 자신을 잘 알고 있는 그놈이. 아니면 장주께서? 그것은 가능성이 낮다. 이런 일에 머리를 쓰실 정도로 직접 나서시는 분이 아니다. 그렇다면 그분의 생각을 공손곽이 읽었다는……. 제기랄!
도주로를 비틀어보았다. 하지만 그래도 추적은 여전했다. 느리지도 빠르지도 않다. 차라리 빠르기라도 하면 틈이 있을 텐데…….

이틀이 지나자 세 명에게 먼저 해독약을 줘버리고, 따로 떼어서 돌아가게 만들었다. 놈들의 이목을 흐리게 할 목적으로.
처음에는 어느 정도 통하는 것 같았다. 그러나 한 시진이 지나자 다시 따라붙기 시작한다. 두 번의 작은 싸움이 있었고, 시혈마와 사혈마가 나서서 그들을 막았다. 그러다 결국은 자신까지 나서게 되었다.

두 마인은 자신이 무공을 지닌 것을 알고는 있었지만 설마 자신들에게 뒤지지 않을 정도라는 것은 몰랐다는 듯 크게 놀라야만 했다.

"놈! 그동안 무공을 숨겼었구나!"

"내가 말하지 않은 것과 당신들이 못 알아본 것과는 엄연히 차이가 있소. 그리고 내가 강한 무공을 지니고 있다면, 오히려 득이 되면 되었지 해가 되는 일은 아닐 것이 아니오."

말인즉 옳은 말이다. 그동안 속았다는 생각과 어쩌면 그래서 빠져나갈 가능성이 많아졌다는 안도감이 마음속에서 부딪쳤지만 결국은 후자가 이겼다. 어찌 되었든 사는 게 중요한 것이다.

그렇게 자신들이 계획했던, 여우가 자신의 굴을 버리고 너구리의 굴로 찾아가는 방법을 택한 것이 조금씩 빗나간단 생각이 들 때에, 마침내 놈들이 전면으로 나서기 시작했다. 끝내기로 결정을 내린 것 같다. 그렇다면 자신들보다 강한 놈들이 적어도 두세 배는 된다는 말이다. 지독한 놈들! 조금만 더 시간이 있어도…….

새벽녘의 안개처럼 스멀스멀 밀려오던 기운들이 어느 순간 폭풍이 되어 쏟아져 온다.

"치고 빠진다!"

시혈마의 외침과 함께 사혈마가 앞으로 튀어나갔다. 뒤를 따라 시혈마가 사방을 훑어보며 몸을 날리고, 맨 뒤에서 사마중안이 쌍장에 가득 진기를 주입하고 얼굴을 굳힌 채 뒤따른다.

쩌정!

처음의 격전은 사혈마의 날이 굽은 도가 바람처럼 달려오며 장검을 휘두르는 자와 부딪치며 시작되었다.

철혈전단!

놈들은 지옥 수련을 겪었다는 철혈전단이다. 천은산장의 삼 단 중 하나. 그렇다면 쉽지 않다. 몇 놈이나 왔을까?

서너 걸음 물러나던 철혈전단의 무사가 다시 검을 고쳐 잡고 사혈마에게 부딪쳐 가는 게 보인다.

"조심하시오! 놈은 한 놈이 아닐 것이오!"

사마중안의 외침이 끝나기도 전에 허공에서 나뭇가지 사이를 뚫고 하나의 인영이 쇄도해 오고 있다. 연수합격의 달인들, 사마중안이 알고 있는 철혈전단의 공격법. 그 위력은 과연 무서웠다.

일반 고수들과는 그 차원이 다르다. 철저한 서로 간의 조력이 자신들의 능력을 몇 배나 극대화시키는 것이다. 다섯이면 천하의 절정고수도 상대할 수 있다는 자들. 그렇다면 또 있을 것이다.

그의 생각이 끝나기도 전에 여기저기에서 불쑥불쑥 모습을 보인다.

맙소사! 족히 열은 될 것 같다.

"일단 물러납시다!"

사마중안이 한 소리 외치며 우측 숲으로 몸을 날렸다. 하지만 시혈마만이 따라올 뿐 사혈마는 발목이 잡혀 버렸다. 어쩔 수 없다는 생각에 정신없이 달려간다. 시혈마도 이를 악물고 분루를 삼키며 달린다. 좀 전에 본 대로라면 사혈마는 살아남기 힘들지도 모른다. 그렇다고 자신 역시 그곳에서 싸우고 있을 수만은 없었다.

일단은 놈들의 포위망을 벗어나는 게 사는 길이다. 그래서 달리는 것이지만 분하기 짝이 없는 일이었다. 하수들에게 밀려 도망쳐야 하다니. 형제들이야…… 젠장! 어쩔 수 없는 일이다.

그렇게 달리던 사마중안이 풀쩍 뛰어오르는 게 보인다. 의아한 시혈마가 눈을 크게 뜨자, 나무들의 그림자 사이에서 또 다른 그림자가 사마중안을 덮치는 것이 보였다. 희끗한 그림자의 신형이 움직일 때마다 사마중안은 발작을 일으키는 것처럼 정신없이 몸을 틀고 있었다.

"무양단?!"

놀람의 목소리가 떨리고 있었다. 처음 있는 일이었다, 사마중안의 목소리가 떨려 나오는 것은.

그것만으로도 시혈마는 적들이 심상치 않은 놈들이라는 것을 짐작할 수 있었다.

쌍수의 겸을 앞세우고 그림자의 허리를 잘라 들어갔다. 휘둘러지는 쌍겸에 그림자의 허리가 잘린다. 하지만 그것은 단지 그의 착각일 뿐.

"물러나시오!!"

사마중안의 외침이 귀에 닿기도 전에 시혈마의 신형도 비틀렸다. 하나의 날카로운 예기가 목을 베어 들어오는 것이다.

츠측!

귓전을 스치고 지나가는 검날에 귀가 반쯤 베어져 버렸다. 그러나 통증을 느낄 시간도 없이 또 그림자들이 몰려오고 있었다.

이를 악다물고 신형을 회전시키며 쌍겸을 휘둘러보지만 잡히는 것이 없다. 그런데 한쪽에서 억눌린 신음이 터진다.

"크윽!"

사마중안의 신음이다. 자신보다 더 강하리라 생각되었던 사마중안이 당한 것이다. 주위를 두리번거려 상대를 찾아보았다. 저만치 물러나 옆구리를 감싸 쥐고 있는 사마중안이 보인다. 그럼 적들은?

미처 생각을 이어갈 사이도 없이 오른쪽에서 바람이 몰려온다. 쌍겸을 본능에 따라 휘둘러 갔다.

쩌러렁!

처음으로 무기끼리 부딪치는 소리가 나고, 나무 그림자 사이에서 온몸을 흑의로 감싼 자가 튀어나온다. 싸늘히 식은 눈을 빛내며.

"무양단의 살귀들까지 왔다니……."

사마중안의 눈이 절망으로 물들었다. 둘이면 절정의 고수들을 암살할 수 있다는 자들. 적어도 서너 명은 된다. 그렇다면 자신들로서는 상대할 수 없다는 말.

입술을 지그시 문 사마중안이 품속에 손을 넣더니 가까이 다가온 시혈마에게 무언가를 던졌다.

"해약…… 알아서 하시오."

파란 밀랍에 싸인 단환, 그것을 바라보는 시혈마의 눈이 흔들렸다. 무양단의 살귀라는 놈들을 바라보았다. 그들의 시선은 사마중안을 향해 있다. 그렇다고 자신을 곱게 보내주지 않으리라는 건 자명한 일.

슬금슬금 손에 쥐어진 단약을 입으로 가져가는 시혈마의 이마로 땀이 솟는다. 한순간이 결정하는 이런 싸움에서는, 손 하나의 움직임이 자칫 허점으로 작용할 공산이 큰 것이다.

주위를 둘러싼 자들 중 하나가 자신을 쳐다보는 게 느껴진다. 움직임을 멈추고 가만히 있자 놈도 움직이지 않는다. 느리게 손을 움직여 보지만 순간이 하루보다 길게 느껴진다. 그러다 마침내 입에 단환을 털어 넣었다.

재빨리 손을 내리고 자세를 취하려는 순간, 자신을 바라보고 있던 자가 바람처럼 달려든다.

팍!

땅을 박차고 뒤로 신형을 날리며 쌍겸에 모든 힘을 실어 내쳤다. 수십 갈래로 쓸어가는 쌍겸의 위력은 자신이 펼친 것이라 믿을 수 없을 정도로 정교한 그물망을 형성했다.

쩌저저정!

불꽃이 튀어 오르는 가운데 손이 저릴 정도로 충격이 몰려온다. 하지만 놈도 마찬가지로 충격을 받았는지 전진해 오던 속도가 늦춰진다. 창백해진 안색으로 입가에 피가 배어 나오는 것도 잊고 신형을 튕겼다.

문득 그의 눈에 사마중안이 두 개의 그림자 사이에서 몸을 휘돌리는 게 보인다. 역시나 자신보다 더 고수였다. 자신은 하나도 벅찬데 사마중안은 둘을 상대로 그럭저럭 버티는 것이다.

그때, 사마중안의 머리 위에서 나무 그림자가 죽 늘어나는 게 눈에 들어왔다. 사혈마는 자신도 모르게 외쳤다.

"위에 또 한 놈!!"

사마중안은 내상을 각오하고 전력을 다해 두 명을 밀치고 막 숲으로 뛰어들려다가 시혈마가 외치는 소리에 땅으로 몸을 굴렀다. 살고자 하는 본능이었다. 고개를 돌리자 그가 굴러간 자리에 하나의 단검이 꽂혀 있었다.

식은땀이 등줄기를 타고 흐르는 것을 느낄 틈도 없이 밀려갔던 그림자들이 다시 흐느적거리며 자신에게로 몰려오는 것이었다.

세상에……. 몇 놈이나 왔단 말인가!

하지만 그의 의문은 곧 다른 목소리에 의해서 풀려 버렸다.

"거기까지다, 사마중안!"

낭랑해서 언뜻 젊은 사람의 목소리처럼 느껴지는 음성이 울렸다. 그러자 그 음성을 들은 사마중안의 안색이 흙빛으로 물들어 버렸다. 그는 그 음성의 주인을 아는 것이다.

느릿느릿, 차마 보기 싫은 듯 천천히 고개를 돌린 사마중안의 눈에 자주색 장삼을 깨끗이 차려입은 한 사람이 들어온다.

"다, 다, 당신이…… 어떻게 여기까지!"

떨리는 사마중안의 목소리가 초로인을 즐겁게 하는가 보다.

입가에 웃음을 걸친 초로인이 여전히 웃는 낯을 한 채 걸음을 옮겨 사마중안에게 다가가자, 한 소리 외치느라 도망갈 시기를 놓쳐 버린 시혈마가 인상을 쓰며 머리 속에서 누군가를 꺼내려 애를 쓴다. 그러다 마침내 하나의 이름을 떠올렸나 보다.

"자, 자, 자양마도(紫陽魔刀)…… 적산형?!!"

시혈마의 눈이 암울한 두려움으로 물들었다. 제기랄! 제기랄이다.

우내십팔마 중에서 비록 환우사마에는 못 들어도 절대 그들에게 뒤지지 않을 거라는 자. 환우오마라고 이름을 바꿔야 한다는 말을 나오게 만든 절정의 고수.

그러나 무엇보다도 그를 말할 때는 그의 사부이자 과거 삼십삼천 중 팔대천마라 불렸던 자전신마(紫電神魔)의 이름이 앞에 놓여 있었다. 그런 그가 사마중안을 잡는 책임자로 나서다니, 생각도 못한 일이다.

"그냥 죽지 뭐 하러 고생하나?"

낭랑한 가운데 기이하게도 은은히 사기가 느껴지는 기운이다. 그리고 그런 기운은 진고영도 느끼고 있었다. 백여 장 밖에서 신형을 날리던 진고영도.

처음에는 그저 강한 기운이 서려 있다는 것만 느꼈다. 아마도 자신을 숨기고 있었으리라. 절정의 고수라면 충분히 가능한 일이니까. 한데 어느 순간부터 그 기운이 드러나기 시작했고, 그 속에서 묘한 느낌이 전해져 왔다. 그리고 가까이 갈수록 더 강해졌다.

진고영은 뒤따라오는 위경리에게 전음을 날렸다.

"노형님, 뜻밖의 강한 자가 있습니다. 조심하십시오."

진고영의 말에 위경리의 안색이 굳어졌다. 진고영이 강한 자라 말할 정도면 결코 자신의 아래가 아니라는 말일 것이다. 대체 누가 있기에…….

오십여 장을 더 전진하자 누군가가 부딪치는 소리가 들린다. 거기에 작은 신음까지.

시혈마가 더 늦으면 기회가 없을 거라 생각했는지 자신의 뒤에 있는 무양단의 살귀를 향해 돌진한 것이다. 쌍겸을 휘두르며.

따다당!

검과 부딪친 쌍겸이 밀려나고 뒤로 한 걸음 물러서자, 살귀가 무심한 눈으로 달려든다. 다시 쌍겸을 내밀고 엇갈려 그어갔다. 그러자 불쑥 검을 내밀어 겸의 진로를 막던 살귀의 나머지 한 손이 번개처럼 뿌려진다.

차락! 픽!

"이런! 으윽!"

다섯 치 크기의 강전이 소매 속에서 튕겨진 것이다. 미처 몸을 돌릴 사이도 없이 강전이 어깨에 틀어박혔다. 그로 인해 뒤로 주르륵 물러난 시혈마가 급히 몸을 세우고 쌍겸을 들었지만, 이미 한 손은 쓰기가 힘든 상황.

그나마 다행인 것은 상대도 한 손이 너덜너덜해진 채 핏물이 새어

나오고 있어 덤벼들지 않고 있다는 것이었다. 어쩌면 이미 상황 끝이라고 생각한지도……

앞으로 삼십여 장. 신음이 누구 것인지는 모른다. 다만, 아직 죽어갈 정도는 아닌 것 같다.

진고영의 신형이 빨랫줄처럼 쭉 뻗어나간다. 거의 다 왔지만 자칫 한순간의 실수가 모든 것을 공염불로 만들 수 있는 것이다. 그때였다. 낭랑한 목소리가 나뭇가지 사이를 뚫고 들렸다.

"이제 그만 가거라."

사마중안은 자신에게 다가오는 적산형이 지옥 사자로 보였다. 도저히 빠져나갈 수 없는 상황이다. 마지막 기회를 노리기 위해서 무공까지 숨기며 방심하기만을 기다려 왔는데……. 젠장! 공손곽! 네놈은 이미 나의 숨겨진 무공을 알고 있었구나! 하지만 여기서 죽을 수는 없다!

혼신으로 모든 공력을 다 끌어올렸다. 두 손에서 은은한 붉은 빛이 암울하게 피어오른다.

"타앗!!"

그리고는 덮쳐 갔다. 일 장을 격하고 적산장력을 쏟아냈다. 적어도 한 수는 견디리라. 그러면 또 희망이 생길지도……

"어리석은 놈."

적산형 우수가 옆에 매달린 자주색 도집에 담긴 자운도(紫雲刀)를 잡아갔다. 그리고…….

끼이이잉!

귀를 막고 싶을 정도의 기음이 터지고 도가 모습을 드러내더니 허공을 난자(亂刺)해 간다.

찌지지…….

사마중안의 붉은 장력이 갈기갈기 찢겨져 나간다. 금방이라도 적산형의 전신을 덮을 것만 같던 기운이 허공에서 사그라지며 뿔뿔이 흩어진다.

'역시 안 되는 것인가?'

강력한 도기가 자신의 장력을 헤집고 가슴으로 밀려오는 것을 바라보는 사마중안의 눈이 절망으로 암울하게 젖어갔다. 가슴이 찢어지고 심장이 곧 튀어나올 것만 같은 바로 그때였다!

"타핫!!"

일성, 숲을 요동치게 만드는 기합이 들리더니 움찔하는 적산형의 눈이 사마중안을 놀라게 한다. 세상에! 천하의 자양마도가 한 소리 기합에 놀라다니……. 하지만 사마중안은 생각도 못하고 있었다. 지금 적산형이 얼마나 놀랐는지를. 그저 약해진 상대의 도기에서 몸을 빼낼 절호의 기회라는 것만 생각할 뿐이었다.

주르륵, 뒤로 오 보를 물러나 적산형이 쫓아 들어올 것에 대비해 떨리는 쌍장을 가슴으로 들어올리고 앞을 노려보았다. 그리고 끝내 참을 수 없는 놀라움에 입이 쩍 벌어졌다.

콰과과과!!

허공에서 하늘을 온통 뒤집을 듯이 시커먼 기운이 밀려 내려온다. 폭포수 같은 강기의 다발이 쏟아지고 있는 것이다. 목표는 적산형!

진고영은 나뭇가지 사이로 사람들의 모습이 보이는 순간, 허공으로 신형을 날렸다. 내려다보니 눈에 들어온 것은 한 사람이 쌍장을 들고

자주색 장삼을 입은 자를 공격하는 것. 그러자 자주색 장삼인이 도를
빼 들더니 장력을 쪼개고, 나아가 허름한 유생복을 입은 자를 난도질하
려는 상황. 더 생각할 겨를이 없었다.

"타핫!

한순간 소리를 질러 도를 든 자에게 집중했다. 일반인이라면 머리
속이 터져 버릴 정도의 기운이 실려 있는 소리였다. 움찔하는 사이 유
생복을 입은, 사마중안이라 의심되는 자가 뒤로 물러나는 게 보인다.
일단 첫 번째 목적은 달성이 되었다. 이제는 도를 든 자가 목표다.

관천곤을 든 우수에 대연일기공을 끌어 모으자, 시커먼 묵기가 손에
서 뻗쳐 곤을 감싼다. 거리는 삼 장. 류동수혼! 자주색 장삼인의 주위
를 관천곤의 기운 아래 감싸고,

번쩍! 으르르…….

낙성단혼! 별무리가 뇌전이 되어 쏟아져 내린다.

적산형의 안색이 창백하니 굳어져 버렸다. 생각지도 못했던 상황.

꿈에도 보지 못했던 위력의 공격이 자신을 향해 쏟아져 내리고 있는
것이다. 다급히 두 손에 전신공력을 끌어올렸다.

"오오오옷!!"

자주색 도강이 자신의 도를 감싸자 하늘을 찢어버릴 듯 순간적으로
십팔도를 휘둘러 쏟아지는 묵강에 부딪쳐 갔다. 적산형 필생의 공력이
담겨 있는 공격이었다.

공격에는 공격.

둘 중 하나 힘이 약한 자가 지는 것이다.

최소한 나, 적산형은 물러나며 살지 않았다!

콰콰콰과……!

쩌쩌쩌저정!!

강기끼리 부딪치는 광경은 참으로 아름답기까지 해 보인다. 하지만
그 위력은 공포스런 광경을 연출했다.

비산하는 강기의 파편으로 분분히 물러서는 무양단 살귀들의 눈에
처음으로 경악과 공포가 함께 자리잡고, 해연히 입을 벌리고 쳐다보던
사마중안의 눈이 반쯤 풀려 버렸다.

쩌적! 우지끈!

한아름은 될 것 같던 나무들이 껍질부터 뜯겨져 나가며, 결국에는
속살까지 부서져 버리자 무게를 못 이기고 쓰러져 간다.

쿠구궁……!

사방이 온통 나무의 파편으로 넘실거린다. 가운데에서 휘도는 강기
의 기운에 휘말린 나뭇가지들이 가루가 되어 바람에 쓸리며 몸을 덮친
다. 그제야 사마중안은 정신을 차리고 주위를 둘러보았다.

무양단의 살귀들이 저만치 물러나 있다. 가운데서는 누군지 모르나
엄청난 싸움이 진행 중이다.

기회! 슬그머니 발을 뒤로 빼고는 그대로 몸을 날렸다. 삼 장, 자신
의 머리 속에 있던 숲과의 거리.

휙, 몸을 돌리며 나오는 득의의 웃음을 참고 숲으로 뛰어들었다. 순
간, 눈앞에 보이는 거대한 그림자. 재빨리 신형을 옆으로 틀며 뛰어들
었다. 그런데 거대한 무언가가 바로 눈앞에 있다.

픽!

뭐야? 놀랄 사이도 없이 머리가 돌아간다. 그러자 사람의 발이 보인
다. 있는 힘을 다해 다시 뒤로 신형을 날리려 하자, 다시 무언가가 자

신의 머리를 후려쳐 온다. 그리고 들려오는 말.

"살살 때리쇼! 너무 세게 때리다 죽으면 어쩔라고."

귀를 웅웅 울리는 커다란 소리, 그리고 뒤따라서 들리는, 이 숲에선 한 번도 본 적이 없는 꾀꼬리 소리.

"육 숙부가 좀 남자답긴 하지. 호호홍!"

한편, 광풍과 함께 땅에 내려선 진고영은 눈앞의 초로인을 지그시 바라보았다.

대단한 자다. 위 노형님이나 육 형님보다 한두 수 위의 강자다. 전에 부딪쳐 본 천양신마 상관욱보다 결코 뒤지지 않는 자.

관천곤으로 펼친 두 수의 연환공격을 막아내고도 여전히 눈을 빛내고 있는 사람이 누군지 궁금했다. 하지만 그것은 나중의 일이다.

주욱 나아가던 신형이 셋으로 분리되더니 허공에 세 개의 곤영이 생겨나 적산형을 압박해 들어갔다. 그러자 적산형도 침중하게 자신의 성명절기 자전십삼도를 시전하기 시작했다.

이미 한 수에 내기가 뒤틀려 버렸다.

믿을 수 없지만 상대는 자신보다 고수다.

누군지 생각할 사이도 없이 덮쳐 오는 자를 향해 자천단귀령(紫天斷鬼靈)의 초식으로 허리 어림부터 머리까지 순간적으로 아홉 번을 그어 갔다.

콰우!! 츠츠츠…….

단번에 자신의 곤영을 자르며 공격해 오는 적산형의 모습에 진고영은 적잖이 감탄했다.

역시 생각대로다. 이미 절정을 훌쩍 뛰어넘은 자.

곤을 들어 빙글 원을 그리자 짙은 묵광이 도강의 기운을 가두고, 도의 진로를 차단하던 진고영의 눈이 번쩍 빛을 발한 순간, 번개가 무색하게 그어지는 자운도의 도신을 곤 끝이 정확히 찍어버렸다.

짜랑! 휘이잉…….

맑은 도음이 울린다. 반원으로 휘어진 도신이 부러지지 않은 것이 신기할 지경이다. 그러나 급히 일 장을 물러선 적산형은 안색이 창백하게 굳어진 채 귀신을 보는 눈빛을 하고 있었다.

세상에! 눈에 보이지도 않을 자신의 도영을 망설임없이 정확히 찍어버리다니. 자신의 눈앞에서 이런 일이 벌어질 수 있다니.

손이 부르르 떨린다. 아직도 부딪친 충격으로 인한 떨림이 가라앉지 않는 것이다.

그런데 저 귀신같은 자가 또다시 시커먼 곤강을 앞세우고 다시 달려드는 것이 보인다.

"이익! 타앗!"

적산형은 혼신 공력을 자운도에 쏟아 붓고 곤영을 반으로 갈라 버리겠다는 듯 내려쳐 갔다. 자전십삼도 중 가장 강력한 힘이 실린 자양단천(紫陽斷天)이었다.

쾅!

짧은 굉음이 숲을 진동시키고, 두 사람의 신형이 주춤, 뒤로 물러섰다.

이 장의 거리. 진고영이 굳어진 눈빛으로 천천히 오른손을 들어올린다. 무겁게 무겁게… 마치 만 근 바위를 곤으로 들어 올리듯.

그러더니 중단으로 올려진 곤을 천천히 내밀었다. 그러자 그 끝에서 시커먼 묵광이 똬리를 틀며 서서히 맴돈다. 그에 따라 물러서서 신형을 바로 세운 적산형의 눈이 파르르 떨리고 있다.

맴돌던 묵광이 하나둘 허공에 둥근 묵환을 그려가자, 적산형의 자운도도 힘겹게 허공에 도강을 그어간다. 이 장을 격하고 마주 서 있던 두 사람 사이에서 밀려가는 묵환과 자색 도강이 부딪친다.

콰…… 쩌저…….

으르르…….

주위에서 구경하던 사람들도, 묵묵히 서서 말없이 바라보던 산천초목도 하얗게 질린 얼굴로 말을 잊었다.

마침내 네 개째 묵환을 쳐가던 적산형의 입에서 피가 흐르기 시작했다. 관천조양에 칠성귀혼을 연환한 공격을 네 번째 변환까지 막아내고 있는 것이다.

그리고…… 다섯 번째. 느리게 다가가던 묵환이 살이 쏘아진 듯 빨라진다.

연이어 빨라지는 여섯, 일곱…… 마침내 무음관천까지 합해지자 적산형의 눈앞은 온통 소리없는 묵환의 환영으로 가득 차버렸다.

적산형의 악문 잇새로 피가 흘러내리고, 창백하던 안색이 싯누렇게 변해간다.

"크으읍……."

신음이 핏물과 섞여 나오고, 마침내…….

따당!

청음과 함께 자운도(紫雲刀)의 허리가 끊겨져 버렸다.

"우웩!"

그리고 견딜 수 없는지 적산형이 맑은 피를 연이어 토해내고는 주저앉아 버렸다. 그러자 허공에 떠 있던 묵환도 안개처럼 스러져 자연으로 돌아가 버렸다.

관천곤을 거둔 진고영이 침중한 눈으로 앞에 무릎을 꿇다시피 주저 앉아 있는 적산형을 바라보았다. 그도 이 사람이 누군지 안다.

적산형. 분명 자양마도라 불리는 그 사람일 것이다. 하지만 이제 강 호에서 그 이름은 그저 떠도는 전설로만 남을 것이다.

천천히 고개를 드는 그가 보인다. 그런 적산형의 눈에 이전에 보였 던 자신감 같은 것은 이미 사라지고 없었다.

"자네가…… 신협 진고영…… 인가?"

"그렇소, 적 선배."

적산형도 알고 있다. 천하에 한 자루 곤으로 하늘을 무너뜨린 젊은 영웅. 일전에 장무담이, 상관욱이 당하고 왔을 때 코웃음을 쳤었다. '당신들도 이제 늙었군' 이라고. 그런데 직접 부딪친 진고영은 상관욱 의 말보다 더하다.

진실은 부딪쳐 봐야 안다 했던가?

'뭐? 제법 매서운 몽둥이라고? 쿡쿡.'

진고영은 처연한 눈으로 자신을 바라보고 있는 적산형을 보다가 한 쪽 숲에서 나는 소리에 고개를 돌렸다.

숲 속에서는 무양단의 살귀들과 철혈전단의 무사들을 상대로 싸움 이 한창이었다. 숲이 들썩거린다. 부서진 나무들, 바위들이 사방으로 팅기며 숲이 울고 있다.

위경리의 쌍장이 무양단의 살귀를 쫓아 숲을 누비고, 백리웅천의 잠 풍검이 냉정한 눈빛과 어울려 살귀의 전신을 노리고 찔러 들어간다. 그런 백리웅천의 허리 어림이 피로 물들어 있다.

방심하다가 나무 그림자 속에서 튀어나온 칼날이 허리를 스친 것이다. 그래서 더 화가 나는지 눈빛이 이만저만 차가운 게 아니다.

냉혈무광이라는 별호가 왜 생겼는지를 각인시켜 주겠다는 듯 검날에서 차가운 청광이 뿜어졌다. 검광이 스치고 지나간 무양단 살귀 하나의 옆구리가 쩍 벌어지며 피가 튀었다. 피비린내가 숲을 진동시킨다.

사지가 잘려 허공에서 공중제비를 돈다.

파바박! 스슥! 서걱!

전마도 궁무진의 도가 나무와 사람을 동시에 베어가며 흑의를 입은 살귀의 팔 하나를 잘라 허공으로 날려 버리고, 염이상이 그동안 익힌 절명삼식을 철혈전단의 무사를 상대해서 처음으로 펼쳐 내고 있다.

도풍이 휘몰아치고 도광마저 번뜩인다. 그 사이에서 하얀 빛살이 번쩍인다.

홍이지의 연검은 소리없이 넘실대며 이름 모를 무사의 목줄을 노리고, 임수행이 행여나 하는 심정으로 옆에 달라붙어 검을 휘둘러대며 눈을 부라리고 있다.

그렇게 정신없는 철혈전단 무사들 사이에서 우형욱의 단창이 사방에 수십 개의 창날을 환영처럼 휘날리고 있다. 이제는 완숙에 가까운 경지, 진정 백산창의 위력을 보이는 것만 같다. 창영을 벗어나면 사마정의 검이 기다리고 있다. 연수합격에 달통한 것이 철혈전단이 아니라 우형욱과 사마정 같기만 하다.

쾅!

위경리의 현고장력이 나뭇가지 사이를 누비던 무양단 살귀의 등판을 가격하자 훌훌 나가떨어진다.

팍!

연부경의 구심지가 몰래 악대헌의 뒤를 공격하려던 흑의 살귀의 목 줄기를 뚫어버리자, 악대헌의 도가 스산한 도풍을 일으키며 허리에서 가슴까지를 쪼개 버렸다.

"끄으……."

방거산이 뚱한 표정으로 호난연과 함께 시혈마를 지키고 있는 사이, 상황은 대충 끝나 가고 있었다.

육정기의 '나만 이놈들을 지키고 있으랴?' 란 한 소리에 그만 옴짝달 싹 못하게 된 방거산은 그나마 진고영의 싸움을 끝까지 지켜본 것에 위안을 삼아야 했다.

하긴, 어찌 보면 평생 보기 힘든 엄청난 싸움을 지켜봤으니 손해는 커녕 이익이라고 할 수도 있지만.

"하고……. 요놈들, 드럽게 사납게 굴더니만 결국은 다 죽어버리고 마네. 에잉!"

위경리가 절레절레 고개를 저으며 숲 속에서 나왔다. 한데 그런 위 경리의 어깨에서 핏물이 스며 나오고 있는 게 아닌가?

"노형님!"

"어? 괜찮아, 살짝 긁히기만 했다구. 그건 그렇고 이놈들, 굉장히 사 납고만. 하마터면 큰일날 뻔했어. 백리 꼬마는 나보다 더 다쳤어. 멋모 르고 대충 했다가 혼났지 뭐."

"예?"

"나머지 두 놈도 궁가하고 연 형이 한 놈씩 잡긴 했는데, 사로잡기 힘들어서 죽이고 말았네."

“사마중안은?”

“음하하하!! 여기 얌전히 잠들어 있네!”

육정기가 호탕한 웃음을 터뜨리며 손가락으로 쓰러져 있는 사마중안을 가리켰다. 그의 말대로 사마중안은 얌전히 잠들어…… 검집에 얻어맞고 쓰러져 있었다.

주위의 소란이 잦아든다. 아마 주위에 숨어 있던 다른 자들도 처리가 된 듯싶다. 아나나 다를까, 우형욱과 사마정이, 그리고 염이상이 각자의 무기에 피를 묻힌 채 숲에서 나오고 있었다.

“철혈전단이라던가? 그놈들이 몇 놈 있어서 처치하기는 했는데 한두 놈은 도망간 것 같습니다, 대형.”

“그들까지는 어쩔 수 없지요.”

상황이 대충 정리된 듯 보이자 진고영이 적산형을 한 번 쳐다보고는 주위에 둘러싼 사람들을 바라보았다. 사마중안은 잡았고, 덤으로 시혈마까지 잡았다. 이미 도망갈 생각을 포기한 그까지.

“가시죠. 가는 길에 혹시 모르니 주위 경계를 철저히 하고 가서야 합니다.”

“저자는?”

위경리의 말에 다시 한 번 적산형을 쳐다본 진고영이 고개를 저었다.

“단전이 부서졌으니 그는 살아도 산 게 아닙니다. 위 노형님께선 다른 생각이라도 있으십니까?”

그때였다.

“크윽!”

한 소리 신음이 들리고, 고개를 돌린 진고영의 눈에 부러진 자신의 도첨을 뱃속에 틀어박은 적산형이 들어왔다. 그걸 본 위경리가 안됐다는 눈으로 적산형을 쳐다보며 말했다.

"해결됐군, 진 아우. 진 아우의 마음은 알지만 어쩔 수 없네. 어차피 아우 말대로 살아도 산 게 아니라면 자신이 앞길을 정하는 수밖에."

"후우, 그런가요."

"적어도 한 시대를 풍미한 고수가 아닌가? 그 정도는 자신이 택하게 해줘야지. 가세, 갈 길이 머네."

어깨를 두들기는 위경리의 말에 진고영은 고개를 끄덕이며 뒤돌아서야만 했다.

자결을 막을 수는 있었을 것이다. 하지만 그럼에도 모두가 뒤돌아섰다. 부러진 도 끝이 그 앞에 있는데도, 그가 그것을 잡아가는데도……

어쩌면 자신의 마음에도 막고 싶지 않은 생각이 숨어 있었는지 모른다. 단지 외면만 했을 뿐이지만.

잡은 두 사람은 힘센(?) 사람이 하나씩 떠맡았다. 방거산이 하나, 그리고 육정기가 하나. 그나마 시혈마는 걸을 수가 있어서 다행이었지만, 그는 내심 정신을 잃은 사마중안이 부러웠다. 육정기가 시시때때를 가리지 않고 검집으로 쿡쿡 찔러대지는 않으니까.

"빨리 가자니까! 그렇게 느려 터져 가지고 어떻게 여기까지 도망친 거냐?"

*　　　*　　　*

사람들이 빠져나간 숲 속은 을씨년스러운 바람만이 휘돌며, 일각 전에 벌어진 싸움이 우습다는 듯 지나다녔다. 그런데 그 바람을 타고 어

289

디선가 지나던 바람조차 숨을 죽이게 만드는 목소리가 들려왔다.

"어떻게 할 건가?"

"뭘 말이오?"

"쫓을 건가?"

"…당신은?"

"궁의 명령을 어길 수는 없지. 하지만 그 목적이 사마중안을 본 궁으로 오지 못하게 하는 건지, 반드시 죽여야 하는 건지를 모르겠군."

"그래서 어찌하겠단 말씀이오?"

"조금 더 쫓아가다가 상황이 안 된다면……. 공연히 목숨을 던질 필요는 없지 않겠나?"

"나 역시 같은 생각이오."

혈귀대주 혈귀마영의 말에 혈왕궁의 추적 전문 집단 추혈단의 조장 마운비 도지명이 고개를 끄덕였다. 결국 손 털자는 이야기를, 한 사람은 어렵게 하고 한 사람은 고심한 듯 힘들게 수긍하고 있는 것이다. 지나가던 바람어 별것도 아닌 걸로 숨죽였다는 듯 횡횡거리며 두 사람을 스치고 지나갔다.

5

돌아가다 보니 자신들이 얼마나 먼 길을 정신없이 달렸는지 실감할 수 있었다. 올 때는 삼 일이 걸린 길이, 갈 때는 그 두 배인 육 일이나 걸려서 형문산 초입에 도착한 것이다. 그리고 다시 하루가 더 걸려서

290

의창에 돌아올 수 있었다.

가는 도중 사마중안의 입을 열려고 했지만 의외로 그는 입을 꼭 닫고 있었다. 분명 배신을 당했건만 쉽게 입을 열지 않는 것이다.

하지만 사람들은 그럴 수도 있지, 하는 마음으로 내버려 둘 뿐이었다.

그러자 이제는 오히려 사마중안의 마음이 흔들리기 시작했다. 자신의 몸값을 올리기 위해서 입을 꼭 닫고 있건만 이자들은 자신에게 한두 마디 묻다가 말을 안 하면 더 이상의 질문을 안 하는 것이었다. 도대체가 조금도 급하게 생각하지를 않으니 자신을 잡아온 목적이 무엇인지 헷갈린 지경이다.

그렇게 장강을 건너가다 의창이 보일 때쯤 위경리가 넌지시 사마중안을 바라보며 입을 열었다.

"자네, 강창선이라고 알지?"

강창선. 물론 들어봤다. 혈왕의 삼제자이자 강규산의 아들. 이자들이 쳐들어가서 잡아왔다는 정보를 받았었다. 그런데 왜?

"그도 자네처럼 입을 안 열더군. 우리야 뭐, 고문을 좋아하지도 않고. 한데 결국 그는 모든 말을 다 했지. 아니지, 그가 말한 게 아니고 그의 마음을 다 들여다봤다네. 뭐, 나중에 그 후유증으로 겨우 목숨만 이어가다 혼까지 타버리고…… 결국은 죽고 말았지만. 자네가 입을 안 열어도 상관은 없어, 그냥 들여다보면 되니까."

안색이 창백해진 사마중안이 말을 잃자 옆에 있던 육정기가 한마디를 더 했다.

"혼이 타버리면 지옥에도 못 간다던데……. 정말일까요?"

이제는 경지에 들어선 두 사람의 쿵쿵짝이었다.

6

의창에 도착해서, 멍하니 하루를 보내던 사마중안이 넌지시 진고영을 찾은 것은 그날 저녁 자정이 다 되어서였다.

"다 말하겠소. 뭐가 궁금하시오?"

"혁련유천에 대해서 당신이 알고 있는 것을 다 말해 주시겠소?"

밤이 늦었는데도 사마중안이 입을 연다는 말에 우르르 몰려온 사람들이 귀를 활짝 열고 사마중안을 바라보았다. 그런데 사마중안은 그것이 부담스러운지 머뭇거리며 쉬 입을 열지 않는다.

그러자 위경리의 한 소리.

"내 밑으로 뒤돌아 앉아! 이 친구가 부담스러워서 말을 못하잖아! 싫으면 나가든지!"

조금 무안한 듯한 연부경만 그대로 앉아 있고, 나머지는 슬금슬금 뒤돌아 앉았다. 심지어는 사마충인까지.

하지만 홍이지만은 또릿또릿 위경리를 바라본다. 할 수 없이…….

"여자는 빼고."

그러자, 펄럭! 우아하게 한 마리 커다란 호랑나비도 다시 뒤돌아 앉았다.

참 못 말리는 노형님이시다. 풋, 웃음이 나오는 걸 억지로 참고 사마중안을 바라보았다. 이제 이야기해 보시겠소? 하는 눈으로.

"혁련 장주는… 무서운 사람이오……."

잠시간 말이 끊겼지만 누구도 재촉하지 않았다. 그의 말속에서 알수 없는 두려움이 모두에게 전이가 된 것이다.

"후우……. 내가 그분을 모신 것은 이십여 년, 그중 가까이 보좌한 것이 십 년 정도……. 하지만 내가 그분에 대해 아는 것은 빙산의 일각일 뿐이오. 심지어는 그분이 지닌 무공에 대해서조차 정확히 모르고 있소. 다만…… 극히 무섭고 사악한, 그야말로 눈빛만으로도 사람을 죽일 수 있는 정도라는 것뿐……. 나름대로 알아본 바에 의하면 도제를 제외한 귀왕, 금왕, 그리고 음마존 등을 비롯한 절정의 고수들이 그분에게 패했기 때문에 천은산장에 몸담고 있다는 것만 알 뿐이오."

봄기운을 날려 버리는 싸늘한 한풍이 실내를 휩쓸고 지나갔다. 도제와 귀왕은 그렇다 치고, 오왕 중 하나 금왕과 팔대천마 중 음마존이라니…… 대체…….

"그, 그들이 모두 천은산장에 있단 말인가?"

위경리의 목소리가 은근히 떨려 나온다, 자신도 모르게.

"상관욱이 천양마제의 제자인지는 아실 겁니다. 거기다 적산형 역시 자전신마의 제자. 어찌 생각하면 더 많은 고수들이 있는 거와 다름이 아니지요."

"허!"

진정 두려움이었다. 더 듣기가 무서울 정도다. 문제는 아직 사마중안이 전부를 말하지 않았다는 것이다. 자신들이 동운산 숲에서 보았던 살귀들 역시 둘이면 위경리의 실력으로도 신중을 기해야 할 것이다. 아득한 그의 심정을 대변하듯 뒤돌아서 듣던 육정기가 고개를 내둘렀다.

"대체! 그 정도의 고수들을 지니고도 여태 가만있었던 이유가 뭐란 말이냐?"

모두가 궁금한 물음이었다.

"천하는 생각보다 넓소. 하늘은 높고 땅은 넓소. 여기 있는 당신들만 봐도. 그리고 무림련의 웅크리고 있는 힘도……."

말을 하다 말고 백리웅천을 돌아본다.

"사실 동쪽의 대풍운보만 치고 나면 시작하려 했소. 엉뚱한 일이 벌어져 일이 쉽게 되나 했는데, 그만 더 엉뚱하게 당신들이 모여들었고, 도제와 귀왕이 꺾였소."

천음마인의 사건을 말하는 것일 게다.

"혈왕궁이 북을, 본 장이 남을 치려던 계획이 어긋나기 시작한 것은 그때부터요. 다된 밥이었는데……."

실실 웃음을 흘리는 사마중안의 눈이 반쯤 풀려 버린 듯하다. 하지만 아무도 묻지도, 말하지도 못하고 그의 입만을 쳐다볼 뿐이었다.

"그렇다고 크게 달라진 것은 없을 것이오. 그의… 혁련 장주의 생각은 말이오……."

"으음……. 천은산장의 뒤 계곡에 대한 것을 알고 있으면 말해 주시오."

멍하니 천장을 쳐다보고 있던 사마중안의 눈이 진고영의 물음에 놀라움으로 크게 뜨여졌다.

"다, 다, 당신이 어떻게 그걸……?!"

"백령곡(白靈谷)이라 들은 것 같소만."

"백… 령… 곡……. 악마의 계곡……. 으으음……."

의외의 상황에 뒤돌아 앉아 있던 사람들마저 부르르 몸을 떨며 되돌아 앉았다. 대체 그곳이 어떤 곳이기에…….

심지어는 말을 한 진고영조차 놀라 눈을 크게 떴다. 주천괴가 공포에 질려서 도망 나왔다는 말은 들었지만 설마 했었다.

"그곳은… 악마들이 숨 쉬는 곳……. 흐으… 후웁."

창백한 안색으로 숨을 크게 들이킨 사마중안이 생각하기도 싫다는 듯 눈을 감았다가 천천히 떴다.

"나 역시 자세히는 모르오. 당신들도 그곳에서 나온 자들과 부딪친 적이 있을 것이오."

잠시 고개를 갸웃거리던 위경리가 입을 쩍 벌리고 소리쳤다.

"귀왕하고 같이 왔던 놈들!!"

"그렇소. 천루동의 아이들… 혁련유천은 그들을 그렇게 부르고 있소. 처음으로 세상에 나가 결국 죽고 말았지만."

"그럼… 그런 놈들이 또 있다는 것이냐?"

묵묵히 고개를 끄덕이는 사마중안이었다.

"백령곡에는 세 개의 동굴이 있고, 그중 둘이 악마를 조련하는 곳이라고만 알고 있을 뿐, 나 역시 자세한 것은 모르오. 더구나 다른 하나의 동굴은 무엇을 하는 곳인지조차……."

"그럼 네놈이 아는 것은 뭐란 말이냐?"

위경리의 추궁에 사마중안이 천장을 바라보며 처연히 웃었다.

"그러게 말이오……. 나도 내가 꽤나 많은 걸 안다 생각했었는데 제대로 아는 것이 무엇인지……. 흐허허."

"혁련유천과 혈왕의 관계는 아시오?"

안 되겠는지 진고영이 입을 열어 그가 알 만한 것을 물어봤다. 여전히 천장만 쳐다본 채 입을 여는 사마중안.

"그 둘은…… 배다른 형제요. 겉으로는 형제여도 속으로는 죽이지 못해 안달하는……."

이후, 자잘한 이것저것을 물어보자, 사마중안은 순순히 아는 대로 답을 해주었다. 하지만 그것은 일반적인 것일 뿐, 진정 깊숙이 감춰진 것은 알지를 못하고 있었다.

하지만 그 정도만 해도 적지 않은 충격이었고, 앞으로의 일을 진행하는 데 많은 도움이 된다 할 수 있었다. 적어도 잡아온 값어치는 충분히 한 것이다. 물론 더 자세하고 세밀한 것은 철한장에 가서 천천히 조사하면 될 일이다.

그렇게 한 시진 정도가 지나자 사마중안이 기력이 모두 빠져나간 듯한 목소리로 진고영을 바라보았다.

"왜 혁련 장주가 나를 방치했는지 알 것 같소. 나는… 바둑판의 버려진 돌. 입을 열어도 그다지 두려울 것은 없는……. 다만 귀찮을지 모르니 죽이려 했던… 그렇지 않다면… 이리 쉽게 놔두지는 않았을 것……. 어쩌면 혈왕궁으로 갔다 해도…… 문턱도 못 밟아보고 죽었을 것……."

"지금 당신이 한 말을 다른 사람들 앞에서도 이야기할 수 있소?"

진고영의 물음에 사마중안이 힘없는 웃음을 지었다.

"후후후……. 무슨 말을 못하겠소. 하지만 다 부질없는 짓. 오히려 천은산장의 무서움만을 인식하고 꼬리를 말 것이오, 천하의 거의 모든 문파가."

장내가 조용히 가라앉았다.

사마중안의 말이 틀리지 않은 것이다.

아직 크게 세상에 악을 행한 것이 없는 천은산장이 패권을 잡는다 해서, 별로 달라질 것이 없을 거라 생각하는 자들이 상당수 될 것이다.

결국 천은산장의 무서움을 알려 두려움만을 심어주는 꼴. 그 두려움을 떨치고 일어서 멸문을 각오하고 천은산장을 치려는 자들이 얼마나 될까?

실로 무섭고 대담하고 치밀한 혁련유천이었다.

그리고…… 자신들은 그런 천은산장과 싸우고자 하는 것이다.

7

사마중안의 말을 듣기라도 한 것일까?

천은산장 천공전 안에서는 혁련유천 앞에 엎드린 공손곽이 어깨를 움츠린 채 보고를 올리고 있었다.

"…해서 놈들은 쉽게 움직이지 못할 것이옵니다, 주군."

"그렇겠지. 하나, 그만한 일로 적산형을 잃은 것은 손실이 너무 크구나."

"소, 속하가 미처 놈들의 행보를 파악하지 못해서……. 죽어 마땅한 죄이옵니다."

"허허허! 과거, 중안은 죽여달라 하더니, 너는 죽어 마땅하다고 하는구나. 남들이 알면 내가 마치 악마라도 되는 줄 알겠구나."

"어, 어, 어찌 감히 그런 망언을 할 자가 있겠나이까! 다만 주군의 수족을 손실되게 했으니 죄가 가볍지 않은지라……."

"되었다! 그렇다면 더욱 분발하면 될 일! 그러한 일을 찾아보도록 해라!"

297

"몸을 던져 명심 봉행하겠나이다!"

넘실거리는 청광이 은은히 깔린 혁련유천의 눈이 엎드려 있는 공손곽의 어깨를 향했다.

'그래야지. 후후후. 세상을 바꾸기 위해선 자신의 모든 걸 던져야 하는 법이지. 이제… 때가 되어가는가? 하긴, 너무 늦은 감이 있긴 하군.'

문득 자신의 발목을 잡은 진고영 일행이 생각나자 혁련유천의 입가로 하얗게 실 같은 웃음이 그려지고, 눈에서는 한설 같은 청광이 폭사되었다.

'만물을 변화시키는 일에 어찌 방해물이 없을 건가마는…… 으흐흐후후후……. 하나, 더 이상의 손실은 본좌에게도 부담이 될 터.'

"주군께 한 가지 더 말씀 드릴 게 있나이다."

"흠……."

웬만해선 자신이 입을 닫으면 물러가는 게 보통이었거늘…….

"얼마 전, 무창의 삼안도객 상교전이 무당의 추적을 피해 본 장에 투신을 했사옵니다."

"상교전이라……."

"하온데 그자가 쫓긴 이유가 한 가지 기보를 두고 다투다 그리됐다 하옵니다."

기보라 함에도 혁련유천의 눈에는 한 점 홍미도 보이지 않았다.

"묵안고(墨眼鼓)라 하는 것이었다 하옵니다. 상교전의 말에 의하면 신영초자가 무당에서 훔친 것이라 했사온데, 그것을 두고 무당의 장로들과 한바탕 드잡이질을 한 것 같사옵니다. 그 후 기보는 무당이 회수해 갔지만 무당의 사람을 해쳤다는 이유로 쫓기다가, 본 장에 몸을 의

탁하려고 찾아와 일단은 접객당에 머무르라 했사옵니다. 속하가 알아
서 처리하겠사옵니다. 편히 쉬시옵소서!"

공손곽이 깊숙이 허리를 숙이고 종종걸음으로 밖으로 나가려 하자
생각에 잠긴 듯 보이던 혁련유천이 그를 불러 세웠다.

"기다려라."

의아한 공손곽이 걸음을 멈추고,

"묵안고라……. 그 생김새에 대해 들어봤느냐?"

혁련유천의 눈에서 약간의 흥미가 동한 빛이 흘러나온다.

"검은 눈처럼 생긴……."

"높이가 여섯 치, 넓이가 여덟 치, 어둠보다 더 검은 북, 가운데 붉은
점은 아수라의 눈. 맞느냐?"

눈이 휘둥그레진 공손곽이 고개를 끄덕였다.

"어찌……?"

"우하하하하!!"

생전 처음 들어보는 혁련유천의 광소였다. 사람들이 놀라 뛰어나오
고, 대전이 들썩거려 대들보 위에 쌓였던 먼지가 우수수 떨어질 지경이
었다.

"잘 처리했다, 공손곽! 그것으로 너의 죄는 모두 사한 걸로 하겠다.
또한 상교전에게는 그의 역량에 맞는 최고의 자리를 내주어라!"

어안이 벙벙할 지경이었다. 세상에, 자신의 주군이 저리 심하게 감
정을 드러내다니…….

"감읍하옵니다, 주군!"

공손곽이 나가자 혁련유천이 조용히 눈을 감고 입을 열었다.

"암은(暗隱)."

“예, 주··· 군······.”

어디선가 들릴 듯 말 듯 모기 날갯짓 같은 소리가 대전을 웅웅거리고,

“들었느냐? 귀요(鬼妖)를 데리고 무당으로 가거라. 무슨 일이 있어도 가져와야 한다. 무당의 피가 얼마가 흘러도.”

“존명······.”

‘하늘이 때가 되었음을 알리려는구나. 후후후후. 수라마고가 나타나다니······.’

孤影　第八章

1

날이 밝자 일행은 출발 준비를 서둘렀다. 사마중안의 말대로라면, 그리고 다른 사람 생각으로도 천은산장은 굳이 사마중안을 구하겠다고 나서지 않을 것이다. 이쪽의 전력을 알고 있다면 더욱더.

그렇다면 가는 길에 그다지 걸릴 게 없었다. 하지만 사람들의 가슴속에 박힌 커다란 납추는 그 무엇보다 더 무겁게 사람들을 짓누르고 있었다.

시혈마에 대한 조사는 첩검단에 맡기고, 무공을 폐한 사마중안만을 마차에 태우고 별다른 일 없는 사 일간의 여정. 오랜만에 돌아온 철한장은 고요한 적막에 잠긴 채 봄기운이 만연해 있었다.

마중을 나왔던 유지화와 유옥하는 일행의 표정이 무거운 것을 보자 의아했지만 아무것도 묻지 않고 웃음으로 반겨주었고, 돌아온 자들도 시간이 흐르자 실실거리며 투닥대기 시작했다. 마치 오랫동안 떠나 있

303

던 집으로 돌아온 것마냥.

그렇지만 진고영만은 그럴 수가 없었다. 유지화가 따로 조용히 부르더니 한 장의 서찰을 전해준 것이다.

"그것 말고도 한 가지 일이 더 있다는 것은 알고 있을 것이네. 그 사람은 옥하가 데리러 갔으니 우선은 그것부터 보게."

서찰을 펴고 읽어가는 진고영의 얼굴이 차갑게 굳어가자, 유지화가 조용히 입을 열었다.

"아마도 스스로 모습을 감춘 것 같네."

"도대체……. 으음……."

"나름대로 찾고는 있네만 쉽지 않으리라 생각하고 있네."

"후우……."

가만히 숨을 내쉰 진고영이 조금 가라앉은 눈으로 유지화를 바라보았다.

"무엇 때문일까요?"

"진 공자가 더 잘 알지 않나."

"그 친구 무슨 생각으로……. 제가 어찌하면 좋을 거라 생각하십니까?"

"일단은 기다리는 수밖에. 진 공자 말대로 그리 뛰어난 친구라면 절대 무리한 일은 안 할 것이네. 그러다 보면 언제고…… 날카로운 송곳은 주머니를 뚫고 나오는 법이지."

"그럴까요? 그냥 이대로 손 놓고 기다리는 게 최선일까요?"

"결코 손을 놓는 건 아니네. 개방도 움직이고 있고, 첩검단도 나름대로 들어오는 정보에 유심히 주시하고 있네. 너무 걱정 하지 말게. 운오라는 친구, 진 공자가 인정한 친구 아닌가?"

“그런가요? 후… 거참, 그 친구……. 유 대협께서 신경을 써주시기 바랍니다.”

“알겠네.”

그렇게 유지화가 안도의 한숨을 속으로 내쉬며 고개를 끄덕일 때, 방문 밖에서 유옥하의 목소리가 들려왔다.

“아버지, 손님 모시고 왔는데 들어가도 되는지요?”

“들어오거라.”

같이 들어온 사람은 사십대의 장한이었다. 하도 무심해서 아예 표정이 없는 것만 같은 사람이었다.

그는 들어오더니 주위를 훑어보다 진고영과 눈이 마주치자 천천히 발걸음을 옮겼다.

그러더니 절대 떨어질 것 같지 않던 입술이 벌어졌다.

“진고영이란 분이신지…….”

“내가 진고영입니다만.”

“나는 혼이 없소, 그저 장 어른의 입일 뿐이오. 말을 전해도 되겠소?”

참으로 멋대가리없는 사람이었다.

“내 귀는 열려 있습니다.”

조금은 의외라는 빛이 떠올랐지만, 그는 자신의 할 말만 할 뿐이라는 듯 천천히 입을 열었다.

“‘손녀를 탈출시키려 하네. 전의 약조에 따라 살려주게나. 날짜와 장소는 내가 보낸 사람에게 듣게’. 이상이오.”

어이가 없는지 입을 반쯤 벌린 진고영을 무표정의 사나이 무혼이 직시했다.

"어찌하시겠소? 다음을 들으시겠소?"

들겠다면 장무담의 말대로 따르겠다는 말, 안 듣겠다면 거부하겠다는 것으로 알겠다는 말이다.

옆에 있던 유지화가 그제야 정신을 차리고 진고영을 돌아보았다. 저 사람이 하는 말이 무슨 소리냐는 듯.

씁쓸한 웃음을 배어 물고 있던 진고영이 유지화에게 장무담과 겨룬 이후의 이야기를 간략하게 해주었다.

"장무담 노선배께 그 비슷한 약속을 한 적이 있습니다. 하지만 그 약조가 지금까지 이어질 줄은 몰랐군요. 어쨌든 시기를 정하지 않은 약조이니……."

"허! 허! 허!"

유지화도 어이가 없나 보다. 하지만 웃음이 나와도 웃을 일이 아니었다. 이 일은 지금까지의 그 어떤 것보다도 파장이 클 것이다. 그런데 문제는 이 일에서 피해 나가기도 쉽지 않다는 것이다. 한마디로 꼼짝없이, 제대로 그물에 걸린 물고기였다.

돕자니 자칫 전면전이고, 안 하자니 뒤가 더 궁금하다. 어쩌면 사마중안을 잡고도 뚫지 못한 천은산장의 비밀의 벽을 뚫을 기회가 될지도 모르니…….

'어차피 싸우기로 한 것, 망설일 것은 무엇인가?'

생각은 잠시, 결국은 진고영이 조용히 입을 열었다.

"언제요. 장소는? 그리고 탈출이라면 그리해야 하는 이유를 알 수 있을지……."

"먼저 이유를 말씀 드리겠소. 그 이유는 장주가 소공녀를 죽이려 할 거라는 것 때문이오."

죽이려 한단다, 혁련유천이 자신의 딸을. 왜?

"장소는 악록산. 시기는……."

놀라운 말에 진고영도, 유지화도, 고요히 있는 듯 없는 듯하던 유옥하도 놀라 입을 벌리고 무혼을 쳐다보았다.

"대체 왜 자신의 딸을……?"

놀라 더듬거리듯 말하던 진고영이 벌떡 몸을 일으켰다.

그때, 진고영의 앞에 있던 무혼의 어깨가 가늘게 떨리는 것이 눈에 들어온다. 무엇 때문인가.

"한 가지만 묻겠습니다."

"물으시오. 단, 내가 아는 것만 답하겠소."

언제 어깨를 떨었냐는 듯 무혼의 음성에는 여전히 감정이 느껴지지 않았다. 하지만 진고영은 이미 그의 음성이 전과는 다르다는 것을 느낄 수 있었다.

"세상에 자신의 딸을 죽이려 하는 부모는 없습니다. 더구나 유화 소저 같은 딸을. 그러나 제가 알고 있는 장 노선배도 결코 헛소리를 할 분이 아닙니다. 만일, 그분의 말이 사실이라면… 한 가지 경우뿐. 그녀가… 유화 소저가…… 진정 혁련유천의 딸입니까?"

정적 속에 불길을 담은 진고영의 눈길이 무혼을 직시한다. 세상 그 무엇이라도 태워 버릴 듯하다. 무혼의 어깨가 가늘게 떨리고, 고요의 시간이 무너진 것은 일각이 흘러서였다.

짓이겨지는 듯한 목소리가 무혼의 입에서 새어 나온 것이다.

"그렇다고도 아니라고도… 할 수 있소. 대답이 됐는지 모르겠소만, 내가 할 수 있는 말은 거기까지요."

그 말만으로도 대답이 됐다는 듯 진고영의 무섭게 쏟아지던 눈빛이 가라앉았다.

"음… 알겠습니다. 가서 장 노선배께 말씀 드리십시오, 약속은 지킨다고. 능력이 되는 데까지."

진고영의 대답에 만족했는지 무혼은 아무런 대답도 없이 깊숙하게 고개를 숙이고는 방을 나갔다.

그리고 잠시 후, 유지화가 진고영을 쳐다보고 물었다.

"좀 전에 그 말은 무슨 뜻인가?"

"솔직히 저도 혼란스러운 건 유 대협과 같습니다. 다만, 딸을 죽이려 할 때는 이유가 있을 것이고, 좀 전 저자의 말을 빌어보면 딸이 맞을 수도 아닐 수도 있다는 뜻이니……. 그럴 경우는 한 가지뿐이라고 봐야 하지 않겠습니까?"

"친딸이 아니다, 이 말인가?"

"저의 좁은 생각으로는 그렇게밖에……."

"음… 일리가 있는 말이네. 하나, 그렇다 해도 그만한 이유가 있을 터. 어찌할 건가?"

"일단 여기에 오시기로 한 분이 있습니다. 아시겠지만……."

진고영이 주천괴 천우만에 대한 이야기를 해주자 유지화의 눈이 크게 뜨였다.

"그분이 여기에? 허!"

"그분이 알고 있는 것과 사마중안에게서 얻은 정보를 종합해서 계획을 짜보기로 하는 게 좋겠습니다."

"그게 좋겠네. 지금은 너무 많은 일이 한꺼번에 일어나 오히려 혼란만 가중되는 상황이니 다른 사람에게는 당분간 말하지 않는 것이 좋겠네."

"알겠습니다."

진고영이 깊은 생각에 잠긴 채 밖으로 나가자 그를 쳐다보는 유옥하의 눈이 바르르 떨렸다.

그녀는 아는 것이다, 지금 진고영의 마음 한구석에 뭉쳐 있는 것을.

남자들은 알지 못하는 것을 여자들은 직감적으로 느끼는 것이 있다. 그리고 지금, 유옥하가 바로 그것을 느끼고 눈물이 나려는 것을 억지로 참고 있는 것이다.

'그랬던가요? 그래서 그렇게 닫혀 있었나요?'

방으로 돌아온 진고영은 자신이 어떻게 방으로 돌아온지도 잊을 정도로 머리가 혼란스러웠다.

'나는 진정 그녀를 잊지 못한단 말인가? 왜, 왜 그녀가 혁련유천에게 죽을지 모른다는 말에 마음이 이리도 안달이 난단 말인가? 후우……'

참으로 자신도 이해할 수 없는 일이었다.

버드나무 잎이 떨어져 흩날리던 황등진에서 단 한 번 본 것뿐이거늘…….

그녀의 눈 때문인가? 어머니의 눈을 닮은 그 눈…….

"후우……."

숨을 내쉬며 막 돌아서던 진고영은 문득, 장원 앞마당에서 나는 소란스러움에 나가 보지 않을 수가 없었다. 그 소리에는 위경리의 음성과 며칠 전 들어본 노인의 탁한 음성이 섞여 있었던 것이다. 주천괴의 갈라진 음성이.

"죽은 줄 알았더니 그래도 목은 붙어서 돌아다니는구랴."

"흥! 속은 다 늙어가는 놈이 껍질 좀 젊어 보인다고 그러는 거 아니다, 너."

"어째 다리가 더 후들거리는 것 같소?"

"남이야 다리가 후들거리든, 온몸으로 춤을 추든 신경 끄게나!"

아마도 두 분이 전부터 아는 사이인가 보다. 하긴, 두 양반 다 오죽이나 돌아다녔을까. 그러다 보면 만난 게 한두 번이 아니었을 것이다.

진고영은 좀 전의 무거움을 머리 속에서 털어버리고, 입가에 웃음을 지으며 인사했다.

"오셨습니까, 천 노선배님."

"오! 그래! 잘 있었나?"

과장되게 진고영의 인사를 받으며 위경리를 흘겨보는 천우만.

"흥!"

어떠냐는 표정이다. 고소를 지은 진고영이 그의 옆에서 말없이 조용히 서 있던 이수양에게 고개를 숙여 보였다. 그러자 이수양도 입가에 살짝 웃음을 달고 고개를 끄덕였다. 굳이 말이 필요없다는 태도다.

"들어가시지요."

그날, 달이 휘영청 두개산(豆開山) 두 봉우리 사이에 걸려 있을 때, 난데없는 술잔치가 벌어졌다. 새로이 온 사람들을 반긴다는 뜻도 있었지만, 사마중안을 무사히 잡아오고도 무거운 분위기에 싸여 있던 사람들의 기분을 풀기 위해, 유지화가 한턱낸다며 술을 동이째 내온 것이다.

한 순배 술이 돌아가고 세 동이의 술이 비워졌을 때, 홍이지의 눈짓에 임수행이 슬그머니 일어나 자리를 벗어났다.

두 사람을 슬쩍 바라보던 진고영의 입가에 빙그레 웃음이 걸렸지만 눈에는 깊은 고뇌의 빛이 여전히 남아 있었다. 그러자 유옥하가 슬쩍

병을 들더니 진고영의 빈 잔에 술을 따라줬다.

흠칫, 유옥하가 옆에 있다는 것을 잊고 있던 진고영은 고개를 돌려 그녀를 바라보았다.

"걱정되세요?"

누가?

"진 공자께서 이리 걱정하시니 잘될 거예요."

뭐가?

"이쁘죠, 그분?"

눈썹이 가늘게 떨리고 있다. 왜? 설마?

"……."

"보고 싶네요. 구하시면 꼭 데려오세요. 참! 그런데 나이가 어떻게 되나요? 많으면 언니라 불러야 되는데……."

"…모르오."

"피이. 사마중안에게 물어보지 않았어요?"

그렇군. 그는 알 텐데…….

"도대체 뭐예요? 나이도 알아보지 않고."

"한 번밖에 보지 못해서……."

살짝 붉어진 얼굴은 술기운 탓인지.

"어휴, 누구 약 올리는 거예요?"

누구는 한 번 보고 빠져서 저러고, 누구는 옆에서 몇 날 며칠을 봤으면서도 찬밥 신세.

"피, 정말……."

한쪽에서 조용히 술을 들이키던 유지화가 눈만 돌려 딸을 쳐다보았다.

'그래, 잘한다, 우리 딸! 그런데… 언제부터 저 애가 저리 부끄러움을 안 탔지?

유지화가 어찌 아랴, 여인이 사랑을 알면 그 누구보다 용감해진다는 것을.

진고영은 마시고, 유옥하는 술잔을 채운다. 또… 또 그렇게 밤은 깊어만 갔다.

『고영』 5권에서…